光明社科文库
GUANGMING DAILY PRESS:
A SOCIAL SCIENCE SERIES

·文学与艺术书系·

# 古代小说与传统文化研究

曹亦冰 | 著

光明日报出版社

图书在版编目（CIP）数据

古代小说与传统文化研究 / 曹亦冰著. -- 北京：光明日报出版社，2024.1
ISBN 978－7－5194－7747－9

Ⅰ.①古… Ⅱ.①曹… Ⅲ.①古典小说—小说研究—中国 Ⅳ.①I207.41

中国国家版本馆 CIP 数据核字（2024）第 011415 号

## 古代小说与传统文化研究
GUDAI XIAOSHUO YU CHUANTONG WENHUA YANJIU

| 著　　　者：曹亦冰 | |
|---|---|
| 责任编辑：李壬杰 | 责任校对：李　倩　贾　丹 |
| 封面设计：中联华文 | 责任印制：曹　净 |

出版发行：光明日报出版社
地　　　址：北京市西城区永安路 106 号，100050
电　　　话：010-63169890（咨询），010-63131930（邮购）
传　　　真：010-63131930
网　　　址：http://book.gmw.cn
E － mail：gmrbcbs@ gmw.cn
法律顾问：北京市兰台律师事务所龚柳方律师
印　　　刷：三河市华东印刷有限公司
装　　　订：三河市华东印刷有限公司
本书如有破损、缺页、装订错误，请与本社联系调换，电话：010-63131930
开　　本：170mm×240mm
字　　数：218 千字　　　　　　印　　张：17
版　　次：2024 年 1 月第 1 版　　印　　次：2024 年 1 月第 1 次印刷
书　　号：ISBN 978－7－5194－7747－9
定　　价：95.00 元

版权所有　　翻印必究

# 引 言

古代小说，最早是古代人讲述自身经历，或亲眼所见、亲耳所闻的故事。汉代班固在《汉书·艺文志》中著录"右小说家十五，千三百八十篇"，指出："小说家者流，盖出于稗官，街谈巷语，道听途说者之所造也。"按照当时的九流十家（法、道、儒、阴阳、名、墨、纵横、杂、农、小说）说法，虽然小说家未被纳入九流，且排列在十家的末位，但小说却被给予了一定的地位，此地位犹如在社会人文历史上播下的一粒根深蒂固的种子，不断生根发芽，成了后世文学史上一个强劲的流派。班固不仅列出了占整个诸子经典将近三分之一的小说篇章，还在《汉书·艺文志》著录小说十五家后，引用孔子之论："虽小道，必有可观者焉"，以此来说明小说的价值。小说正是在"街谈巷语、道听途说"的土壤和环境中，按照"小道"之轨道发展壮大起来，从先秦的"丛残小语"（此说法见东汉桓谭著的《新论》）到魏晋的志人志怪，再到唐代的传奇，又到宋元的平话以及明清的章回小说，各种不同的体裁承载着各种各样丰富而广泛的题材，蕴含着历朝历代各阶层异彩纷呈的道德情操和文化风俗。本书研究探讨的是小说作品中那些值得我们享誉鉴赏的优秀传统文化。笔者按照小说发生发展的时间顺序，撰写了具有时代特征的文化专题。

# 目 录
CONTENTS

**第一章　古代小说中的儒道释文化** …………………………………… 1
　第一节　古代小说中的儒家文化 ………………………………… 1
　第二节　古代小说中的道家文化 ………………………………… 18
　第三节　古代小说中的佛家文化 ………………………………… 37

**第二章　古代小说中的茶、酒、医药文化** ……………………………… 47
　第一节　古代小说中的茶文化 …………………………………… 47
　第二节　古代小说中的酒文化 …………………………………… 72
　第三节　古代小说中的医药文化 ………………………………… 87

**第三章　古代小说中的侠义、公案及侠义与公案合流文化** ………… **101**
　第一节　古代小说中的侠义文化 ………………………………… 101
　第二节　古代小说中的公案文化 ………………………………… 118
　第三节　古代小说中的侠义与公案合流文化 …………………… 128

## 第四章　古代小说中的女性文化研究················· 134

### 第一节　汉魏六朝时期小说中的女性文化················· 136
### 第二节　唐代小说中的女性文化················· 148
### 第三节　宋元时期小说中的女性文化················· 157
### 第四节　明代时期小说中的女性文化················· 182
### 第五节　清代小说中的女性文化················· 210

## 第五章　古代小说中的典故文化················· 235

### 第一节　史书引用小说中的典故（举例）················· 235
### 第二节　诗词赋引用小说中的典故（举例）················· 240
### 第三节　文章著述引用小说中的典故（举例）················· 243
### 第四节　戏曲引用小说中的典故（举例）················· 247
### 第五节　后世小说引用前代小说中的典故（举例）················· 251

**参考文献** ················· 257
**后　　记** ················· 261

# 第一章

# 古代小说中的儒道释文化

中国传统文化丰富多彩，源远流长。它的传播与流传，除了代代相袭的风俗习惯外，更主要依赖于古代各类的典籍，而古代小说正是记述各种文化的重要载体之一。

## 第一节 古代小说中的儒家文化

儒家思想是积极进取、博大精深的，从古至今成就了多少人的功名事业。"半部《论语》治天下"①的精辟论断，成了人们学习和使用《论语》的动力。这个精辟论断，出自北宋初期的两朝宰相赵普。

记述和反映儒家文化的小说，汉魏六朝时期的作品很多，代表作如南朝宋刘义庆《世说新语》②，在"德行""言语""政事""文学""方正""雅量""识鉴""赏誉""品藻""规箴"等门类中的人物故事，都蕴含

---

① 郑宣沐. 古今成语词典 [Z]. 北京：中华书局，1988.
② 刘义庆. 世说新语 [M] // 余嘉锡. 世说新语笺疏. 北京：中华书局，1983.

着浓厚的儒家文化色彩。"文学"门类中的"服虔既善《春秋》",叙述服虔为了正确注释儒家经典《春秋》,不顾身份地位到崔烈家做起伙夫,一边做饭一边偷听崔烈对《春秋》的讲解,他了解了别人对经典的看法,坚定了注释《春秋》的自信心,充分展示出一个儒者虚心好学的钻研精神。"自新"门类中"周处除三害",叙述周处少时,不顾法度,任意胡为,人们将他与山中的恶虎、水中的蛟龙并称作三害。虽然周处的恶行被乡里人记恨,但他具有一副侠义心肠。当他听说有野兽伤害人时,就毫不犹豫地上山擒猛虎、入水斩蛟龙,然而看到人们也希望他与恶兽一同死时,才恍然大悟自己竟是三害之一。于是他去吴郡寻找名人陆氏兄弟,请他们指点迷津,改过自新,终于成了忠臣孝子。这个故事在《晋书·周处传》[1] 有记载,其情节与《世说新语》基本相同。这个故事的主旨,即通过周处除三害自新的过程,展示儒家思想的巨大威力。"德行"门类中的"焦饭遗母",以陈遗焦饭遗母的故事,说明只要按照儒家思想去做事,对父母真心纯孝,最终就会有好报。"贤媛"门类中"许允妇捉夫裾",叙述丑女阮氏嫁给风流倜傥的许允为妻的故事。许允嫌阮氏貌丑,不肯入洞房,在朋友的劝说下,硬着头皮走进房门,转而欲出;丑妇抓住时机,以"德为首"儒家学说,击破丈夫对自己的歧视,她用富于哲理的观点使丈夫折服,夫妇终于和好,相互敬重。这则故事的主旨,通过丑妇折夫,说明儒家思想不仅可以治国平天下,还可以摆平家庭矛盾,调和夫妇关系。

东晋葛洪著的《西京杂记》[2]记载了儒学者匡衡是怎样成为汉代经学大师的。匡衡家里贫穷,无钱买烛,遂想办法凿壁引光;无钱买书,就给

---

[1] 房玄龄,等.晋书:周处传[M].北京:中华书局,1972.
[2] 葛洪.西京杂记[M]//汉魏六朝笔记小说大观.上海:上海古籍出版社,1999:73-118.

有书的富人做工换取书读，终于成为汉代的经学大师；特别是他对《诗经》的研究和讲解使世人折服。由于他学问精湛，品行端正，不仅是经学者的楷模，还一度被汉元帝封为宰相和乐安侯。每当朝廷有政议，他都会引用经典加以论说。

六朝时期反映儒家文化的小说，其主流是赞美儒学思想，但也有嘲笑圣人的作品。如西晋张华著的《博物志》①，记载了小孩辩日嘲笑孔子的故事。孔子虽是儒学的缔造者，被人们尊为圣人，但对于两个小孩提出的日近还是日远的问题却回答不上来，这使得两个小孩儿对他的学说提出了质疑。这说明世上没有绝对完美之事，即使是圣人，也有他涉猎不到的领域、解决不了的问题。

隋唐五代时期，反映儒家思想以及儒士风貌，特别是反映科举制度及相关的逸闻逸事的作品，褒贬基本参半，大概褒扬的作品稍多一些。褒扬作品在内容上，主要有以下几方面：

第一，赞美科举制度。隋朝废除九品中正制，实行科举选拔官吏；到了唐代，科举兴盛起来，多达五十余科，并成为一种国家制度。随着新制度的建立，许许多多的奇闻逸事也像雨后春笋般地涌现出来。唐末五代王定保著的《唐摭言》②，较为集中地反映了科举制度及科举制度下的人和事：卷一，主要记述了科举制度的来龙去脉。卷二，主要记述唐代科举考试的情况。卷三，主要叙述举子中第后的各种活动情况。从卷四至卷十五，主要记载儒学举子的思想品德及各种奇闻逸事。此书为研究唐代科举、科举与小说间的关系，提供了最有价值的资料。

第二，赞美学子忠孝节悌的行为。如唐代刘肃著的《大唐新语》③

---

① 张华.博物志［M］//汉魏六朝笔记小说大观.上海：上海古籍出版社，1999：179-226.
② 王定保.唐摭言［M］.上海：古典文学出版社，1957.
③ 刘肃.大唐新语［M］.北京：中华书局，1984.

"孝行"门类中,记载了崔希高的仁孝故事。崔希高因遵孔孟之道,极为仁孝友爱,"丁母忧,哀毁过礼",故得到了善报。他在邺县做县丞时,一夜之间,室内长出一尺高的灵芝草,盛开着花朵,朝廷为了奖赏他,迅速晋升他的官职。此后,他在并州做官时,又因救护了贫困无助的百姓,所以他的厅堂前呈现出伞盖般的五彩祥云,朝廷命把此种景观编入史书,以传后世。再如唐代高彦休著的《唐阙史》①卷上《荥阳公清俭》载:荥阳公尚书郑浣,以清规素履,嗣续门风。当他看到从父昆弟之孙在聚餐时,将饼子的外皮剥掉,便立即加以怒斥,并命其将剥落在地上的饼皮全部拾起来,而后当众将其全部吃掉,给子孙们做出了节俭的榜样。高彦休称赞道:"俭,德之恭也;侈,恶之大也。公所执如此,宜乎子孙昌衍,光辅累朝矣。"

第三,赞美学子见义勇为。如唐代范摅的《云溪友议》②卷下《名义士》载:唐元和十年,校书郎廖有方失意后游蜀,在宝鸡西界馆,遇见一位贫病交加的儿郎,经问得知,是个数考未中的举子。廖有方正想为他延医救治,忽而转眼不见了病人踪影,唯见他的残骸。于是廖有方卖掉所乘的鞍马,将其残骸备棺埋葬。因不知其姓名,只于墓前立个"金门同人"之碑。后来死者之妹为报葬兄之恩德,送"数百千"钱物给廖有方。廖有方拒绝说:"仆为男子,粗察古今。偶然葬一同流,不可当兹厚惠!"而后分文不取,扬长而去。他的义举,轰动了朝野,"文武宰僚,愿识有方,共为引导"。第二年,"李侍郎逢吉,放有方及第,改名游卿,声动华夷"。

---

① 高彦休. 唐阙史 [M] //唐五代笔记小说大观. 上海:上海古籍出版社,2000:1323-1366.
② 范摅. 云溪友议 [M]. 上海:古典文学出版社,1957.

再如唐代牛僧孺的《玄怪录·郭元振》①，叙述举子郭元振在开元年间考试落第，从晋州至汾州，夜住一户人家。只见走廊和屋子内灯火辉煌，摆列着许多祭品，但不见人。过了一会儿，听到屋子里有女子呜呜咽咽的凄惨哭声，郭元振问明女子哭泣的原因，原来她父亲贪图乡人捐献的五百贯钱，把她奉献给了"乌将军"。为不使她逃走，先用酒把她灌醉，送进祭室，然后把门反锁起来。女子醒来后十分害怕就哭了起来。郭元振听后，料定"乌将军"必是个精怪，爱恨交加，表示一定救她出去，除掉恶魔。于是，他充作傧相，坐在祭室西面的台阶上，等待二更时分"乌将军"到来。不久"乌将军"在四位士卒的陪同下威风凛凛地走了进来。郭元振以傧相的身份与他相见，虚情假意地陪同他，使"乌将军"及其士卒放松了戒备之心，然后乘其不备，抓起切鹿肉的锋利刀子，剁下"乌将军"的左手；"乌将军"负痛逃跑，他的四位士卒也随之逃跑。原来"乌将军"是个野猪精。郭元振晓之以理，说服当地百姓与他一起顺着血迹寻觅到猪精的巢穴，将其除掉，从此再没有妖精作孽害人之事发生。那位女子抵死嫁他为妾。后来郭元振做了大官，十分显赫。

第四，赞美读书人破除迷信的行为。如唐代皇甫氏的《原化记·画琵琶》②，叙述一位读书人欲游吴地，途经江西，因风阻泊船，上岸闲步，见寺庙廊间有笔墨而无僧人，便提笔在寺庙的墙壁上画了一个琵琶，大小与真的不差。画毕，风止而行。僧归，见画传神而又不知何人所作，于是告诉村人说五台山上的"圣琵琶"飞来了。人们纷纷前来焚香礼拜，求福甚效，闹得天下人皆知。一年后，这位读书人从吴地返回江西时，也来

---

① 牛僧孺. 玄怪录·郭元振[M]//古代文史名著选译丛书·唐人传奇·郭元振. 成都：巴蜀书社，1990.
② 皇甫氏. 原化记·画琵琶[M]//吴组缃，等. 历代小说选：第一册. 北京：中国青年出版社，1991：483-484.

寺庙前观看，明白了是自己惹的祸，于是立即用水将琵琶画冲洗掉，并说明事实真相。这个故事告诉人们，所谓神灵本来是没有的，是人们根据想象附会上去的，原本是一幅平凡的琵琶画，竟然被人们当成了有灵感的"圣琵琶"，幸亏这位读书人诚实，揭露了真相，破除了人们的盲目崇拜。

再如唐代无名氏的《大唐传载》① 中记载李德裕不信"圣水"的故事。唐敬宗宝历年间，传说亳州出"圣水"，喝了能治百病，特别是疑难杂症。虽然没有一例治好的，但是洛阳至江西几个州郡的百姓仍然相信它，争着布施金钱、财物、衣服等来饮此水，这使那些看守"圣水"之人所得之利，成千上万。此时李德裕正在浙西观察使任上，他令人们聚集在闹市，拿出钱取"圣水"，放进五斤猪肉上火煮，说："假如真是'圣水'，猪肉应该不变样。"没过多久，猪肉被煮烂了。李德裕用事实揭穿那些作怪之人的鬼把戏，破除"圣水"之说。

第五，赞美读书人为了爱情放弃功名的行为。这类情况在唐代举子中并不多见，但也不乏其人。如裴铏的《传奇·裴航》②，叙述唐穆宗长庆年间，一位秀才裴航科考未中，漫游鄂州，拜访从前的老朋友崔相国，崔相国送给他二十万文钱，他于是雇了一只大船沿着湘江、汉水而行，打算转回京城，准备第二次科考。但当他经过蓝桥驿站时，遇到了美丽的云英姑娘，他顿时产生了爱慕之情，以丰厚的礼物要聘云英为妻。没想到被云英的外祖母阻挠，说："我今老病，只有此女孙。昨天有神仙遗灵丹一刀圭，但须玉杵臼捣之百日，才可就吞，当得后天而老。君约取此女者，得玉杵臼，吾当与之也；其余金帛，吾无用处耳。"裴航只好答应老太婆的要求去寻找玉杵臼。他到了京城再也不把科举考试放在心上，天天走街串

---

① 无名氏. 大唐传载［M］//唐五代笔记小说大观. 上海：上海古籍出版社，2000.
② 裴铏. 传奇·裴航［M］//吴组缃，等. 历代小说选：第一册. 北京：中国青年出版社，1982：412-419.

巷，在闹市路口高声打听玉杵臼的下落。有时遇到朋友就像不认识一样，大家都说他疯了。几个月后，几经辗转他终于找到玉杵臼，但需要花费二十万文钱。裴航倾囊而出也不够，只好卖掉仆人和马匹才凑齐购买玉杵臼的费用。当他把玉杵臼送到老太婆的面前时，老太婆又让他捣药，百天后方能成婚。裴航又立即举起玉杵臼捣起药来。一百天的期限到了，老太婆吞下药，而后为他们举行了婚礼。婚后，裴航再也不想科举做官之事，义无反顾地跟随云英隐居修道。不爱功名爱美人，而且是那样的执着，真是难得。

第六，赞美妓女奉儒扶危的美行。如唐代白行简的《李娃传》①。李娃是京城红极一时的名妓，赴京科考的荥阳公子为之神魂颠倒，并将所有的费用花费在妓院内。当他一无所有时，被老鸨赶出院门，沦落为丧葬店铺中唱挽歌者；其父常州刺史，赴京办事，目睹了儿子比赛唱挽歌的情景，一怒之下将他活活打死，抛尸荒野。他虽然被丧葬铺的老板救活，但已经失去了唱挽歌的体能，丧葬铺的老板爱莫能助，只能硬着头皮让他离开，荥阳公子沦落为乞丐，沿街乞讨。北风呼呼，大雪纷飞，他那凄凄惨惨的叫喊声，终于传到了名妓李娃耳内。一股怜爱之情涌上她心头，她再也顾不得老鸨的阻挠和反对，冲下楼，将浑身脏臭的荥阳公子抱在怀里，解下自己的棉披肩披在他的身上，搀扶他进入自己的房间，并用自己的积蓄赎了身，同时还用自己剩余的一部分钱为荥阳公子购置了书籍笔墨，鼓励他重新振作，发奋苦读。荥阳公子不负李娃的厚望，科举高中，被授予成都参军。此时，三公以下的官员都主动与他交朋友，父子也相认了。李娃自知身份低微，不能与公子相匹配，于是在公子赴任之时，提出分手。此时的荥阳公也恰巧调至成都为官，他们父子做了上下级。荥阳公为了报

---

① 白行简. 李娃传［M］//吴组缃，等. 历代小说选：第一册. 北京：中国青年出版社，1982：412-419.

答李娃挽救儿子的恩德，并且也认为李娃完全符合他为儿子择偶的标准，于是请媒人登门提亲，并用六道大礼迎娶李娃过门，使他们结为正式的合法夫妻。李娃婚后十分贤德，治家严谨，深得公婆喜欢。公子又接连升官职，李娃也被朝廷封为汧国夫人。他们生有四个儿子，都做了大官，娶的妻子都是京城内外名门望族的女子。这篇是用荥阳公子出"轨"与入"轨"和李娃主动入"轨"的故事，说明只要遵从儒家思想，按照封建礼教去做，就能荣身，获取功名；如果脱离它将会身败名裂，一事无成。李娃原本是个妓女，不受三从四德束缚，她十分清楚，在当时的社会，要使她心爱之人并为她付出一切的荥阳公子有个美好的结局，就必须得使他返回儒家思想的轨道上来；于是她主动放弃京城名妓的地位和锦衣玉食的享受，套上三从四德的儒家思想束缚枷锁，帮助和鼓励荥阳公子读书奋进。她超乎寻常的举动，最终也得到了超乎寻常的报答。所以白行简在最后大发感慨："嗟呼！倡荡之姬，节行如是，虽古先烈女，不能逾也。焉得不为之叹息哉！"

唐代小说也有记述儒士各种不大光彩的行为的，归纳起来，主要有以下几种人：

第一种，始乱终弃。为了自己的名节，抛弃曾经真心相爱之人并且使人失身丢节的伪君子。如唐代元稹的《莺莺传》[①] 中的张生。张生在崔母的答谢宴会上，被莺莺的容貌所吸引，不顾礼义廉耻，主动追求，为达到与莺莺幽会之目的，贿赂莺莺身边的丫鬟红娘。红娘问他为什么不因媒而娶时，他说："若因媒氏而娶，纳采问名，则三数月，索我于枯鱼之肆矣！"此时的张生已到了"行忘止，食忘饱"神魂颠倒的地步。他在红娘的提醒下，用写诗传笺的方式，得到了莺莺的回应。张生猜测诗意，半夜

---

① 元稹. 莺莺传［M］//古代文史名著选译丛书·唐人传奇. 成都：巴蜀书社，1990：201-226.

三更攀树越墙而去赴约,结果被端服严容的莺莺用礼教数落了一番。张生在绝望之时,莺莺却是出其不意地给他送来了爱情。他们"朝隐而出,暮隐而入,同安于曩所谓西厢者,几一月矣"。张生去了西安几个月,回到蒲州,他们又私会了几个月。至此,莺莺已把所有的爱情给了张生,但从不属文表达,张生"求索再三,终不可见"。张生经常写文挑之,而莺莺"不甚睹览"。当张生为了求取功名,再次离开蒲州赴西安赶考,滞留不归时,莺莺又写情书,又送定情之物,企图与张生相伴终生。然而,张生在充分享受完爱情之后,封建礼教的思想观念又充满了他的头脑,他堂而皇之地做了负心汉,不仅将莺莺送给他的情书、爱物拿给别人看,还恶语中伤一心爱恋他的莺莺,说:"大凡天之所命尤物也,不妖其身,必妖于人。使崔氏子遇合富贵,乘宠娇,不为云、为雨,则为蛟、为螭,吾不知其变化矣。昔殷之辛,周之幽,据百万之国,其势甚厚,然而一女子败之,溃其众,屠其身,至今为天下僇笑。予之德不足以胜妖孽,是用忍情。"张生的背情负义,始乱终弃,充分展示出一个伪君子的形象。

  第二种,屈服礼教,放弃爱情,使爱恋他的痴情女子饮恨而死。如唐代蒋防的《霍小玉传》①中的书生李益,以进士擢第,在京城等候拔萃考试,经鲍十一娘介绍,认识了霍小玉,两人一见钟情。李益发誓:"平生志愿,今日获从,粉身碎骨,誓不相舍!"霍小玉虽然倾心相爱,但她头脑很清楚,一个登科之人,怎能聘娶一个妓女为妻呢?因此提出:"以君才地名声,人多景慕,愿结婚媾,固亦众矣。况堂有严亲,室无冢妇。君之此去,必就佳姻,盟约之言,徒虚语耳。然妾有短愿,……妾年始十八,君才二十有二,迨君壮室之秋,犹有八岁,一生欢爱,愿毕此期。然后妙选高门,以谐秦晋,亦未为晚。妾便舍弃人事,剪发披缁,夙昔之

---

  ① 蒋防. 霍小玉传[M]//古代文史名著选译丛书·唐人传奇. 成都:巴蜀书社,1990:74-100.

愿，于此足矣！"李益听后，十分感动，流着泪，再次发誓："皎日之誓，死生以之。与卿偕老，犹恐未惬素志，岂敢辄有二三。固请不疑，但端居相待。至八月，必当却到华州，寻使奉迎，相见非远。"万没想到，李益与霍小玉分手十日，就遵从母命，与表妹卢氏定亲，而后又"遥托亲故，不遗漏言"，断绝霍小玉的期望。而霍小玉则忠守誓言，苦苦等盼，望眼欲穿，为寻觅李益的音信，将所有的首饰变卖一空，四处请人求访，终无一点音信。霍小玉"日夜涕泣，冤愤益深，委顿床枕"。最后是一位豪侠打抱不平，以武力胁迫李益去见霍小玉，才使小玉在死前当面痛斥负心汉。即便李益在小玉死后"为之缟素，且夕哭泣甚哀"，又"至墓所，尽哀而返"，也不能挽回霍小玉的悲剧下场，更不能抵消他对霍小玉中伤的罪责。从他对霍小玉马鞍形的态度分析，充分展示出门阀制度下门望甚高的贵族子弟特有的形象。开始对霍小玉火一般的热情，说明李益是个充满情爱的正常男子，看到美貌佳人，必然会受到吸引而自然释放出极高的爱意；中间按照封建礼教，接受父母为他选配的门当户对的卢氏婚姻，他马上强制性地抑制由自然属性释放的纯真爱情，这非常符合他的身份地位及多年所受的封建礼教；最后，当他见到霍小玉，虽然是被胁迫的，但他的真情真爱立即冲破封建礼教的束缚又显现了出来，因此他才有日夜哭泣甚哀的举动。李益与霍小玉的爱情悲剧，归根结底是由封建婚姻制度造成的。

第三种，装腔作势，凭借虚荣心做事，到头来自食苦果。如唐代皇甫氏的《原化记》[①]中"京都儒士"的故事。有位书生胆子很小，但他却在伙伴中硬撑着说自己有胆量，于是有人就让他夜间住进一所经常闹鬼的凶宅，他抱剑而坐，惊恐不已。到了三更，月亮升了起来，光线斜照进

---

① 皇甫氏. 原化记[M]//吴组缃, 等. 历代小说选：第一册. 北京：中国青年出版社, 1982：477-479.

来。他借着月光，看见衣架上有个东西像鸟一样鼓动翅膀，飘飘荡荡地摆动。儒生战战兢兢地勉强站起来，攥住剑忽地一挥，那东西随即掉下，发出响声，此后寂然无声。他越发害怕，也不敢看个究竟，只是紧紧地握着剑坐着。五更时分，忽然有个东西来推门，门推不开，那个东西就从狗洞中探进头来，气喘吁吁的样子。书生见此害怕极了，挥剑乱砍。由于紧张，腿脚不自主地跌了一跤，手中的剑也掉在了地上。他又不敢找剑，唯恐那个怪物进来，只是在床底下蜷伏着，再也不敢动弹了；大概太疲劳，迷迷糊糊地睡着了。天亮后，他的伙伴们和奴仆来到卧室的通道，只见狗洞里面鲜血淋漓，众人吓得大声叫喊，书生被惊醒，哆嗦着打开卧室之门。原来被他第一次看见似鸟而被斩杀的，竟是一顶旧帽子，破破烂烂地被风一吹，犹如鸟儿鼓翅；第二次挥剑斩杀的怪物，却是他自己骑的小毛驴，被他砍破了嘴唇，故此鲜血直流。原来天将亮时，小毛驴挣脱了绳索，把头伸进狗洞，结果挨了一剑，负痛而跑开了。众人弄清真相后，笑得前仰后合，而那位书生却吓得病了十天才康复。这个饱读诗书之人本想彰显本事，结果窘态百出。他的故事告诉人们：第一，要实事求是，不能乱逞英雄；第二，疑心生暗鬼，是迷信的根源。

第四种，依仗门第，傲慢无理。如唐代张读的《宣室志》① 中的郑又玄是名门望族子弟，从小傲慢无理，依仗自己的门第高贵，经常辱骂与他一起就学的门第低下的闾丘子。闾丘子虽然门第低微，但自尊心很强，听了羞辱自己的话很难过，几年后就死去了。过了十年，郑又玄以明经科登第，到长安郡任参军，并代理唐兴县尉之职。与他同在一个县衙做官的仇生，是大商人之子，年方二十，家中的资财数以万计。仇生与郑又玄常在一起饮酒作乐，郑又玄多次得到仇生的金银馈赠，然而郑又玄却从来不按

---

① 张读. 宣室志［M］//唐五代笔记小说大观：下册. 上海：上海古籍出版社，2000：983-1082.

礼节接待他。仇生因为不是士族，所以也不在意。有一天，郑又玄设宴大请宾朋，而没有请仇生，有人提醒他应该请仇生，于是立即把仇生叫来。仇生因为酒量小推辞不能饮满杯，一下子触怒了郑又玄。郑又玄怒气冲冲地大骂道："汝，市井之民，徒知锥刀尔，何为僭居官秩耶！且吾与汝为伍，实汝之幸，又何敢辞酒乎！"骂完拂衣而起。仇生感到万分羞愧，退了出去，而后弃官家居，不再与人来往，没几个月生病而死。后来郑又玄被罢了官，他一度弃儒学道，但是他耐不住辛苦寂寞，又放弃学道，下山吃喝玩乐。他遇到了一个十多岁的孩童，孩童说自己已三世为人，第一世是被他侮辱而死的闾丘子，第二世是被他谩骂而死的仇生，现在已是太清真人了，本该传授给他成仙秘诀，但因他骄纵傲慢，羞辱了一番，而后不见了踪影。郑又玄在得知一生事后，惭愧和悔恨起来，没过多久，忧愤而死。

　　宋元时期反映儒家文化的作品，如宋代田况著的文言小说《儒林公议》二卷，宋代张君房著的文言小说《敬戒会要》和宋代王举著的文言小说《雅言系述》等作品，基本上都是从正面宣传儒家思想，有的还具有补充史书中记载不足的史料价值。

　　明清时期反映儒家文化的作品比较多，主要有两类情况：

　　一类是直接反映以儒林学人和科举制度下的人和事为题材的小说。如明虞淳熙的文言小说《孝经集灵》，主要记载了与《孝经》有关的奇闻逸事。再如清初吴肃公的文言小说《明语林》，主要记述了明代一些官吏善政干练、廉洁奉公的品行和文人读书刻苦及与人为善的美德。再如清末朱克敬的文言小说《儒林琐记》，记述了从道光至光绪年间一百余文人的琐闻逸事。这些作品基本上都是从正面宣扬儒家思想。

　　这一类中最具有代表性的作品，是清代吴敬梓著的长篇通俗小说《儒林外史》①，全书六十回。吴敬梓撰写这部小说，与他的身世经历分不开。他生于康熙四十年，死于乾隆十九年，经历了三任帝王，算是生活在康乾盛世。他出身于名门望族，从曾祖父到祖父两代人中，有六名进士，其中有一名榜眼、一名探花，科第仕宦显贵鼎盛。然而吴敬梓却与科举无缘，二十一岁时考中秀才，同年他的父亲病逝。他不善于理家，加上生性豪放，慷慨好施，没过多久，田产尽卖，奴仆逃散。二十八岁时，他去滁州应科举考试，被斥责为"文章大好人大怪"，这本来对他就是个打击和侮辱，而乡里的豪绅还把他看成败家子，让子弟们引以为戒。吴敬梓怀着愤懑心情离开安徽故土，移居南京，靠着卖文和朋友接济为生，这迫使他广泛地接触社会，了解各阶层、各色人物，为他撰写《儒林外史》打下了良好基础。他把所经历的人和事，饱尝的冷暖，看到的各种嘴脸，都容纳于他所创作的《儒林外史》之中。他用了十年的时间完成这部"巨著"。所谓"巨著"，并不是从其篇幅上而言的，因为它只有六十回四十万字，是《水浒传》《西游记》的一半篇幅。笔者说它为"巨著"，是从它的价值上讲的。首先，它无情地抨击了科举制度，深刻地揭露出科举制度最大的危害性，腐蚀人们的灵魂，扭曲人的本性。其次，它把对功名富贵的态度作为褒贬人物的尺度标准，这也是长篇小说中少有的主题。他在序言中指出："其书以功名富贵为一篇之骨""以辞却功名富贵""品地最上一层为中流砥柱"。书中歌颂了一些理想人物，主要有四位：第一位是王冕。他在作者心目中是个上上人物。他不爱慕虚荣，不趋炎附势，蔑视功名富贵，一心追求画境艺术，讲究"文行出处"。第二位是杜少卿。杜少卿是作者在小说中的艺术形象，换句话说，作者是杜少卿的生活原型。杜少卿虽然饱读诗书，但不受封建礼教的约束，也不和势利小人交往，不向世俗

---

① 吴敬梓. 儒林外史 [M]. 北京：人民文学出版社，1958.

妥协，在他的言行中大有离经叛道的味道。第三位是虞育德。他待人十分真诚厚道，所以作者称他是"真儒"，一个真正的儒者！第四位是庄绍光。他喜欢闭门著书立说，不愿意出仕为官。作者认为这些理想人物的功德，就在于"以礼乐化俗""以德化人"。这是儒家文化在这部书里阳光的一面。然而这部书最令人难以忘怀的，还是那些作者着力刻画的变了味儿的儒士。这些人主要有两类：一类是做科举制度的奴隶，如周进和范进。周进是个穷老书生，参加科考多次，一直没有考中，穷得无以为生，只好听取大姐丈之劝，暂且放弃学业，跟随有钱人做起了买卖，因为他无钱作本，就给人家当书记员，记记账混碗饭吃。周进跟随主人来到京城，主人没有到过举子们的科考场地院贡龙门，出于好奇心就给了看门人一些钱，走进参观。没想到周进一进龙门考场，长叹一声，一头撞在号板上，昏死过去。众人立即抢救，以为他是中了邪，七手八脚，用灌水之方将他救醒，扶他站了起来；众人一不留神，他又一头撞在号板上，这回没有昏死，而是满地打滚。众人劝他不住，以为他疯了。他从一号哭到二号，从二号哭到三号，直哭得吐了血。众人七手八脚将他抬出贡院，在一个小茶棚坐下，他还是大哭不止。众人仍是莫名其妙，他的大姐丈只好将他几十年科考之事告诉了大家。众人见他可怜，就凑了二百两银子让他再去参加科举考试。他这次走进贡院，看见自己之前哭的地方，竟自喜出望外，大概是人逢喜事精神爽，不负众望，一举高中，又参加了进士和殿试，都顺利过关，做了御史，钦点广东学道。范进也是一位多年考不中的老童生，五十四岁这年，他又参加科考。这次负责考试的官员，不是别人，正是与他经历相同的周进。周进在科考场上见到一位须发斑白、衣衫褴褛的考生，不由得联想起自己艰难的科考历程，于是认真地阅读他的考卷，反复看了三遍，才看出是一篇一字一珠的好文章，就点了他第一名。范进又参加了乡试，高中第七名。这一下子不打紧，把范进高兴得疯狂起来，满大街乱跑，口中只喊："好了，我中了！"他那做屠夫的老丈人实在看不过，就狠狠地打了他一记重耳光，才使他清醒过来。另一类是儒士变成了无赖恶棍，如匡超人和严贡生。他们是书中描写的两个"优贡"，做优贡的条件必须品行优良，然而这两位"优贡"的品行恶劣到了极点。"优贡"匡超人，专干包揽词讼、假造文书、冒名代考、在赌博场中抽头利的恶事，纯属是个儒林恶少，然而却被温州学政题为"优行"，贡入太学。严贡生更是个无恶不作之人，横行乡里，狡诈无赖，这样一个品行低下的劣绅，竟被周学台推举为"优行"，替他考出了贡，真是颠倒黑白，滑天下之大稽。最后，作者将讽刺艺术在这部书中运用得淋漓尽致。这部小说抨击和否定的是科举制度，科举制度是封建王朝赖以维护统治、延续统治的生命线，但是科举制度到了封建王朝末期已经成为毒害人、腐蚀人的东西，它把社会搞得乌烟瘴气。作者的祖上虽然凭借科举制度显赫过，但作者却深受其害，有着切肤之痛。因为《儒林外史》是一部小说，它描写了一些十分典型的读书人是怎样在科举制度下丧失人格、丧失良知的，所以它采用的是嬉笑怒骂的讽刺艺术的表现手法。鲁迅在《中国小说史略》[①] 中评价说："迨吴敬梓《儒林外史》出，乃秉持公心，指摘时弊，机锋所向，尤在士林；其文又戚而能谐，婉而多讽：于是说部中乃始有足称讽刺之书。"

另一类是在世情和侠义公案小说等题材的作品中，有意打造儒家思想的人物代表形象。如明代施耐庵著的章回体长篇小说《水浒传》[②]，塑造了一百单八个英雄好汉，个个忠义；而作者着墨最多的是"及时雨"宋江的形象。他落草前，为朋友两肋插刀，讲的是个"义"字。他成为梁山泊主后，满脑子装个"忠"字。首先将"聚义厅"改为"忠义堂"。而

---

① 鲁迅.中国小说史略［M］.上海：上海古籍出版社，2004.
② 施耐庵，罗贯中.水浒传［M］.北京：人民文学出版社，1975.

后收纳了北京大名府第一等长者、"河北三绝"、绰号"玉麒麟"的卢俊义。不断向众人灌输忠君报国的思想，同时利用各种渠道、采用各种手段，软硬兼施，促使朝廷招安。在他们归顺朝廷后北退辽兵、南擒方腊。他们为国家挣回了国土，为朝廷铲除了叛乱者，最后仅剩三十六人，他们无怨无悔，逆来顺受。蔡京、高俅、童贯、杨戬四大奸臣阴谋用计，先乘天子赏赐卢俊义御膳之机，用水银毒死卢俊义，后又利用天子赏赐御酒给宋江，酒中下毒。"宋江自饮御酒之后，觉到肚腹疼痛"，已知中了奸计，但他害怕李逵闹事，害了他一世清名忠义，于是也让李逵服毒酒同死。宋江的言行举止上，处处透着儒家的思想观念。再如明末"名教中人编次"的长篇通俗小说《好逑传》① 和清代文康著的长篇通俗小说《儿女英雄传》②，虽然这类小说中的故事属于侠义公案范畴，但作品里充满了儒家的思想观点。《好逑传》的作者不署真名实姓，而署"名教中人"，可见作者是名教的捍卫者。他在作品中主要塑造了两种人物形象：一种是强抢民女、破坏名教的坏人，以大抉侯、过公子为代表；另一种是名教的捍卫者，以铁中玉、水冰心为代表。名教捍卫者配合官府，与大抉侯、过公子进行了无情的斗争，破除了由坏人制造的桩桩冤案，伸张了正义，有力地捍卫了名教。特别是他们在处理个人的事情上，以身作则，严格地把握了男女交往的原则，这就是"非礼勿言，非礼勿动，非礼勿听"。当水冰心的伯父和鲍知县撮合水冰心与铁中玉的婚事时，他们回答："婚姻为人伦风化之始，当正始正终，绝无用权之理。"他们还说："媒妁通言，父母定命，而后男女相接，婚姻之理也。今不幸患难中草草相见于公堂，又不幸疾病中侄女迎居书室，感恩则有之，知己则有之，所称君子好逑，当不如是！"直到最后，有了父母之命、媒妁之言，天子赐婚，他们才结成连

---

① 名教中人. 好逑传 [M]. 郑州：中州书画社出版，1980.
② 文康. 儿女英雄传 [M]. 北京：人民文学出版社，1983.

理。可见他们的儒家思想根深蒂固。《儿女英雄传》虽然在前十八回写何玉凤改名十三妹，在江湖上行侠仗义的英雄事迹，但作品的主题是在后半部分，通过何玉凤忠孝父母公婆、恪守妇道、相夫教子来实现的。因为作者认为："儿女英雄"最要紧的是"忠孝节义"。因为"世上的人，立志要作忠臣，这就是个英雄心。忠臣断无不爱君的，爱君这便是个儿女心。立志要做个孝子，这就是个英雄心。孝子断无不爱亲的，爱亲这便是个儿女心。至于'节义'两个字，从君亲推到兄弟、夫妇、朋友的相处，同此一心，理无二至"。

清朝初中期还有一部"随缘下士编辑"的长篇通俗小说《林兰香》①，也是反映儒家文化较为突出的一部著作。此书仿照《金瓶梅》取三位女性的姓名而命书名，书中主要塑造了一位女主人公，这就是排在第二位的燕梦卿。她是作者着力歌颂的对象，也是三从四德的典范。全书有关她的描写约占四分之三，前半部分直接写她的懿行懿德，后半部分写她的遗教、遗物及遗爱，所以她的才德堪称全书之魂。她的事迹主要是四方面：一是效法缇萦，替代父罪。正当燕梦卿即将出嫁时，身为御史的父亲燕玉，蒙冤获罪，拟边远充军。燕梦卿上无长兄，弟弟年幼，摆在她面前的严酷现实，是嫁给兵部观政耿朗，做"六品命妇"，享受荣华富贵；还是替代父罪，没身为官奴。在这重大人生选择的关头，她没有忘记在家从父孝为先，毅然选择了后者，效法缇萦，上疏朝廷，替代父罪。她的这一举动，得到上下的称赞。皇上降旨嘉赞："梦卿求代父罪，堪称孝女！"二是"从一而终"。燕玉冤案被昭雪，燕梦卿也被无罪释放，摆在她面前的又一个严酷问题，是仍嫁耿朗做侧室，因为此时耿朗已有一妻一妾；还是另择他人，她德言工貌俱全，前来提亲的络绎不绝。燕梦卿认为："既

---

① 随缘下士，编辑. 林兰香［M］. 沈阳：春风文艺出版社，1985.

已受聘,则生为耿家之人,死为耿家之鬼",仍嫁耿朗,甘为侧室。过门后,一不争宠,二不争权,谦虚谨慎,坚守二娘的地位。天子闻之大喜,诏赐梦卿"孝女节妇"匾额。三是尽心相夫。耿朗虽然年轻有为,但他毕竟生长在官宦家庭,从小锦衣玉食,父母娇惯而自己又不自律,因此结交了一些不三不四的势利小人。燕梦卿知书达理,极力规劝丈夫寡交,近正人君子,远势利小人,因而避免了一场革职、黜退的祸患。耿朗因与四娘、五娘终日戏谑狎游,酒色过度,一病不起,医药无效,气息奄奄。燕梦卿不记反目之恨,效法古人,"割指以疗夫疾"。耿朗服后立即见效。朝廷令耿朗等人出兵平定三彭的叛乱。此时燕梦卿身怀有孕,而又染病,但当听说耿朗要出征远方,立即扶病而起,帮助大娘林云屏整理行装,还剪下青丝为耿朗做了一个特殊的贴身软甲。多亏软甲护身,耿朗出生入死,屡立战功。四是燕梦卿的遗教遗爱,主要是通过田春畹施行的。田春畹是燕梦卿的侍女,也是梦卿死后的替身。她很贤德,为人处世与梦卿一般无二,耿朗属意她,梦卿死后,耿朗收她为六娘,替梦卿抚养耿顺,劝夫行义,孝敬公婆,于耿家功劳最大,朝廷封她为泗国夫人,追封燕梦卿为泗国节孝夫人。

## 第二节 古代小说中的道家文化

道家文化奇妙精深,丰富多彩。道家思想产生于先秦,是诸子百家重要流派之一。在百家争鸣中,老庄思想逐渐被人们认识和发展;特别是在汉代初年,社会经过长期动荡,百业待兴,人心思定。统治者顺应时局,把握机遇,政治上采用了老子"无为而治"的思想,创造了稳定和谐的社会环境，各行各业得到了迅猛发展，国力逐渐强大起来。时至今日，老庄思想在人们的心目中仍占据着一定的位置。后来的道教就是在老庄思想的基础上发展起来的，道家文化对古代小说的产生和发展起到巨大的作用。这是因为：

第一，《庄子》①中的一系列寓言故事，对小说的起源起到了开拓性的作用。作为小说，须具备三大基本要素：一是作品中要有人物；二是要有故事情节；三是要有幻想和夸张的手法。《庄子》中的寓言故事，有些正符合了上述要素。如《养生主》篇中的"庖丁解牛"寓言故事，首先叙述庖丁为文惠君解牛之事，叙述中带有浪漫的夸张："奏刀騞然，莫不中音，合于《桑林》之舞，乃中《经首》之会。"一个宰牛割肉的行为及声响，竟然与商汤的音乐和唐尧的乐曲相联系，真是浮想联翩；接下来采用对话与对比的方式，充分展示庖丁解牛的精湛屠艺："依乎天理，批大郤，导大窾；因其固然，技经肯綮之未尝，……以无厚入有间，恢恢乎其于游刃必有余地矣。"其精湛技艺的结果："良庖岁更刀，割也；族庖月更刀，折也；今臣之刀十九年矣，所解数千牛矣，而刀刃若新发于硎。"庖丁解牛，完全按照事物的客观规律去做，使文惠君从中悟出了养生之道。这篇寓言，人物鲜活，故事平中见奇，语言生动形象，想象丰富多彩。

再如，《应帝王》篇中"列子学道"的故事：壶子的学生列子，被郑国神巫季咸的神秘预测和生死祸福的准确推算之术迷倒了，回来向壶子报告："始吾以夫子之道为至矣，则又有至焉者矣。"壶子批评他说："吾与汝既其文，未既其实，而固得道与？众雌而无雄，而又奚卵焉？而以道与世亢，必信，夫故使人得而相汝。"接下来叙述壶子与季咸四次会战的情

---

① 庄周，等. 庄子［M］. 北京：中国社会科学出版社，2004.

景：第一次，季咸见到壶子后，对列子说："嘻！子之先生死矣！弗活矣，不以旬数矣！吾见怪焉，见湿灰焉。"列子送走季咸，哭着告诉了壶子。壶子说："乡吾示之以地文，萌乎不震不正，是殆见吾杜德机也。"意思是说：刚才我显示出来的是寂静的心境，昏昧的样子，既不像静也不像动，他大概看见了我的生机闭塞。第二次，季咸又应约而来，再次见到壶子后，对列子说："幸矣！子之先生遇我也，有瘳矣，全然有生矣！吾见其杜权矣！"列子又将此话报告了老师。壶子说："乡吾示之以天壤，名实不入，而机发于踵。是殆见吾善者机也。"意思是说：刚才我显示的是神气和合的生机，虚名实利不侵入内心，生机从脚跟升起，他可能看到了我的病愈之机。第三次，列子奉命又将季咸约来。季咸看见壶子后，出来对列子说："子之先生不齐，吾无得而相焉。试齐，且复相之。"列子又将季咸的话报告了壶子。壶子说："乡吾示之以太冲莫胜，是殆见吾衡气机也。鲵桓之审为渊，止水之审为渊，流水之审为渊。渊有九名，此处三焉。"意思是说：我刚才显示的是无征兆可循的太虚境界，他可能看到了我平静均匀的生机。这样的生机，就像鲵鱼盘旋之处会成为深渊，而静水停聚之处也会成为深渊，而流水不息的地方也会形成深渊。深渊有九种，此是三种。第四次，季咸再次应约而来。他看见壶子，立脚未稳，举动失常地跑了。壶子让列子赶快去追，列子追之不上，回来报告说："已灭矣，已失矣，吾弗及已！"壶子说："乡吾示之以未始出吾宗，吾与之虚而委蛇，不知其谁何，因以为弟靡，因以为波流，故逃也。"意思是说：刚才我显示的是从未显示过的人天浑然一体的境界。我给他的观感是虚空的，但又婉曲随顺，变换无方。他不知道这是怎么回事，就像茅草随风披靡，犹如水随波逐流，所以他逃跑了。这时，列子才知道自己始终没有学到真正的道，而后回家去了。他三年没有出门，替妻子做家务，喂猪就像给人喂饭一样，对待各种事物一视同仁，没有偏爱。他摒弃浮华返归质朴，好像失去了知觉仅有形体存在世上；在纷乱中保持真朴，终身都是如此。

在这篇故事中，围绕着列子学道的问题展现出三种迥异的人物形象：一个是得道的大师壶子，一个是欺世盗名的神巫季咸，一个是只知皮毛的学道者列子。

寓言故事虽然与小说有些相似之处，但它毕竟不是小说，因为它的目的是要通过人物故事论证一种道理，而不是像小说那样注重人物形象的塑造，达到寓教于乐之目的。然而寓言的艺术表现形式却对小说的产生起到了开拓的作用。

第二，道家的人和事为小说创作提供了丰富素材。如道家之先祖、道教之太上老君——老子，就成了宋代初年李昉编纂《太平广记》[1] 第一卷第一个人选。当然李昉不是此篇小说的第一个作者，而是从东晋葛洪的《神仙传》[2] 中选录的。这是一篇叙述、排比、设问、驳正相结合的传记形式的小说，主人公老子是作者着力塑造的对象，主要写了老子三方面的故事。

首先，写老子的身世："老子者，名重耳，字伯阳，楚国苦县曲仁里人也。"接下来采用排比形式，写了六种有关老子出生的传说："其母感大流星而有娠，虽受气天然，见于李家，犹以李为姓。或云：老子先天地生。或云：天之精魄，盖神灵之属。或云：母怀之七十二年乃生，生时剖母左腋而出，生而白首，故谓之老子。或云：其母无夫，老子是母家之姓。或云：老子之母，适至李树下而生老子，生而能言，指李树曰：'以此为我姓'。"继而仍采用排比法，叙述有关老子身份的各种传说："或云：上三皇时，为玄中法师；下三皇时，为金阙帝君；伏羲时，为郁华子；神农时，为九灵老子；祝融时，为广寿子；黄帝时，为广成子；颛顼

---

[1] 李昉. 太平广记［M］. 北京：中华书局，1961.
[2] 葛洪. 神仙传［M］. 周启成，译. 台北：三民书局，2004.

时,为赤精子;帝喾时,为禄图子;尧时,为务成子;舜时,为尹寿子;夏禹时,为真行子;殷汤时,为锡则子;文王时,为文邑先生,一云守藏史。或云:在越为范蠡,在齐为鸱夷子,在吴为陶朱公。"这些多职的情况,葛洪认为,"皆由晚学之徒,好奇尚异,苟欲推崇老子,故有此说。老子盖得道之尤精者,非异类也"。最后他引用了西汉司马迁《史记》有关老子宗亲的说法。

其次,写孔子向老子问礼的故事。在他们的问答中,老子事事切中要害,孔子处处被动窘困;老子高瞻远瞩,洞察敏锐,而孔子昏暗不明,因循守旧,虽勤奋努力,但却劳而无功。老子批评说:"夫六艺,先王之陈迹也,岂其所陈哉!今子所修者,皆因陈迹也。迹者履之出,而迹岂异哉!"孔子回去三日不言语,在子贡追问下,他感慨地说:"吾见人之用意如飞鸟者,吾饰意以为弓弩射之,未尝不及而加之也;人之用意如麋鹿者,吾饰意以为走狗而逐之,未尝不衔而顿之也;人之用意如渊鱼者,吾饰意以为钩缗而投之,未尝不钩而制之也;至于龙,乘云气,游太清,吾不能逐也。今见老子,其犹龙乎?使吾口张而不能翕,舌出而不能缩,神错而不知其所居也!"孔子深感自己的才学见识远不及老子。

最后,写尹喜拜师、《道德经》问世的故事。老子要西出函谷关,到昆仑山去。守关的令官尹喜善占风气,知道有位神人要从此处经过,清扫道路四十里迎接,见到老子来临便认定了。老子在中原从未收过徒弟,当他看到尹喜,认为此人命中应该得道,于是就在关中住了下来。老子有个仆从名徐甲,是老子在徐甲年少时雇佣的,每日雇佣费一百钱,此时已计欠徐甲七百二十万钱。徐甲见老子要出关游行,急忙向老子索要雇佣费而老子无钱支付,答应他到安息国以黄金计价支付。徐甲不相信,就请人写状子告到关令府。替他写状子的人,并不知晓徐甲被老子雇佣二百多年了,只考虑徐甲将会得到很多的钱,于是就将自己的女儿嫁给了徐甲。徐甲见到妻子很美，更加高兴，就将诉状投给尹喜。尹喜见状大惊，去拜见老子。老子斥责徐甲说："你早就应该死了，我从前雇佣你，因为官卑家贫，无人使用，便以太玄清生符给你，所以你活到了今日，你还有什么话要说吗？我已答应你到安息国以金价折计，你为什么还这样沉不住气呢？"于是就让徐甲张开口面朝地，徐甲身内的太玄清生符立刻出现在地上，朱笔书写的文字就像刚写好一样，而徐甲此时已变成一具骷髅。尹喜向老子叩头替徐甲求生。老子又重新把太玄清生符投入骷髅，徐甲立即复活。尹喜立即替老子还债，把二百万钱给了徐甲，打发他离开；并且对老子行了弟子礼，老子把长生的道术全部传授给尹喜。尹喜又向老子请求道诫，老子对他说了五千字的话语，他全部记录下来，取名《道德经》。尹喜实行了老子的道术，也成了仙。在这篇小说里，使我们既看到了老子超乎寻常的一面，又看到了他在尘世间常人的一面，这就是老子的神、人两面性。本来孔子的言行就够伟大了，但在老子看来却是一个跟不上潮流的落伍者。老子那些精辟的言论和超前的洞察力，只有超凡的神圣才能具有；然而在处理徐甲的事情上采取报复的手段，又充分暴露出了一个凡人的气量。

第三，道教中的一些传记性作品，或因演义道教教义的作品，逐渐形成了小说中的一个流派，促进了小说的繁荣。这些作品，融入文言小说的，大多称之为"志怪"类；融入通俗小说的，一般称之为"神魔"或"神怪"类。文言小说，如汉代刘向编纂的《列仙传》，东晋葛洪编纂的《神仙传》，南朝梁颜协著的《晋仙传》，唐代王方庆撰的《神仙后传》、唐代蔡伟著的《后仙传》、唐代沈汾著的《续仙传》、唐代江积著的《八仙传》，五代杜光庭撰的《神仙感遇传》《仙传拾遗》及《墉城集仙录》，五代无名氏的《女仙传》，宋代乐史著的《总仙记》，宋代郑总著的《罗浮仙人传》，宋代王禹锡著的《海陵三仙传》，明朝章日阁著的《箕仙录》

23

等。通俗小说，如明刊本《北方真武祖师玄天上帝出身志传》四卷二十四回，题"三台山人仰止余象斗编"；明刊本《东游八仙全出身传》二卷五十六回，题"兰江吴元泰著、社友凌云龙校"；明刊本《韩湘子全传》八卷三十回，题"钱塘雉衡山人编次、武林泰和仙客评阅"；清刊本《吕祖全传》一卷，题"唐弘仁普济寺佑帝君纯阳吕仙撰、奉道弟子憺漪子汪象旭重订、同道何应春费钦钟山吴道隆郑汝承查宗起同校"；清刊本《绿野仙踪》一百回，题"李百川撰"；清刊本《升仙传演义》八卷五十六回，题"倚云氏著"；等等。影响比较大的，是《列仙传》《神仙传》《墉城集仙录》《吕祖全传》《绿野仙踪》。

  如果说道家思想文化反映在小说创作的各阶段，那就是：先秦为初起阶段，其表现形式是寓言故事。汉魏六朝时期是道家思想文化大发展的阶段，张道陵建立道教，使老庄的思想有了发展平台，使信奉老庄之人有了组织依靠。反映道家文化的小说作品也随着小说的发展而发展，如刘向的《列仙传》① 是集中反映道家文化较早的文献。《列仙传·叙》讲述了成书过程："《列仙传》，汉光禄大夫刘向所撰也。初，武帝好方士，淮南王安亦招宾客，有枕中《鸿宝》之书，先是，安谋叛伏诛，向父德为武帝治淮南狱，得其书，向幼而读之，以为奇。及宣帝即位，修武帝故事，向与王褒等，以通博有俊才，进侍左右……至成帝时，向既司典籍，见上颇修神仙事，遂修上古以来及三代、秦、汉，博采诸家，言神仙事。"《列仙传》分卷上（所记皆上古至秦41人）、卷下（所记大都春秋战国至汉31人），共收录七十二位仙人，首篇记载神农时雨师赤松子："服水玉，以教神农，能入火自烧……常止西王母石室中。"卷上还载有道教宗祖黄帝："能劾百神朝而使之……知物之纪，自以为云师；有龙形。自择亡

---

① 刘向《列仙传》现有《四库全书》本、《道藏》本、《古今逸史》本。

日……还葬桥山，山崩，柩空无尸，惟剑舄在焉。仙书曰：黄帝采首山之铜，铸鼎於荆山之下，鼎成，有龙垂胡须下迎帝，乃升天。"

《列仙传》是一部流传于世、具有开创性的作品。在汉代，虽然老子、庄子的道家思想颇为许多人接受，也有许多传说出现，但在此前，没有一部专门歌颂道教中成仙得道之人事迹的书流传于世。虽然葛洪在《神仙传·序》中回答弟子滕升问话时说："昔秦大夫阮仓所记，有数百人，刘向所撰，又七十一人。"但阮仓的作品未见著录，也没有流传一篇文字。所以刘向的《列仙传》无论在宣扬道教方面，还是对于小说的发展方面，均具有启导作用。该书在艺术上，文字简练，有些篇章情节较生动，如《江妃二女》，篇中人物虽然没有过多的声情并茂的描写，但在他们的对答诗句中，却展示出了人物形象：郑交甫主动、殷勤、大胆、机智的言行，两仙女羞答有礼、接应有度的举动，栩栩如生。这篇作品对后世影响较大，被后人传为男女交往的佳话。历代小说、戏曲有许多作品是以此为素材的。此书被《道藏》《古今逸史》《四库全书》收录，《类书》《说郛》《五朝小说》等有节录。

继刘向之后，晋人葛洪的《神仙传》十卷，又是一部力作。这部书的价值，主要有三方面：（一）扩大了神仙人物的收录范围。《列仙传》收录人物七十一名，而《神仙传》则收录了一百二十余人，将近前者的二倍。《神仙传》原书早已亡佚，此据现存的类书和丛书中有关收录《神仙传》资料考证的。《神仙传》收录的人物，除了正式列出的人名即篇名外，还采用了"孕育法"，这也是扩大收录范围的创新法。如卷三《王远》传记中，除了王远之外，还写了三位得道成仙者：其一，是王远的同郡故太尉陈耽，他为王远修道提供食宿，还为他架筑道室，并虔诚礼拜。在王远仙去百日，他也道化而去。其二，是吴地胥门蔡经，因他天生有仙骨，所以王远在他家接待上仙，并度他成仙。其三，是上仙麻姑，她是王远的好友。后来麻姑的形象在一些小说中不断出现。《太平广记》卷第六十《女仙传》第一位女仙就是"麻姑",篇末注:"出《神仙传》"(《神仙传·王远》篇)。从而可以看出"孕育法"的奇特性。再如卷二《卫叔卿》篇,除了主人公卫叔卿外,还重点写了卫叔卿之子卫度世与梁伯之修道成仙事。此外该篇还采用衬托法,透视出数位上仙:"与中黄太一""洪崖先生""许由""巢父""王子晋""薛容"。(二)在绝大多数篇章中,增加了对人物事件、故事情节等方面的描述。如《老子》篇,《列仙传》中关于老子的描述仅一百余字,而《神仙传》则扩展至两千余字,主要增加了有关老子的各种传说和故事情节,主要有以下几方面:一是老子的姓名字号;二是老子的出生;三是老子所历十三个时代的官职以及在越、齐、吴诸国的身份;四是老子的相貌及仙人品格气质;五是老子对孔子训导以及孔子的感悟;六是老子对利欲熏心的雇客徐甲生死的处置;七是老子与西关令尹喜友善交道以及老子五千言《道德经》的形成之事。此篇还道出老子于道教上的宗主地位:"夫有天地则有道术。道术之士,何时暂乏。是以伏羲以来,至于三代,显名道术,世世有之,何必常是一老子也!皆由晚学之徒,好奇尚异,苟欲推崇老子,故有此说。其实论之,老子盖得道之尤精者,非异类也。……老子语之五千言……名曰《道德经》焉。尹喜行其道,亦得仙。汉窦太后信老子之言,孝文帝及外戚诸窦,皆不得不读,读之皆大得其益。故文景之世,天下谧然。……其洪源长流,所润洋洋如此,岂非乾坤所定,万世之师表哉!故庄周之徒,莫不以老子为宗也。"再如《彭祖》篇,《列仙传》记载:

彭祖者,殷大夫也。姓籛,名铿,帝颛顼之孙,陆终氏之中子。历夏至殷末,八百余岁。常食桂芝,善导引行气。历阳有彭祖仙室,前世祷请风雨,莫不辄应。常有两虎在祠左右,祠讫地

## 第一章 古代小说中的儒道释文化

即有虎迹云。后升仙而去。

《神仙传》记载：

> 彭祖者，姓钱，名铿，帝颛顼之玄孙，至殷末世，年七百六十岁而不衰老。少好恬静，不恤世务，不营名誉，不饰车服，唯以养生治身为事。殷王闻之，拜为大夫，常称疾闲居，不与政事。善于补养导引之术，并服水桂、云母粉、麋鹿角，常有少容。然其性沉重，终不自言有道，亦不作诡惑变化鬼怪之事，窈然无为。时乃游行，人莫知其所诣，伺候之，竟不见也。有车马而不常乘，或数百日，或数十日，不持资粮，还家则衣食与人无异。常闭气内息，从平旦至日中，乃危坐拭目，摩搦身体，舐唇咽唾，服气数十，乃起身行言笑如故。其体中或有疲倦不安，便导引闭气，以攻其患，心存其身头面、九窍、五脏、四肢，至于毛发，皆令其存觉，其气行体中，起于鼻口中，达十指末，寻即平和也。

两篇作品各本其体例，《列仙传》记载简略，较为注重彭祖仙气的描写；而《神仙传》的记载则较为详细，不仅增加了彭祖性情爱好的描述，还增加了具体的补养、导引、行气及其佳效的叙述，充分体现了葛洪主张的后天成仙性之宗旨。（三）通过对道士们身世及学道情况的描述，展示出了道学上的传承关系，为世人提供了研究道教发展变化的重要资料。周启成在《〈神仙传〉导读》中指出："其中所述道士们的传承关系以及如《三皇文》《五岳真形图》《太清丹经》《黄帝九鼎神丹经》等主要经籍的传授流变，都是今人极为宝贵的研究资料。"①

晋代干宝的《搜神记》②和陶潜的《搜神后记》主述鬼神事，其用意，"发明神道之不诬也"（《搜神记·序》）。其中许多人物故事出自《列仙传》和《神仙传》，如《搜神记》卷一"赤松子""赤将子舆""宁封子""偓佺""彭祖""师门""葛由""崔文子""琴高""陶安公""园客""钩弋夫人"等，皆出自《列仙传》。《搜神记》与《搜神后记》也都凝聚着浓厚的道教文化。

唐代统治者很喜欢道家仙术，特别是对长生不老之术情有独钟，认为道教的太上老君李耳是他们的祖先。据《新唐书·宗室世系》（上）③记载："李氏出自嬴姓。帝颛顼、高阳氏生大业，大业生女华，女华生皋陶，字庭坚，为尧大理。生益，益生恩成，历虞、夏、商，世为大理，以官命族为理氏。至纣之时，理征字德灵，为翼隶中吴伯，以直道不容于纣，得罪而死。其妻陈国契和氏与子利贞逃难于伊侯之墟，食木子得全，遂改理为李氏。利贞亦娶契和氏女，生昌祖，为陈大夫，家于苦县。生彤德，彤德曾孙硕宗，周康王赐采邑于苦县。五世孙乾，字元果，为周上御史大夫，娶益寿氏女婴敷，生耳，字伯阳，一字聃，周平王时为太史。"唐高宗乾封二年，追尊老子为太上玄元皇帝；唐玄宗开元二十五年，置崇玄学于玄元皇帝庙；天宝元年，始置玄学博士。可见唐代对道教的推崇。晚唐五代时期出现了一个专门编撰道家文化的小说之人，他就是杜光庭。杜光庭生于850年，死于933年，字圣宾，他是括苍（今浙江丽水市）人，唐懿宗年间，他曾赴万言科考未中，便进入天台山为道。僖宗时，召见他，赐他紫服，让他做麟德殿文章应制。王建治理前蜀，聘请他为金紫光禄大

---

① 周启成.《神仙传》导读［M］.台北：三民书局，2004.
② 干宝.搜神记［M］//汉魏六朝笔记小说大观.上海：上海古籍出版社，1999：269-435.
③ 欧阳修，宋祁.新唐书·宗室世系：上［M］.北京：中华书局，1975：1955-1956.

### 第一章 古代小说中的儒道释文化

夫，赐号广成先生，晋升户部侍郎。后主王衍即位，封他为传真天师、冲真观大学士。后来他厌倦官场，解官隐居青城山白云溪，自号东瀛子。他所编撰的道家文化小说，主要有《仙传拾遗》四十卷、《神仙感遇传》十卷、《录异记》十卷、《墉城集仙录》十卷等，他的这些作品大都是选编前人著作中的神仙故事，用以作为道教的辅教之书；特别是《墉城集仙录》专为女道士所作之书，搜集古今女子成仙者九百多人，写她们得道成仙的各种各样的故事。

明清之际，是儒道释三教融合的主流时期，反映在小说作品中较为突出的，如明万历年间许仲琳的《封神演义》①，正像鲁迅在《中国小说史略》中所说的："其间时出佛名，偶说名教，混合三教，略如《西游》。"虽说三教混合，但从主题、框架、具体情节及主要内容，反映的却是儒教和道教的思想文化。武王伐纣，经过激烈而曲折的战争，最终取得正义战胜邪恶的胜利，这是全书的主要事件和主要线索，体现出以有道明君伐无道昏君的儒家思想；然而大多主要的情节，却是道教中的阐教与截教间的争斗，最终是正义的阐教打败了助纣为虐的截教。故事大结局为"姜子牙归国封神""武王封列国诸侯"。再如明吴承恩的《西游记》，以唐僧师徒西天取经为全书线索，以孙悟空为首的师兄弟四人斩妖锄魔、抑强扶弱为故事情节。关于此书的性质，历来认为它是三教融合的代表性作品。明人幔亭过客说："余谓三教已括于一部，能读是书者，于其变化横生之处引而伸之，何境不通？何通不洽？"② 清代尤侗也说："三教圣人之书，吾皆得而读之矣。东鲁之书，存心养性之学也；函关之书，修心炼性之功也；西竺之书，明心见性之旨也。……彼家采战，此家烧丹，皆波旬说，非佛说也。佛说如是奇矣。更有奇者，合二氏之妙而通于《易》，开以乾坤，

---

① 许仲琳. 封神演义 [M]. 西安：三秦出版社，2005.
② 朱一玄，刘毓忱编. 西游记资料汇编 [M]. 天津：南开大学出版社，2002.

交以离坎，乘以姤复，终以既济未济，遂使太极两仪、四象八卦、三百八十四爻，皆会归于《西游》一部。"①

在三教融合的潮流中，也不乏反映各教自己的作品，如清代假托之作，白话小说《吕祖全传》②（一卷），题"唐弘仁普济寺佑帝君纯阳吕仙撰，奉道弟子憺漪子汪象旭重订"。这部书的内容是，吕洞宾以自传的形式，叙述他得道成仙的始末。吕洞宾，名岩，字洞宾，别号纯阳，唐代河南洛阳人。他生于贞观二十三年，从小聪慧，诸子百家无所不读。成人后，娶刘氏女为妻，但始终没有与刘氏同房。后来他奉父母之命，赴京应试，途中遇一道长与他谈道，无论道长怎么开导他，他也不能感悟。道长一看这个人还没到火候，就送给他一个枕头而后告别。吕洞宾与书童也没在意，收起枕头继续前行，夜晚住在一个旅店里，忽然觉得心神不宁，难以入睡，于是就取出道长所赐的枕头，立即进入了梦乡。梦中他通过三场考试，高中榜首，文丞相把女儿嫁给他。婚后不久，他被任命为豫州刺史，携文氏上任，五年之内生了两个儿子；任满回京，升为观察使，人称铁面吕公；不久又升为文渊阁大学士、河内道节度使，封荆国公，文氏被封为荆国夫人。后因御敌不利而获罪，罪及全家，一同被押往京城等候处治。这时，他一着急，突然惊醒，回思道长之言，终于大彻大悟，于是丢下书童，就去寻找道长。书童因找不到主人，在一棵椿树下上吊自尽。吕洞宾千辛万苦好不容易找到了道长，道长又让他再次就枕，又进入了梦乡。这次不是进入美梦之乡，而是进入了噩梦之境。看见触目惊心的刀山、油锅等种种惨象，原来他到了地府。惊醒后，道长已不知去向。至此，他功名利禄之心尽灭，家乡之念亦尽无，更加坚定信心向道，再次寻

---

① 尤侗.西游真诠序［M］//朱一玄，刘毓忱编.西游记资料汇编.天津：南开大学出版社，2002.

② 《吕祖全传》为清人汪象旭伪托唐僧吕纯阳口吻编撰，最早有康熙元年汪氏刊本，现有齐鲁书社点校本。

找道长。他在经过虫蛇咬腹、乌鸦啄目、雄鹰抓胸、蝼蚁啃脑的凶恶险关和自荐枕席的美人关以及众乡邻劝他弃道回家奉养父母的忠孝关的种种考验后，终于见到了道长，道长又装作有了脚伤，溃烂得臭不可闻。吕洞宾十分耐心地给师父洗脚除秽，熬药喂饭，精心照顾。道长留心观察，看到他是个可造之才，也到了火候，于是就收他为门徒。原来这位道长是八仙之一的汉钟离。在汉钟离师父的授意下，吕洞宾又度妻子刘氏和书童的化身椿树精进入仙班。由于吕洞宾道术及功德显著，上帝敕封他为纯阳真人。《吕祖全传》一卷，清初白话小说，康熙元年刊刻问世。据萧相恺先生在《中国通俗小说总目提要·吕祖全传》中考证："所谓吕纯阳撰者，不过伪托而已，作者殆即汪象旭。……知其又号残梦道人。"它以自传的形式，叙述吕洞宾得道成仙的始末。此书的价值，主要有两个：一个是充分展示出一个普通的读书人是如何与道教结下不解之缘的，又是如何历经种种磨难、心诚不悔、终于得道成仙的。这对于那些想学道的人，或是学而不坚的人，无疑是个启迪和劝勉。因此说，这部小说是为宣扬道教而作的，所以备受清代道教徒的重视和青睐。另一个是，此书"是我国小说史上第一部以第一人称叙述的通俗小说，颇值得重视"。

　　再如清代李百川著的《绿野仙踪》①一百回，乾隆年间成书，先以大型抄本流传于世，后于道光年间有刻本问世。此书影响较大，其特点是：其一，作为道教的文化小说，它出色地塑造了以冷于冰为首的五位成仙得道的人物形象，在各种磨难中刻画出各自不同的性格特征。其二，此书虽以冷于冰学道成仙为主题线索，以宣扬道教文化为宗旨，但是它却大量地融入世情小说的内容，可从以下三方面看：一是科举问题，这是世间人们享有富贵荣华不可逾越的龙门和阶梯。然而它又像一面镜子，折射出各色

---

① 李百川．绿野仙踪［M］．北京：北京大学出版社，1982．

人物的善恶美丑。冷于冰是个极有天赋的读书人，十四岁就成为文坛上的宿将，科举考试原本高中榜首，但因得罪了权奸严嵩，发榜时却名落孙山，从此他便没了仕途之心；又因恩师、好友相继去世，他顿悟人生无常，于是远离尘世，访仙学道。又从严嵩等恶势力弄权的事情中，着实地反映出封建统治的腐朽性和官场的黑暗。二是自私自利、损人利己的行为，是人间世情的丑恶一面，在此小说中也得到了充分展现。如连城璧有难，被冷于冰搭救后住在金不换家；金不换之妻郭氏贪图荣华富贵，就去告密，结果落得身首异处。再如朱文魁为了独占家产，谎称有病在外的弟弟已死，诈卖弟媳，结果落得引狼入室，人财两空。又如温如玉为了挽救家道，便做起了发财梦，东挪西凑九千两银子与朋友尤奎到江南贩货，途中被恶友拐走了全部银两，主仆哭诉无门，只好靠典卖房屋过活。三是有钱是爷、无钱是孙，或是有钱朝前、无钱朝后，这是对尘世间世态炎凉的形象诠释。这种现象，在历朝历代都有，尤其是在日益增长着资本主义萌芽的明代后期更为突出。小说对此也做了淋漓尽致的披露，如写温如玉在试马坡的冷热遭遇就是最好的例证。温如玉乃已故陕西总督之子，家道中落，妻死母亡，靠典卖房产过日子，但他嫖赌之性不改，在苗三秃的引诱下，来到试马坡妓女家。妓女家见他用银大方，上上下下都殷勤地招待他，妓女金钟儿更是千娇百媚地讨他欢心；当他第二次到来时，太原知府之子何士鹤已在此逗留，大家都在逢迎他、讨好他，而温如玉却遭到了冷落；他"面对着一盏银灯，翻来覆去哪里睡得着？一会儿追念昔日的荣华，一会儿叹悼近年的境况，一会儿想着何公子少年美貌，跟随的人都是满身绸缎，气昂昂旁若无人，又低头看了看张华睡在脚下甚是囚气，此时手内又拿不出几千两银子与何公子比势……一会儿又想到萧、苗二人言言语语都是暗中替何公子用力，将素日的朋情付之流水；又深悔时常帮助苗秃，借与萧麻子银两，如今反受他们的作弄，只这'炎凉'二字也咽不下去"。

第四，道教文化中的道术成了神怪小说不可缺少的要素。神怪小说是以斗法、飞升、炼丹、得道成仙等内容为特征的，而这些正是道教中的道术，如炼丹术、长生不老术、万端变化术等在小说中的演义和再现。如无名氏的《汉武内传》，以西王母与汉武帝相会之事为线索，大量描述仙药、仙书、仙术、神符等事情，使道术得到充分显扬。再如百回本《绿野仙踪》从第九十三回《守仙炉六友烧丹药入幻境四子走傍门》至第九十八回《审幻情男女皆责忿分丹药诸子问前程》，写冷于冰与六位弟子在文笔峰烧炼丹药的故事，主要写了四方面的内容。其一，写丹炉烧炼的分配：冷于冰守南面第一座大炉，此炉高"二丈四尺，按二十四气，色若淡金，四面有八十一个孔窍，按九九归一之数；炉顶上列二十八宿分野，炉座下排惊伤景杜八卦主门；门内有按金木水火土五行生克，火道循环通气，四面按风。丹炉前立一绝大木架，架上悬大镜一面，估计周围有一丈五尺之长，光如满月，色若秋露，泳泳溶溶，夺睛耀目，视之若身临沧海，有汪洋千顷之势"；袁不邪守北面的第一座丹炉；锦屏守北面第二座丹炉；翠黛守北面的第三座丹炉；连城璧守北面的第四座丹炉；金不换守北面第五座丹炉；温如玉守北面的第六座丹炉。其二，写烧炼丹药的来源及功效。冷于冰告诉诸弟子："吾于数十年前，即着不邪于四海五岳、八极九州，采取药料，贮玉屋洞中，月前始从丹房内取来……其药草木配合，金石并用，内有极难得之物。"冷于冰看守的大丹炉炼制的丹药，名为"绝阴丹"，服用此丹"可使阴气尽净，统归阳气"。因为"天有三十六丈罡气，仙家若有一线阴气未尽，逢此罡气，即行羽化"。袁不邪看守的北面第一座丹炉所炼制的丹药，名为"返魂丹"，是"昔太上老君出函关，点二十年已死枯骨复归生路，真可夺天地造化生物之功"。锦屏看守的北面的第二座丹炉炼制的丹药，名为"易骨丹"，此丹一成，修炼之人可走捷径,"足抵三十余年呼吸功夫"。翠黛看守的北面第三座丹炉所炼制的丹药,名为"固形丹",此丹专为兽类修行者使用。此丹一成,皮毛脱尽,练就人形,并且始终如一,永成大罗仙体。连城璧所守的北面第四座丹炉所炼制的丹药,名为"隐形易形丹",此丹一成,"可使仙凡不见,兼可易己形作人形,此修道人游戏三昧之一物也。"金不换看守的北面第五座丹炉所炼制的丹药,名为"请魔丹"。此丹一成,可分千粒,则丁甲并日夜游神,皆可立降;驱逐群邪,可待书符诵咒之劳,也可是修行者积功累行,救济众生之一助。温如玉看守的北面第六座丹炉所炼制的丹药,名为"避谷丹"。"此丹一成,服之可前日不饥,免二便走泄元气,实深山修道之人不可缺少之物。"其三,写温如玉、金不换、翠黛、连城璧四人,在看守丹炉时,不能一心守正,耐不住寂寞,经不住诱惑,离开丹炉后出现的各种幻觉性的事情。例如,四人看见师尊冷于冰获罪被罚,他们立即与仙人大战,搭救师父,最后他们战败,冷于冰被打死,他们也被一阵大风刮得四散。温如玉被风刮回老家,了却了风流债;连城璧也被风刮回到了家乡,连接起了从前做"好汉"的生活,完成了未了之事;金不换也被风刮回到山西怀仁县的妻子身边,完成了未完的事情;翠黛误入瑶宫,色心顿起,与羽士调情淫乱,最后被捉遭鞭笞。再如,四人经过尘世各种事情后,相继回来,又与前来抢夺丹药的魔王大战,结果战败,被四座魔塔通身烧着,随着一声天崩地塌的巨响,所守丹炉俱皆崩倒,四人吓得魂飞千里,他们只好跪在丹炉下愧悔请罪。其四,写冷于冰分析温如玉、金不换、翠黛、连城璧四徒在炼丹时进入幻境之因,并加以各自不同的惩处,最后分赐仙丹,力勉修炼。从四人炼丹的故事看,作者借冷于冰之口告诉人们,炼丹既要炼物亦要炼人,这就是内修与外修只有完美结合,才能功德圆满。

再如吴承恩的《西游记》①，虽然是以唐僧西天取经为线索，但其主要内容是描述学成长生不老之术的孙悟空如何使用道术仙法七十二般变化，在猪八戒、沙和尚的帮助下战胜各类妖怪的故事。又如明"钟山逸叟许仲琳编辑"的《封神演义》，虽然全书是以武王伐纣为脉络线索，以敕封神仙为目的，但全书大部分章节是描写正邪斗法的故事。此书的斗法，主要体现在法宝之上。如果说《西游记》中的打斗，是以法术为主、法宝为辅；那么《封神演义》中的打斗，则是以法宝为主、法术为辅的。《西游记》虽然写了各种各样的法宝，同时也写出了法宝的灵效，但无论法宝多么厉害，也逃脱不了法术的控制，这就是主次之分。如第六十五回和第六十六回，写唐僧师徒一行四人在妖精假设的小雷音寺遭大厄难。此处为首的妖魔有件法宝，是个"旧白布褡包儿"，此宝十分厉害。孙悟空为了搭救师父，请来了天神二十八宿和五方揭谛与他相战。"老妖魔公然不惧，一只手使狼牙棒，架着众兵；一只手去腰间解下一条'旧白布褡包儿'，往上一抛，'哗'的一声响亮，把孙大圣、二十八宿与五方揭谛，一褡包儿通装将去，挎在肩上，拽步回身。众小妖个个欢然得胜而回。老妖教小的们取了三五十条麻索，解开褡包，拿一个，捆一个。一个个都骨软筋麻，皮肤窊皱。捆了抬去后边，不分好歹，俱掷之于地。"孙悟空乘看守小妖困睡，使了个遁身法，将身一小，脱了绳索，又将唐僧和众神仙的绳索解开，全部逃了出去；没走多远，又被老魔用"旧白布褡包儿"装回，唯独逃掉了孙悟空。最后惊动了弥勒佛祖。佛祖告诉孙悟空那个妖魔是他座前司磬的黄眉童儿，"三月三日，我因赴元始会去，留他在宫看守，他把我这几样宝贝拐来，假佛成精。那褡包儿是我的后天袋子，俗名唤作'人种袋'。那狼牙棒是个敲磬的槌儿。"弥勒佛祖深知"人种袋"

---

① 吴承恩. 西游记 [M]. 北京：人民文学出版社，1955.

的厉害，也不正面收复，采用计策和法术捉拿，先在孙悟空手中写个"禁"字，然后让孙悟空引诱妖魔往西瓜地跑，弥勒老祖自变为卖瓜的老叟，将孙悟空乘机变成的大西瓜摘给老魔吃，当孙悟空在他腹中乱折腾时，老魔疼痛难忍喊叫求救；这时弥勒佛祖现了原形，首先取下"人种袋"，然后让孙悟空饶过他，钻出腹外，随手将妖精装进"人种袋"，斜挎在腰间，又要回了被孙悟空打碎的金铙而去。可见法术大于法宝。然而，在《封神演义》中法术的作用虽然大，但比不上法宝的威力大。如第一百三十八回至第一百四十回写青龙关总兵张桂芳奉命带兵在岐山口出战姜子牙率领的西周兵马，他依凭的是左道旁门，法术十分厉害，"只用呼唤敌人名姓，对面敌将立刻落马，百发百准，从不落空。"然而，当他与哪吒对阵，不分胜败输赢之时，便使用此术，"口中只把哪吒叫：'快下风轮受那绑绳'！"一连呼叫数声，不见哪吒躺倒在地，依然是站在风火轮上哈哈大笑。因为哪吒莲花做体，无血无肉，无魂无魄。哪吒乘张桂芳发愣之际，祭起"金砖"法宝，重重地砸在张桂芳的脊背上，他口吐鲜血，翻身栽倒在坐骑上。张桂芳的先锋官风林，也是使用法术作战之人，当他不是敌人对手时，"立刻口吐黑气，气之内裹有一粒红珠，如同碗口大小，敌将中此红珠，立时栽于马下，昏迷不醒，必要遭擒被获。"他使用此术连伤西周两员大将，弄得人人胆怯，姜子牙也长吁短叹。此时太乙真人派哪吒下山助阵，风林"对准哪吒把口一张，登时间喷出一股黑气，里面裹着有碗口大小一粒红珠，'滴溜溜'起在空中，左旋右旋，右转左转，照定哪吒顶门往下就打将下去"。哪吒先破了他的法术，而后祭起"金砖"法宝，把风林打下马来。再如第一百四十八回至第一百五十一回写魔礼青、魔礼红、魔礼海、魔礼寿兴兵困西岐的事情，他们四人各有一件法宝，都很厉害；特别是魔礼红的"混元伞"法宝，威力无穷。他们先后伤损了西岐六位殿下、九员战将，打败了哪吒、姜子牙，收走了他们的"金砖""乾坤圈"和"打神鞭"等法宝,眼看着要攻下西岐关口,生灵涂炭。姜子牙在万般无奈下,命人高搭法台,"披发仗剑,上了法台,踏罡步斗。掐诀念咒。……并无半点茶时候,阴云弥漫宇宙昏。狂风阵阵如牛吼,披雷交加振耳轮。电光万道飞四野,冷气飕飕吹面门。此乃是:玉虚秘传玄天庙,金章咒语贯通神。倒取北海汪洋水,罩住岐山军与民。"姜太公的作法,效果极佳,虽然魔家四兄弟夜祭四宝,企图一举消灭西岐郡中的军民,但郡内所有军民在姜太公作法的保护下,无一受到伤害。四魔兄弟看到法宝失灵,"无法可施,只得回营吩咐三军紧守岐山关,在此围困。"作者在评论此战胜利时,将其胜利的根源讲得十分明确:"虽然说太公作法,所仗'先天杏黄旗'插在台上,现出无数金莲,护住头。"后边又重复说:"哪知太公将他破,全凭'杏黄旗'一根。"这就十分清楚地写出了姜子牙虽然使用了法术,但是法术只不过是对法宝起到诱导的作用,最终还是法宝"杏黄旗"的威力遏制了四魔的法宝。

总而言之,道教文化小说的主旨,就是通过有趣的故事宣扬道教的教义,宣扬求道者必须心诚志坚,要能忍常人所不能忍之苦,受常人所不能受之罪,同时还要突出地做好事、修功德,不能有七情六欲。只有做到这些,才能进入仙界,否则只能做一辈子的道士。

## 第三节　古代小说中的佛家文化

佛家文化,是佛教进入中国以后逐渐形成的。从古至今人们对佛教一直很重视,特别是它那超脱生死的"涅槃"教义,使多少人为之痴迷。

佛教自东汉由印度传入中国,人们兴起了信佛之风。特别是有些皇帝信佛，不惜一切代价，投入了大量的人力和财力，建造寺庙，雕塑佛像。洛阳白马寺（东汉）、山西云冈石窟（北魏）、洛阳龙门石窟（北魏）、敦煌莫高窟（又称千佛洞，始建于前秦）、房山云居寺（从隋至唐）、重庆大足石刻（唐五代至宋）等佛教圣地，大都是在魏晋南北朝、隋唐五代时期建造的。这些情况在相关的历史文献上都有详细记载。由于小说是社会生活的产物，因此在小说中也有许多记载和反映佛家文化内容的作品。

这些反映佛家文化内容的小说作品，在不同时期有着不同的特点和发展趋势。汉魏南北朝时期的佛家文化小说，主要反映佛教的由来、佛经诵唱的演变和佛教徒的生活准则及其一些稀奇古怪的行为。如南朝梁殷芸的《殷芸小说》① 卷五有一个关于佛教传入的记载，从这条记载里，我们知道了两件事：一是"中华佛法"，"始于汉明帝"；二是陈思王曹植善解经音，将"胡音"进行翻译，使不懂胡音的人也能唱诵佛经。关于陈思王曹植翻译胡音的故事，在南朝宋刘敬叔的《异苑》② 卷五也有记载。在同卷中还有一条关于寺庙的记载，从这条记载中，我们了解到了"灵味寺"是由谁建造的，又是怎样建造的。另外，在同卷中还有一条关于僧人居住的记载，从这条记载中，我们了解到僧人的生活及其生活准则。释僧群和尚为了不伤害卧在他取水之路木梁上一个折了翅膀的鸭子，竟然不去取水而活活饥渴而死。陶潜《搜神后记》③ 卷二《佛图澄》关于神僧法术的记载，从这条记载中，我们了解到神僧的特异功能，他腹中既能产生光亮，又可以天天清洗五脏六腑，真是奇之不能再奇了。在同卷《比丘尼》

---

① 殷芸. 殷芸小说 [M] //汉魏六朝笔记小说大观. 上海：上海古籍出版社，1999：1011-1046.
② 刘敬叔. 异苑 [M] //汉魏六朝笔记小说大观. 上海：上海古籍出版社，1999：587-688.
③ 陶潜. 搜神后记 [M] //汉魏六朝笔记小说大观. 上海：上海古籍出版社，1999：436-487.

的记载中,我们又领略了女神尼洗浴时剖腹断截身手,然后窬切的神妙功能。除此之外,还有一些反映因果报应的作品。

唐五代时期反映佛教文化的小说特点,主要表现在诵经消灾、信佛获福、因果报应等方面。如戴孚的《广异记·李惟燕》①,叙述李惟燕原本所乘之船因水枯竭搁浅,万没想到他因诵《金刚经》而河水涨满,使他顺利得渡归家。他的弟弟惟玉泛舟橹折,在危难之际,因念《金刚经》,竟然有一支橹顺流而至他的面前,于是获渡。李惟燕的族人由于常念《金刚经》,当他们遇到安禄山叛乱,逃难时脚上缺鞋,忽然一响,鞋子从天而降。同书中的《三刀师》,叙述三刀师在被腰斩时,由于念诵《金刚经》,使绰号"能行刀"的刽子手竟然三折其刀,由此"三刀师"的名号也形成了。在《宋参军》篇内,记载了宋参军因念诵《金刚经》,竟然破了凶宅案。

更为离奇的,牛肃小说《纪闻》② 中记载了洪昉禅师凭借经文,为天、地、人不同的世界建立功业的故事。冥府鬼王请他给小女念经治病,冥王为了感谢他,赠与五百匹绢。南天王请他到三十三重天做客,他饱览仙境美景,品尝各种奇异仙果,格外受到礼遇。天帝请他去讲《大涅槃经》,其言辞典畅,备宣宗旨,天帝高度称赞他的功德。武则天听说洪昉升天讲经之事,将他召进宫中,亲自为他烧饭,还诚恳地向他请教,并赐墨敕。后来,洪昉周游天下,所到之处,修建功德。他年过百岁,在陕中辞世。

唐临小说《冥报记》③ 中有一则赵文若死而复生的故事。叙述隋朝大业中雍州长安县赵文若死后七日,家人正在举行葬礼,要把他的尸体装入

---

① 戴孚. 广异记·李惟燕 [M]. 北京:中华书局,1992.
② 牛肃. 纪闻 [M]. 北京:中华书局,1961.
③ 唐临. 冥报记 [M]. 北京:中华书局,1992.

39

棺中，突然他苏醒了，备述死后的事情。因为他在人间"不断地诵读《金刚般若经》"，得到阎王"这是行善者之第一"的赞叹；他参观了地狱内有罪人服刑的各种惨状，也遭遇到猪羊鸡鱼鹅鸭之属向他讨命债的尴尬局面，他无言以对，唯知一心念佛，深悔诸罪。最后，阎王给他一碗铁钉，用五根铁钉钉文若的头顶并手足，其余的铁钉令他吞服，然后放他还阳。文若苏醒后，患了头痛病，手足也疼痛得厉害。从此以后，他更加精勤地诵读《金刚般若经》，并且劝解亲朋好友都持诵《金刚般若经》。后来他救下一只将要被宰杀的小羊羔，他的头痛病和手足疼痛病也好了许多。这篇故事主要是讲因果报应及诵经消灾获福之事。

明清时期的佛教文化小说具有代表性的作品，主要是长篇通俗小说，其特点是歌颂佛教徒惩恶扬善、救苦救难的内容。如明代吴承恩的《西游记》①。《西游记》以唐僧去西天取经为全书的主线，这是主观上一心向佛的外在表现；而书的内容主要是叙述师徒在取经过程中，如何攻克九九八十一难的。他们每攻克一难，在某种意义上，都是除掉了一个恶字，建立了一个善字，这是他们客观上内在地实践着佛家禅宗教义的果证。再如清代西湖香婴居士的《济公全传》② 二百四十回。顾名思义，这部小说是专门为济公大师作传的，从其父李茂春拜佛求子、真罗汉降世投胎写起，到济公功德圆满归净慈止，主要记述他在人世间如何与邪恶势力及妖魔鬼怪做斗争，如何拯救黎民百姓、扶弱扬善的故事。他与《西游记》中的师徒相比，在除暴安良方面更加广泛全面。因为唐僧师徒斩妖除恶之目的，是为了去西天取得真经；而济公来到人世，目的就是为了消除邪恶，拯救天下受苦受难的芸芸众生。所以他无论走到何处，遇到怎样不平的事情都要管一管，遇暴除暴，遇冤申冤。如第五十八回《董家店双杰被害　济禅

---

① 吴承恩. 西游记 [M]. 北京：人民文学出版社，1955.
② 西湖香婴居士. 济公全传 [M]. 成都：四川省社会科学院出版社，1985.

师报应贼人》和第五十九回《济公火烧董家店　陈雷送信找云龙》这两回主要叙述济公除恶救人的故事。

反映佛教文化的小说，在长篇通俗作品中，还有清溪道人（明人方汝浩）编著的《禅真逸史》①和《禅真后史》②，这两部小说是姊妹篇，又可以说是上下部。《禅真逸史》主要歌颂佛教大师林澹然崇高的品德；《禅真后史》主要描写林澹然的徒弟瞿琰为重登仙班而除暴安良的故事。

在明清通俗小说中出现了否定佛教、反对佛教势力的倾向，揭露和批判佛教徒违法乱纪的丑恶行径。当然这种倾向在文言小说中也有，但没有通俗小说中的明显。短篇通俗小说，如凌濛初《二刻拍案惊奇》③卷二十八《程朝奉单遇无头妇　王通判双雪不明冤》，揭露了明宪宗成化年间，一个叫夜的僧人因淫盗之性大发，杀死了卖酒的李方哥之妻，并割下其首级的恶行。凌濛初《初刻拍案惊奇》④卷六《酒下酒赵尼媪迷花　机中机贾秀才抱怨》，揭露婺州观音庵赵尼姑师徒卖淫、帮助淫棍强奸良家妇女的行径。无论是叫夜淫僧，还是赵尼姑师徒，都在作者的笔下受到了应有的严惩。

长篇通俗小说《禅真逸史》虽然塑造了佛教大师林澹然的光辉形象，但作者对佛教是极为反感的。在第一回内，借东魏大将军高欢之口写道："夫佛氏崇尚虚无，绝灭人伦，悖逆天理，误天下之苍生者也。……假令尽皈佛法，则灭而不生，人无遗类，成何世界？"进而指出佛教三大罪恶："科敛人财，聚集男女，阳为拜佛看经，暗里偷情坏法，伤风败俗，紊乱纲常，莫此为甚，其罪一也。……维此缁秃，暖衣饱食，游手好闲，口诵弥陀，心藏荆棘，蠹国害民，又莫此为甚，其罪二也。……假公营私，托

---

① 清溪道人. 禅真逸史［M］. 高学安，余德余，点校. 杭州：浙江古籍出版社，1987.
② 方汝浩. 禅真后史［M］. 邵特昂，点校. 杭州：浙江古籍出版社，1987.
③ 凌濛初. 二刻拍案惊奇［M］. 东铮，点校. 沈阳：春风文艺出版社，1993.
④ 凌濛初. 初刻拍案惊奇［M］. 东铮，点校. 沈阳：春风文艺出版社，1993.

善缘以济所欲者也。……此则僧而贪婪奸险，恃诈力以为乱天下者也。僧为世蠹，又莫此为甚，其罪三也。"作者不仅借人物之话语披露否佛反佛的观点，还在书中通过人物故事揭露了众多和尚道士谋财害命、奸淫妇女的罪行。这部小说对佛教进行了无情的鞭挞。

总而言之，小说中的佛教文化在各个时期有着不同的风格及特点。佛教文化与小说文体相结合的意义与价值如下：

（一）佛教借助小说的舆论力量，得以广泛地宣传教义。佛教的教义，是深奥的，但又充满着哲理和智慧，人们一旦了解它，就会舍生忘死地追求。那些传教士除了亲自讲经说法外，还寻找到一种便于广泛宣传的工具，这就是小说。小说的属性及特点决定了传教士的选择。因为，第一，小说最初是"出于稗官"（班固《汉书·艺文志》）之手。第二，小说皆"街谈巷语，道听途说者之所造也"（班固《汉书·艺文志》）。第三，小说的功用，班固在《汉书·艺文志》讲得明明白白："'虽小道，必有可观焉'……闾里小知者之所及，亦使缀而不忘。"桓谭在《新论》中说："若其小说家……治身理家，有可观之辞。"《四库全书·小说家类序》指出：小说"寓劝戒，广见闻，资考证"。第四，小说的艺术，长于叙事，善于虚构。唐人温庭筠在《乾𫢸𦠆子》序言中说：小说"语怪以悦宾"。自小说涉猎佛教文化后，佛教中的人和事就成了历朝历代小说作品的重要内容。特别是对观世音菩萨形象的塑造，以及对他那"有求必应"的救苦救难思想行为的宣传，几乎是人人皆知、人人皆敬之事。这就极大程度地扩大了佛教在人们心目中的影响，使其从士的阶层扩展到民众的阶层。

（二）小说成了佛教与世俗两个对立的文化领域相结合的桥梁与工具。佛教文化，一般是以反映佛教意识、佛教感情和佛教思想为宗旨的活动及作品。世俗文化，一般是以反映百姓人生、婚丧嫁娶、吃喝玩乐为旨趣的活动及作品。就其宗旨而言，它们是两种格格不入的文化领域和氛围。如果按照主客体进行分析，应该说世俗文化是随着人类的发展而出现的客观事物，它所反映的是人们在生产劳动过程中、在日常生活中出现的喜怒哀乐的各种心态和各种有趣的事情。佛教文化则是主观介入的，因为：其一，它是由释迦牟尼个人打造而创建的；其二，它是从印度传入中国的；其三，它所反映的不是现实存在的，而是人们观念、信仰上的东西。虽然这两种文化天壤之别，但是它们都必须落实到人的头上，而最能使广大民众容易接受的，那就是通俗文学，特别是小说。于是利用小说作为桥梁，把佛教中因果报应的理念以及佛经中反映因果报应的例证，通过小说一股脑地放入世俗文化之内，这就出现了各种各样的善有善报、恶有恶报的升入天堂和进入地狱轮回的故事小说。小说反映佛教内容，主要是从两方面：一是专以佛教故事为题材，如上述所列的各篇，这主要采取了移植手法，把佛经中的寓言、故事搬过来；二是将佛教中的一些观念融入其他题材小说之中。如明代兰陵笑笑生的《金瓶梅》，是一部典型的以家庭为题材的世俗文化小说，但也融入了一些佛事活动，如第三十九回《西门庆玉皇庙打醮　吴月娘听尼僧说经》，第四十九回《西门庆迎请宋巡按　永福寺饯行遇胡僧》，第五十一回《月娘听演金刚科　桂姐躲在西门宅》，第五十七回《道长老募修永福寺　薛姑子劝舍陀罗经》，第八十八回《潘金莲托梦守御府　吴月娘布施募缘僧》，第八十九回《清明节寡妇上新坟　吴月娘误入永福寺》。再如清代曹雪芹的《红楼梦》也是一部反映世俗文化的千古绝唱，然而里面也贯穿着佛教文化。小说的男女主人公贾宝玉和林黛玉是一对相爱相恋之人，但是命运注定了他们的爱情有始无终。作者用他们的爱情悲剧来诠释佛家的"色即是空，空即是色"之观点。因为他们尘世上的情缘之果，乃由仙家情缘之花而定。他们都是上界神仙，贾宝玉是女娲补天剩下来的第三万六千五百零一块石头中的末块，被丢弃在青埂峰下，由于是被女娲锻炼打造过的，已通灵性，"自去自来，可大可小"，后来被神僧携入"那昌明隆盛之邦、诗礼簪缨之族、花柳繁华地、温柔富贵乡"的贾府。林黛玉原本是西方灵河岸上三生石畔的一株快枯死的绛珠草，贾宝玉还是仙石时，被警幻仙子留住于赤霞宫内，名为赤霞宫神瑛侍者；"他却常在灵河岸上行走，看见这株仙草可爱，遂日以甘露灌溉，这绛珠草始得久延岁月。后来既受天地精华，复得甘露滋养，遂脱了草木之胎，得换人形，仅仅修成女性体。终日游于'离恨天'外，饥餐'秘情果'，渴饮'灌愁水'。"她到尘世的直接原因："只因未酬报灌溉之德，故甚至五内郁结着一段缠绵不尽之意，常说'自己受了他雨露之惠，我并无此水可还，他若下界为人，我也同去走一遭，但把我一生所有的眼泪还他，也还得过了'。"这就是他们在尘世上有缘无分的原因，也是林黛玉多愁善感性情的根源所在。贾府中的众多女子，或与贾府有关联的女子大多是仙班成员，在"孽海情天"宫内藏有她们的名册，分为"金陵十二钗正册""金陵十二钗副册""金陵十二钗又副册"，凡是有身份地位的皆在正册之内，其余的皆在副册和又副册内。除此，贾府与寺庙也有着密切联系，贾母等人经常到散花寺、栊翠庵等处烧香拜佛；贾府中的惜春小姐也成了一心念佛的信女。

（三）佛教文化进入小说的创作范围，也给小说带来了发展的契机，丰富和拓展了小说的创作题材。鲁迅在《中国小说史略·六朝之鬼神志怪书》（上）指出："会小乘佛教亦入中土，渐见流传。凡此，皆张皇鬼神，称道灵异，故自晋讫隋，特多鬼神之书……魏晋以来，渐译释典，天竺故事亦流传世间，文人喜其颖异，于有意或无意中用之，遂蜕化为国有。"由于佛教文化的传入，在魏晋南北朝时期的小说创作领域出现了一种新型的小说——志怪体小说，如晋人荀氏的《灵鬼志》、南朝宋刘义庆的《宣验记》、南朝齐王琰的《冥祥记》等作品，其内容大多与佛经故事有关。

（四）佛教文化中写人叙事的艺术形式和艺术表现手法，给小说注入了新鲜血液。主要表现在两方面：一是离奇的想象力和幻化的虚构力，给小说的创作以极大的借鉴。小说原本就长于叙事，富于虚构，与史书相比较，同样是记载一件事，其情节就会有很大的出入。如荆轲刺秦王之事，司马迁《史记》与无名氏《燕丹子》的记述就显示了史书与小说各自不同的手法。《史记》非常客观地记载了事情的始末，而《燕丹子》就不同了，其充分运用虚构的手法，增添了许多想象中的情节。但是与佛教故事幻化出来的人和事还是相差很远的。因此，小说作者借鉴佛教文化中写人叙事的艺术手法来创作小说，使志怪小说中的人物具有超现实的智慧和能量，使小说中的故事情节大都出乎人们的意料，在某种程度上增大了小说的愉悦功能。二是讲经的脚本——变文体，为小说的创作又开辟了一个新天地。变文就是将韵文与散文合组起来的文体。郑振铎在《插图本中国文学史》[1]中指出：这种新文体"决不是天上平空落下来的……是随了佛教文学的翻译而输入的。……初译佛经时，只是利用中国旧文体，以便于览者。其后，才开始把佛经的文体也一并拟仿了起来。所以佛经的翻译，虽远在后汉、三国，而佛经中的文体的拟仿，则到了唐代方才开始。这种拟仿的创端，自然先由和佛典最接近的文人们或和尚们起头，故最早的以韵、散合组的新文体来叙述的故事，也只限于经典里的故事。而'变文'之为此种新文体的最早的表现，则也是无可疑的事实。从诸宫调、宝卷、平话以下，差不多都是由'变文'蜕化或受其影响而来的"。郑振铎先生不仅指出了"变文"的形成过程，还指出了"变文"是自唐代以后的白话小说的源头："原来'变文'的意义，和'演义'是差不多的。就是说，把古典的故事，重新再演说一番，变化一番，使人们容易明白。正和

---

[1] 郑振铎. 插图本中国文学史 [M]. 北京：人民文学出版社，1957.

流行同时的'变相'一样；那也是以'相'或'图画'来表现出经典的故事以感动群众的。……宋代有说经、说参请的风俗，和说小说、讲史书者同列为'说话人'的专业，则'变文'之名虽不存，其流衍且益为广大的了。所谓宋代说话人的四家，殆皆是由'变文'的讲唱里流变出来的罢。"由于"变文"的出现，小说由文言转入白话的写作时代，故此明清之际在文坛上出现了享誉海内外的《三国演义》《金瓶梅》《水浒传》《红楼梦》及"三言""二拍"等著名的通俗小说，使小说的创作达到了巅峰。

第二章

# 古代小说中的茶、酒、医药文化

## 第一节 古代小说中的茶文化

茶,是中华民族最古老、最传统、最有价值的饮品,是中国人民精神上、情趣上不可缺少的食粮,是国家财政收入不可缺少的部分,还是人们研究字词、风俗习惯、财政建设、佛教发展等相关问题的热门话题。

### 一、茶之字

唐代陆羽的《茶经》开篇:"茶者,南方之嘉木也。……其字,或从草,或从木,或草木并。"① 明人杨慎引经据典,辨析"荼"至"茶"字的演变过程,其所著的《丹铅总录》② 云:"茶,即古荼字也。周《诗》记荼苦,《春秋》书齐荼,《汉志》书荼陵。颜师古、陆德明虽已转入茶

---

① 陆羽. 茶经[M]//四库全书·谱录类·饮馔之属. 上海:上海古籍出版社,1987.
② 杨慎. 丹铅总录[M]//四库全书·谱录类·饮馔之属·(陆廷灿)《续茶经》. 上海:上海古籍出版社,1987.

音,而未易字文也。至陆羽《茶经》、玉川《茶歌》、赵赞《茶禁》以后,遂以茶易荼。"杨慎算是辨清了荼字从音变至文变的过程。其实,荼做茶之字文,在隋唐之前就已出现。如晋代干宝《搜神记》载:"夏侯恺,字万仁,因疾死,宗人儿奴,素见鬼。见恺数归,欲取马,并病其妻;着平上帻,单衣,入坐生时西壁大床,就人觅茶饮。"① 再如南宋刘义庆《世说新语》② 第三十四《纰漏》门类,写晋朝官吏任育长过江做客,主人邀请了一些名贤迎接他,当他看到献上的茶,"便问人云:'此为茶?为茗?'觉有异色,乃自申明云:'向问饮为热为冷耳。'"可见"荼"作"茶"字,在《晋书》《搜神记》《世说新语》中都已改变了。

## 二、茶之名

茶名有多种:其一,从品级上,有各种称呼,皆由各种缘由而定。唐代笔记小说陆羽《茶经》载:"茶者南方之嘉木也。……其名:一曰茶,二曰槚,三曰蔎,四曰茗,五曰荈。"宋朝建阳人熊蕃,宗王安石之学,喜欢吟咏,也善茶道,他著了一部书,名为《宣和北苑贡茶录》③,其中记述了茶之品名:"凡茶芽数品,最上曰小芽,如雀舌、鹰爪,以其劲直纤锐,故号芽茶;次曰中芽,乃一芽带一叶者,号一枪一旗;次曰紫芽,其一芽带两叶者,号一枪两旗;其带三叶四叶,皆渐老矣。"何为枪旗?熊蕃又在此篇解释说:"茶芽未展为枪,已展为旗。"宋代赵汝砺著的《北苑别录》④ 云:"茶有小芽,有中芽,有紫芽,有白合,有乌蒂,此不

---

① 干宝.搜神记[M]//汉魏六朝笔记小说大观.上海:上海古籍出版社,1999.
② 刘义庆.世说新语[M]//余素锡.世说新语笺疏.北京:中华书局,1983.
③ 熊蕃.宣和北苑贡茶录[M]//四库全书·谱录类·饮馔之属·宣和北苑贡茶录.上海:上海古籍出版社,1987.
④ 赵汝砺.北苑别录[M]//四库全书·谱录类·饮馔之属(附)北苑别录.上海:上海古籍出版社,1987.

可不辨。小芽者,其小如鹰爪……其精仅如针小,谓之水芽。……中芽,古谓一枪一旗是也。紫芽,叶以紫者是也。白合,乃小芽有两叶抱而生者是也。乌蒂,茶之蒂头是也。凡茶以水芽为上,小芽次之,中芽又次之,紫芽、白合、乌蒂,皆在所取。使其择焉,而精则茶之色味无不佳;万一杂之以所不取,则首面不匀,色浊而味重也。"这是品级之茶名,一般在各类茶里都适用。然而对于茶的品级,也是仁者见仁、智者见智,大概与时代和地域有关系。宋代沈括的《梦溪笔谈》① 云:"芽茶,古人谓之雀舌、麦粒,言其至嫩也。今茶之美,其质素良,而所植之土又美,则新芽一发,便长寸余,其细如针。唯芽长为上品,以其质干,土力皆有余故也。如雀舌、麦粒者,极下材耳。乃北人不识,误为品题。予山居有《茶论》,且作《尝茶》诗云:'谁把嫩香名雀舌,定来北客未曾尝。不知灵草天然异,一夜风吹一寸长。'"

其二,以茶之色、状而命名。如"顾渚紫笋茶",顾渚是山名,而此山出产的茶,"其萌茁紫而似笋也"②。再如"玉尘飞"茶和"素涛起"茶,是宋代蔡君谟与范文正商榷的:"'公《采茶歌》云:黄金碾畔绿尘飞,碧玉瓯中翠涛起。今茶绝品,其色甚白,翠绿乃下者耳,欲改为'玉尘飞''素涛起',如何?'希文曰:'善。'"③ 清代陆廷灿在《续茶经》④ 内曰:"茶之名有七:一曰白茶……芽叶如纸,民间以为茶瑞,取其第一者为斗茶。次曰柑叶茶……叶厚而圆,状如柑橘之叶。……三曰早茶,亦类柑叶,发常先春,民间采制试焙者。四曰细叶茶,叶比柑叶细

---

① 沈括. 梦溪笔谈 [M] //上海师范大学古籍整理研究所. 全宋笔记·(沈括)梦溪笔谈. 郑州:大象出版社,2006.
② 蔡宽夫. 诗话 [M] //四库全书·谱录类·饮馔之属·(陆廷灿)《续茶经》. 上海:上海古籍出版社,1987.
③ 引文见明嘉靖刻本《宝颜堂秘笈·(陈眉公)真珠船》。国家图书馆收藏本。
④ 陆廷灿. 续茶经 [M] //四库全书·谱录类·饮馔之属. 上海:上海古籍出版社,1987.

薄……芽薄而不肥乳……五曰稽茶，叶细而厚密，芽晚而青黄。六曰晚茶，盖机茶之类，发比诸茶较晚，生与社后。七曰丛茶，亦曰丛生茶，高不数尺，一岁之间发者数四，贫民取以为利。"

其三，以茶之产地命名。唐代陆羽在《茶经》中排列了山南、淮南、浙西、浙东、剑南五道三十二个州的产茶名次。他将峡州茶、光州茶、湖州茶、彭州茶、越州茶，均排为上品。应该说这些茶都是他逐一品尝过的。陆羽的《茶经》问世后，茶之上品产地的百姓受益匪浅，有不少人由此而发了大财，但也惹恼了别州的后人。如宋朝黄儒在《品茶要录》中写道："昔者陆羽号为知茶，然羽之所知者，皆今之所谓草茶。……盖草茶味短而淡……建茶力厚而甘……由是观之，鸿渐未尝到建安欤！"①再如，宋朝宋子安在《东溪试茶录》中指出："建安茶品甲于天下。凝山川至灵之卉、天帝始和之气尽此茶矣！"② 这就进一步指出建茶所以好之缘由。也有以山岩为茶名的，如"武夷茶"——岩茶，"北山者为上，南山者次之，南北两山又以所产之岩名为名。"③ 又如"普洱茶"，"出元江府普洱山，性温味香。"④ 明代谢肇淛的《五杂俎》云："今茶品之上者，松萝也，虎丘也，罗岕也，龙井也，阳羡也，天池也。而吾闽武夷、清源、鼓山三种，可与角胜。六安、雁荡、蒙山三种，祛滞有功而色香不称，当是药笼中物，非文房佳品也。"⑤ 文中提到的十二种茶，皆是以地

---

① 黄儒. 品茶要录 [M] //四库全书·谱录类·饮馔之属. 上海：上海古籍出版社，1987.
② 宋子安. 东溪试茶录 [M] //四库全书·谱录类·饮馔之属. 上海：上海古籍出版社，1987.
③ 陆廷灿. 续茶经 [M] //四库全书·谱录类·饮馔之属. 上海：上海古籍出版社，1987.
④ 陆廷灿. 续茶经 [M] //四库全书·谱录类·饮馔之属. 上海：上海古籍出版社，1987.
⑤ 谢肇淛. 五杂俎 [M] //明代笔记小说大观：第二册. 上海：上海古籍出版社，2005：1465-1863.

名代称的。

其四，以茶之工艺命名。如"团茶""小团"茶。宋代欧阳修的《归田录》云："茶之品，莫贵于龙凤，谓之团茶，凡八饼重一斤。庆历中蔡君谟为福建路转运使，始造小片龙茶以进，其品精绝，谓之小团。凡二十饼重一斤，其价值金二两。"① 清代文震亨的《长物志》载："古今论茶事者，无虑数十家，若鸿渐之《经》，君谟之《录》，可谓尽善。然其时法，用熟碾为丸、为挺，故所称有'龙凤团''小龙团''密云龙''瑞云祥龙'。至宣和间，始以茶色白者为贵。漕臣郑可闻始创为银丝水芽，以茶剔叶取心，清泉渍之，去龙脑诸香，惟新銙小龙蜿蜒其上，称'龙团胜雪'。"② 还称"上品拣芽""万寿龙芽"等。再如"莲花茶"，明代小说顾元庆的《云林遗事》载："莲花茶，就池沼中，于早饭前，日初出时择取莲花蕊略绽者，以手指拨开，入茶满其中，用麻丝缚扎，定经一宿，次早莲花摘之，取茶纸包晒；如此三次，锡罐盛贮，扎口收藏。"③

## 三、茶之功用

陆羽《茶经》云："茶之为用，味至寒，为饮，最宜精行俭德之人。若热渴、凝闷、脑痛、目涩、四肢烦、百节不舒，聊四五啜，与醍醐、甘露抗衡也。"他同时也指出了副作用："采不时，造不精，杂以卉莽，饮之成疾，茶为累也。"据封演的《封氏闻见记》④ 载，他受到御史大夫李季卿的鄙视后，感到十分羞愧，又写了一篇《毁茶论》。尽管如此，自唐

---

① 欧阳修. 归田录［M］//宋元笔记小说大观：第一册. 上海：上海古籍出版社，2001：597-630.
② 文震亨. 长物志［M］//四库全书·谱录类·饮馔之属·（陆廷灿）《续茶经》. 上海：上海古籍出版社，1987.
③ 顾元庆. 云林遗事［M］//四库全书·谱录类·饮馔之属·（陆廷灿）《续茶经》. 上海：上海古籍出版社，1987.
④ 封演. 封氏闻见记［M］. 赵贞信，校注. 北京：中华书局，2016.

以后，人们对茶的饮用有增无减。

古典文献的记载上，茶的功效甚多，主要有以下几方面：

（1）提神醒脑。三国时著名神医华佗的《食论》云："苦茶久食，益意思。"① 晋代张华的《博物志》曰："饮真茶，令人少眠。"②《本草》③ 中的《木部》和《菜部》，都说茶有"令人少睡""令人不眠"的功能。南朝祖冲之的《述异记》亦云："巴东有真香茗，其花白色如蔷薇，煎服令人不眠，能诵勿忘。"④ 饮茶还能消醉醒酒。

（2）有药物功能。其一，茶有消食毒之功能。五代小说尉迟偓的《中朝故事》载：赞皇公李德裕，向舒州牧索求数角天柱峰茶，他说："此茶可以消酒食毒。"⑤ 于是命人当即煮了一杯，浇在肉食里面，然后装在银盒子内。到了第二天早上，揭开盒子一看，肉食都已化成水了。凡是目睹其事者，都很佩服李德裕的广识。其二，饮茶可以延年益寿。宋代钱易的《南部新书》载：大中三年，从东都洛阳来了一位长寿僧人，已经一百二十岁还健步如飞。唐宣宗李忱问他服了什么药，僧人回答说："臣，少也，贱，不知药；性本好茶，至处惟茶是求，或出日过百余碗，如常日亦不下四五十碗。"⑥ 宣宗遂赐他五十斤茶，令他住在报寿寺，他饮茶的处所称为茶寮。自五代以后专门为饮茶而建立的茶肆、茶坊，大概就是由此发展起来的。唐代著名的大诗人李白一向以酒为挚友，但对茶偶尔也染

---

① 华佗.食论[M]//四库全书·谱录类·饮馔之属·（陆羽）《茶经》.上海：上海古籍出版社，1987.
② 张华.博物志[M].王根林，校点.上海：上海古籍出版社，1999：179-226.
③ 本草[M]//四库全书·谱录类·饮馔之属·（陆羽）《茶经》.上海：上海古籍出版社，1987.
④ 祖冲之.述异记[M].北京：文化艺术出版社，1980.
⑤ 尉迟偓.中朝故事[M]//唐五代笔记小说大观：下册.上海：上海古籍出版社，2000：1777-1792.
⑥ 钱易.南部新书[M]//收入《宋元笔记小说大观》.上海：上海古籍出版社，2001：285-392.

第二章 古代小说中的茶、酒、医药文化

指,且有不平凡的见解。陆廷灿在《续茶经·茶之源》内记述了李白在《赠族侄僧中孚玉泉仙人掌茶序》中记述了"仙人掌"茶及其助人长寿的功用:"余闻荆州玉泉寺近清溪诸山,山洞往往有乳窟,窟中多玉泉交流。其中有白蝙蝠,大如鸦。按《仙经》:'蝙蝠,一名仙鼠,千岁之后,体白如雪;栖则倒悬,盖饮乳水而长生也。'其水边处有茗草罗生,枝叶如碧玉。惟玉泉真公常采而饮之,年八十余岁,颜色如桃李,而此茗清香滑熟异于他者,所以能还童振枯,扶人寿也。余游金陵,见宗僧中孚示余茶数十片,拳然重叠,其状如手,号为'仙人掌'茶。盖新出乎玉泉之山,旷古未觌,因持之见遗,兼赠诗,要余答之,遂有此作。后之高僧大隐,知'仙人掌'茶,发于中孚禅子及青莲居士李白也。"其三,饮茶有健齿作用。宋代赵令畤的《侯鲭录》载:"吾有一法,常自珍之。每食已,辄以浓茶漱口颊,腻既去而脾胃不知。凡肉之在齿间者,得茶漱浸乃尽,不觉脱去,不烦挑剔也。而齿性便苦,缘此渐坚密,蠹疾自已。"① 其四,有避暑湿之功用。宋代欧阳修的《归田录》载:"两浙之品,日注为第一。自景祐以后,洪州双井白芽渐盛,近岁制作尤精,囊以红纱,不过一二两,以常茶数十斤养之,用避暑湿之气。其品远出日注上,遂为草茶第一。"其五,饮茶可以轻身换骨。壶居士的《食忌》云:"苦茶久食,羽化。与韭同食,令人体重。"② 《天台记》载:"丹丘出大茗,服之生羽翼。"③《天台山志》还记载:"葛仙翁茶圃在华顶峰上。"④ 这说明葛洪仙

---

① 赵令畤. 侯鲭录 [M]//宋元笔记小说大观:第二册. 上海:上海古籍出版社,2001:2025-2100.
② 壶居士. 食忌 [M]//四库全书·谱录类·饮馔之属(陆羽)《茶经》. 上海:上海古籍出版社,1987.
③ 天台记 [M]//四库全书·谱录类·饮馔之属·(陆廷灿)《续茶经》. 上海:上海古籍出版社,1987.
④ 天台山志 [M]//四库全书·谱录类·饮馔之属·(陆廷灿)《续茶经》. 上海:上海古籍出版社,1987.

公的成仙也离不开饮茶。陶弘景的《杂录》① 云："苦荼轻身换骨,昔丹丘子、黄山君服之。"文中的丹丘子和黄山君都已得道成仙。其六,饮茶有疗风痛、止痢疾、解便秘之功效。明代王象晋的《群芳谱》② 详细地记载了茶治疗疾病的使用方法："治疗方:气虚、头痛,用上春茶末,调成膏,置瓦盏内覆转,以巴豆四十粒,做一次烧,烟熏之,晒干乳细,每服一匙。别入好茶末,食后煎服立效。又,赤白痢下,以好茶一斤,炙捣为末,浓煎一二盏,服久痢亦宜。又,二便不通,好茶、生芝麻各一撮,细嚼,滚水冲下,即通。屡试立效。如嚼不及,捣烂滚水送下。"《广舆记》③ 记载："泸州茶可疗风疾。"《岭南杂记》④ 记载了苦丁茶的药物功效:"广南出苦橙茶,俗呼为苦丁,非茶也。茶大如掌,一片入壶,其味极苦,少则反有甘味,噙咽利咽喉之症。"

（3）精神上的享受。善饮茶者有四大讲究:首先,讲究饮茶的环境。明代徐渭的《煎茶七类》⑤ 载："饮茶宜凉台静室,明窗曲几,僧僚道院,松风竹月,晏坐行吟,清谈把卷。"罗廪的《茶解》⑥ 认为饮茶最佳环境是:"山堂夜坐,汲泉煮茗,至火相战,如听松涛;倾泻杯中,云光潋滟。此时幽趣,故难与俗人言矣。"其次,讲究饮茶人数。古人饮茶,不仅讲究环境,还讲究饮茶人数。宋人黄庭坚说:"品茶,一人得神,二人得趣,

---

① 陶弘景. 杂录 [M] //四库全书·谱录类·饮馔之属·（陆羽）《茶经》. 上海:上海古籍出版社, 1987.

② 王象晋. 群芳谱 [M] //四库全书·谱录类·饮馔之属·（陆廷灿）《续茶经》. 上海:上海古籍出版社, 1987.

③ 广舆记 [M] //四库全书·谱录类·饮馔之属·（陆廷灿）《续茶经》. 上海:古籍出版社, 1987.

④ 岭南杂记 [M] //四库全书·谱录类·饮馔之属·（陆廷灿）《续茶经》. 上海:上海古籍出版社, 1987.

⑤ 徐渭. 煎茶七类 [M] //四库全书·谱录类·饮馔之属·（陆廷灿）《续茶经》. 上海:上海古籍出版社, 1987.

⑥ 罗廪. 茶解 [M] //四库全书·谱录类·饮馔之属·（陆廷灿）《续茶经》. 上海:上海古籍出版社, 1987.

<<< 第二章 古代小说中的茶、酒、医药文化

三人得味，六七人是名施茶。"① 张源的《茶录》② 云："饮茶以客少为贵，众则喧，喧则雅趣乏矣。独啜曰幽，二客曰胜，三四客曰趣，五六曰乏，七八曰施。"明叶梦得《避暑录话》③ 引用裴晋公诗句，展示一人独饮的感受："饱食缓行初睡觉，一瓯新茗侍儿煎。脱巾斜倚麻床坐，风送水声来耳边。"再次，讲究煮茶之水的温度。陆羽认为"其沸，如鱼目，微有声，为一沸；边缘如泉涌连珠，为二沸；腾波鼓浪，为三沸。以上水老，不可食也。初沸，则水合量调之以盐味……第二沸出水一瓢，以竹筴环激汤心，则量末当中心而下。有顷，势若奔涛溅沫，以所出水止之，而育其华也"。宋代罗大经针对时代不同而煮水及贮茶之器皿不同，在小说《鹤林玉露》④ 中记载了他与友人辨别煮茶之水的温度的办法："余同年友李南金云：'《茶经》以鱼目、涌泉连珠为煮水之节。然近世瀹茶，鲜以鼎镬，用瓶煮水，难以候视。则当以声辨一沸、二沸、三沸之节。又陆氏之法，以末就茶镬，故以第二沸为合量而下末。若今以汤就茶瓯瀹之，则当用背二涉三之际为合量也。乃为声辨之诗曰：砌虫唧唧万蝉催，忽有千车捆载来。听得松风并涧水，急呼缥色绿磁杯。'其论故以精矣。然瀹茶之法，汤欲嫩而不欲老。盖汤嫩则茶味甘，老则过苦矣。若声如松风涧水而遽瀹之，岂不过于老而苦哉。惟移瓶去火，少待其沸止而瀹之，然后汤适中而茶味甘。此南金之所未讲也。因补一诗云：松风桂雨到来初，急引铜瓶离竹炉。待得声闻俱寂后，一瓯春雪胜醍醐。"最后，饮茶讲究上水

---

① 罗廪.茶解［M］//四库全书·谱录类·饮馔之属·（陆廷灿）《续茶经》.上海：上海古籍出版社，1987.
② 张源.茶录［M］//四库全书·谱录类·饮馔之属·（陆廷灿）《续茶经》.上海：上海古籍出版社，1987.
③ 叶梦得.避暑录话［M］//宋元笔记小说大观：第三册.上海：上海古籍出版社，2001：2575-2680.
④ 罗大经.鹤林玉露［M］//宋元笔记小说大观：第五册.上海：上海古籍出版社，2001：5149-5384.

次数。有人认为一壶茶上两次水足矣，如明代许次纾的《茶疏》①云："一壶之茶，只勘再巡。初巡鲜美，再巡甘醇，三巡则意味尽矣。余常与客戏论，初巡为婷婷袅袅十三余，再巡为碧玉破瓜年，三巡以来，绿叶成荫矣。"宋代陶谷的《清异录》②有"茶百戏"的记载："馔茶幻出物像于汤面者，茶匠通神之艺也。……近世有下汤运匕，别施妙诀，使汤文水脉成物像者：禽兽、虫鱼、花草之属，纤巧如画，但须臾即就散灭，此茶之变也。时人谓之'茶百戏'。"

（4）茶事为文学创作提供了丰富题材。首先说诗文赋。历代以茶事为题材的皆有佳作，如唐代顾况的《茶赋》，武元衡的《谢赐新火及新茶表》，柳宗元的《代武中丞谢赐新茶表》，韩翃的《为田神玉谢赐茶表》，白居易的《睡后茶兴忆杨同州》诗，刘禹锡的《石园兰若试茶歌》，杜牧的《茶山》诗，颜真卿的《月夜啜茶联句》诗等；宋代苏轼的《和钱安道寄惠建茶》诗，苏辙的《咏茶花诗》，王禹偁的《茶园》诗；明代杨慎的《和章水部沙坪茶歌》等；清代董其昌的《赠煎茶僧》诗等。其次是小说。总的说来，历代笔记小说中有一些作品是专门记载茶事的，如文中所举的唐代陆羽的《茶经》、张又新的《煎茶水记》，明代徐渭的《煎茶七类》等。除此，一般来讲，大都是在作品内有一些关于茶事的记载，如唐代封演的《封氏闻见记》，宋代陶谷的《清异录》、欧阳修的《归田录》、沈括的《梦溪笔谈》；明代田汝成的《西湖志余》、谢肇淛的《五杂俎》等。由于小说以写人叙事为主要特征，因此许多作品是在叙述某个人

---

① 许次纾. 茶疏 [M] //四库全书·谱录类·饮馔之属·（陆廷灿）《续茶经》. 上海：上海古籍出版社，1987.
② 陶谷. 清异录 [M] //宋元笔记小说大观：第一册. 上海：上海古籍出版社，2001：1-140.

物或某个故事时涉及茶事，如唐代传奇元稹的《莺莺传》① 主要叙述莺莺与张生自由恋爱由喜而悲的故事，在张生赴京后即将抛弃莺莺时，莺莺还满怀深情地送他情诗与定情之物，其中有一个就是茶碾子，以此表示他们的爱情既高尚又循环往复，绵延不绝。另外，以茶碾子作为定情之物，也证明了陆羽在《茶经》上使用茶碾子造茶之事；同时也说明唐代造茶用碾子，大概也比较普遍，否则元稹也不会将其写进小说之内，而且已成为具有象征意义的事物了。这足可说明谢肇淛《五杂俎》中"古人造茶……至宋始用碾"的说法，是不正确的。在《李娃传》《兰亭记》等唐代小说中，都提到了主人用茶招待客人的事情。五代王敷以茶酒为题，写了一篇变文《茶酒论》②，此作品被收入《敦煌变文集》内。这篇变文小说，采用对话的形式。作品中有三个人物，一个是酒的使者，一个是茶的使者，另一个是水的使者，他们展开了口舌之辩。先是酒与茶的使者争辩，各自论说己之所长，斥责对方之短；当他们争斗得不可开交时，水的使者到了，以长者身份对他们进行批评，各打五十大板，并告诉他们："茶不得水，作何相貌？酒不得水，作甚形容？"最后劝导他们："从今以后，且须和同。酒店发富，茶坊不穷。长为兄弟，须得始终。"同时篇末还劝导世人："人若读之一本，永世不害就巅茶风（疯）！"这篇小说在当时影响很大。宋代传奇佚名的《梅妃传》③，在叙述梅妃得宠之事时，写了一个梅妃与唐明皇斗茶的情节，梅妃得胜，唐明皇看着在座的诸王，开玩笑地说："此梅精也，吹白玉笛，作惊鸿舞，一座光辉，斗茶今又胜吾矣。"梅妃应声说："草木之戏，误胜陛下。设使调和四海，烹饪鼎鼐，

---

① 元稹. 莺莺传 [M] //吴志达. 唐五代·传奇集. 郑州：中州古籍出版社，1997：133-145.
② 王敷. 茶酒论 [M] //李时人. 全唐五代小说：卷八六. 西安：陕西人民出版社，1998：2447-2450.
③ 无名氏. 梅妃传 [M] //吴组缃. 历代小说选. 北京：中国青年出版社，1982.

万乘自有宪法，贱妾何能较胜负也！"皇上十分高兴。长篇通俗小说，如清代曹雪芹著的《红楼梦》① 描述饮茶之事较为突出，除了随章可见，还有一回专门叙述妙玉煮雪水烹茶待客的故事。以上或是全篇或是某个部分内容皆以描写茶事本身的故事，还有一类小说是写与茶事无关，但又是因茶事兴起的人和事，如茶叶店中卖茶的用人和茶肆中的主人等。宋代洪迈著的《夷坚志》② 有一篇是描写茶仆崔三与狐精恋爱的故事。宋代王明清著的《摭青杂说》③ 中有《茶肆高风》篇，写京师樊楼旁一家茶肆主人，拾到来饮茶的李姓客人丢失的一包数十两金子，便收藏起来，等待失主认领。李氏虽然发觉自己的金子遗失在茶肆内，但他认为茶肆中往来者很多，无法寻找，只好自认倒霉。几年后，他又来到此茶肆，触景生情，与同行说出几年前在此丢失一包金子的事情。茶肆主人听说后，核实了他当年的穿着及饮茶时所坐的方位，然后将保存完好的那包金子取了出来，交还给李氏。李氏为了报答主人拾金不昧的厚意，要将金子分给他一半，主人拒绝说："官人想亦读书，何不知人如此！义利之分，古人所重。小人若重利轻义，则匿而不告，官人将如何？又不可以官法相加，所以然者常恐有愧于心，故也。"座中五十多人都十分感动，赞佩茶肆主人的高尚品德。类似这样的小说，虽然与茶事本身无关，但从另一方面却反映了茶事在宋时盛行的状况。

再次，以茶事为题材的戏曲，如王实甫著的传奇《苏小郎夜月贩茶船》等。茶船，即茶托子。清代顾张思的《土风录·茶船》载："富贵家茶杯用托子，曰茶船。"

（5）茶事为世人的婚丧嫁娶风俗提供了借鉴。早在茶被世人发现不

---

① 曹雪芹. 红楼梦 [M]. 张俊，等注释. 北京：北京师范大学出版社，1987.
② 洪迈. 夷坚志 [M]. 何卓，点校. 北京：中华书局，1981.
③ 王明清. 摭青杂说·茶肆高风 [M] //吴组缃. 历代小说选. 北京：中国青年出版社，1982：585-588.

久，就利用茶某方面将其引入人们的处事观念之中，从而形成一种习俗。女子出嫁要从一而终，这是封建社会女性道德规范中的一个重要内容。人们经过反复实践，得知绝大多数地区的茶树只能埋籽种植，而不可以移植，移植则死。于是人们就将茶树的这一天然属性与女子后天的道德联系起来，因而在一些地区男子在娶媳妇时的聘礼上总要放一些茶叶，表示男家聘娶的媳妇就像茶树一样，不能中途转移，要从一而终。《天中记》①载："凡种茶树必下子，移植则不复生。故俗聘妇，必以茶为礼仪，固有所取也。"陈诗教《灌园史》②云："予尝闻之山僧言，茶子数颗落地，一茎而生，有似连理，故婚嫁用茶，盖取一本之义。"

人们还将茶叶中的苦味运用到丧事之中，因此《周礼》云："掌茶以供丧事，取其苦也。"宋代周密的《齐东野语》中"有丧不举茶托"③载："凡居丧者，举茶不用托，虽曰俗礼，然莫晓其义。或谓昔人托必有朱，故有所嫌而然，要必有所据。宋景文《杂记》云：'夏侍中薨于京师，子安期他日至馆中，同舍谒见，举茶托如平日，众颇讶之。'又平园《思陵记》载：'阜陵居高宗丧，宣坐，赐茶，亦不用托。始知此事流传已久矣。'"除了这些忌讳和牵强附会，大概人间的饮茶习惯影响了鬼神，所以人们在祭祀鬼神时，往往也要供奉一些茶水。

## 四、饮茶之水

饮茶之水，不同时代的人有不同的讲究，不同地方的人又有不同的说法。唐刑部侍郎刘伯刍对茶道也很有研究，他将适于煮茶的水分为七等：

---

① 天中记［M］//四库全书·谱录类·饮馔之属·（陆廷灿）《续茶经》.上海：上海古籍出版社，1987.
② 陈诗教.灌园史［M］//四库全书·谱录类·饮馔之属·（陆廷灿）《续茶经》.上海：上海古籍出版社，1987.
③ 周密.齐东野语［M］.北京：中华书局，1983.

"扬子江南零水第一,无锡惠山寺石水第二,苏州虎丘寺石水第三,丹阳县观音寺井水第四,大明寺井水第五,吴淞江水第六,淮水最下第七。"①他的品评,得到了又一位对茶道有研究的张又新的赞同:"余尝具瓶于舟中,亲挹而比之,诚如此说也。"②陆羽则认为最好的煮茶之水是山水。《茶经》曰:"其水,用山水上,江水中,井水下。其山水拣乳泉、石池漫流者上;其瀑涌湍嗽勿食之,久食令人有颈疾。又多别流于山谷者,澄浸不泄,自火天至霜效以前,或潜龙蓄毒于其间;饮者可决之,以流其恶,使新泉涓涓然,酌之。"他有论水次二十种,排在前三名的是:"庐山康王谷水帘水第一,无锡惠山寺石泉水第二,蕲州兰溪石下水第三";扬子江南零之水,排在第七位;排在最后三名的是:"柳州园泉水第十八,桐庐严陵滩水第十九,雪水第二十。"③陆羽善品水还有一个故事。据唐代小说张又新的《煎茶水记》④载:唐代宗年间,湖州刺史李季卿,在维扬遇到陆羽。李季卿平素就知晓陆羽对茶很有研究,于是与他交朋友,邀请他一同前往任所。当他们来到扬子江驿站时,吃饭前,李季卿说:"陆君善于茶,盖天下闻名矣,况扬子南零水又殊绝。今者,二妙千载一遇,何旷之乎?"于是命军士操舟拿着瓶去南零取水。陆羽准备好器具。过了一会儿,军士将水取来。陆羽用勺子舀起水说:"江则江矣,非南零者,似临岸之水。"军士辩解说:"某擢舟深入,见者累百,敢虚绐乎?"陆羽不言语。军士将水往盆内倒,倒了一半时,陆羽突然叫停,又用勺子舀起水说:"自此南零者矣。"军士大吃一惊,趴在地上请罪说:"某自南零赍至岸,舟荡覆半。惧其甚少,挹岸水增之。处士之鉴,神鉴也,其敢隐

---

① 张又新. 煎茶水记 [M] //王汝涛. 全唐小说. 济南:山东文艺出版社,1993.
② 张又新. 煎茶水记 [M] //王汝涛. 全唐小说. 济南:山东文艺出版社,1993.
③ 陆廷灿. 续茶经 [M] //四库全书·谱录类·饮馔之属. 上海:上海古籍出版社,1987.
④ 张又新. 煎茶水记 [M] //王汝涛. 全唐小说. 济南:山东文艺出版社,1993.

<<< 第二章　古代小说中的茶、酒、医药文化

焉？"在场的李季卿与宾客数十人都十分惊骇。唐代宰相李德裕十分喜爱用惠山泉水煮茶，于是设"水递"，用驿马从常州到京城进行传送。后来有一位僧人看到"水递"费时费力，于是献上"通水脉"之计策，因为京师有一眼井与惠山泉脉相通，此井就在昊天观常住的仓库后面。李德裕为了试验僧人说的话是否属实，于是就命人取来八瓶水，有两瓶是惠山泉水和昊天井水，其他的水是别处的，然后请僧人品辨，僧人一下子就认出了，只取两瓶井泉水。李德裕十分惊奇赞叹。此故事出自唐代丁用晦的《芝田录》①。陆羽将雪水排在末尾，因为"以煎茶滞而太冷也"②。然而陆龟蒙并不这样认为，他主张用松枝上的白雪作为煮茶之水，大概是有一定道理的，这得到了明人谢肇淛的赞同，其在《五杂俎》中云："闽人苦山泉难得，多用雨水，其味甘不及山泉，而清过之。然自淮而北，则雨水苦黑，不堪煮茗矣。惟雪水，冬月藏之，入夏用，乃绝佳。夫雪固雨所凝也，宜雪而不宜雨，何哉？或曰：北房瓦屋不净，多用秽泥涂塞古耳。"《红楼梦》中也有用雪水煮茶的情节。身处山东的清人王士禛，他在小说《古夫于亭杂录》③中很不满意陆羽等人对煎茶用水的品评，他说："唐刘伯刍品水，以中泠为第一，惠山虎丘次之。陆羽则以康王谷为第一，而次以惠山。古今耳食者，遂以为不易之论。其实二子所见，不过江南数百里内之水，远如峡中虾蟆碚，才一见耳。不知大江以北如吾郡，发地皆泉，其著名者七十有二。以之烹茶，皆不在惠泉之下。……予尝题王秋史苹二十四泉草堂云：'翻怜陆鸿渐，蛙步限江东。'正此意也。"

---

① 丁用晦. 芝田录［M］//王汝涛. 全唐小说. 济南：山东文艺出版社，1993.
② 陆廷灿. 续茶经［M］//四库全书·谱录类·饮馔之属. 上海：上海古籍出版社，1987.
③ 王士禛. 古夫于亭杂录［M］//四库全书·谱录类·饮馔之属. 上海：上海古籍出版社，1987.

### 五、造茶之法

陆羽是一位精通茶道之人，后人称之茶神、茶圣，其所著《茶经》阐述了与茶有关的方方面面。在采茶制造工艺上，他认为要采之以时、造之求精，如果"采不时，造不精，杂以卉莽，饮之成疾，茶为累也。"① 所以他说："其日有雨不采，晴有云不采。晴，采之，蒸之，捣之，拍之，焙之，穿之，封之，茶之干矣。"② 这样制造出来的"茶有千万状，卤莽而言，如胡人靴者，蹙缩然；犎牛臆者，廉襜然；浮云出山者，轮囷然；轻飚拂水者，涵澹然。有如陶家之子，罗膏土以水澄泚之；又如新治地者，遇暴雨流潦之所经。此皆茶之精腴。有如竹箨者，枝干坚实，艰于蒸捣，故其形籭簁然；有如霜荷者，茎叶凋沮，易其状貌，故厥状委萃然；此皆茶之瘠老者也。"③ 为了简便造茶之工艺，他提出："若方春禁火之时，于野寺山园，丛手而掇，乃蒸，乃舂，乃炙，以火干之；则又棨、扑、焙、贯、棚、穿、育等七事皆废。"④ 陆羽只是讲了采茶的天气情况，而《北苑别录》⑤ 进一步论述了采茶的时辰："采茶之法，须是侵晨，不可见日。晨则夜露未晞，茶芽肥润。见日则为阳气所薄，使芽之膏腴内耗，至受水时而不鲜明。故每日常以五更挝鼓，集群夫于凤凰山，监采官人给一牌，入山至辰刻，则复鸣锣以聚之，恐其逾时贪多务得也。"然而

---

① 陆羽. 茶经 [M] //王汝涛. 全唐小说. 济南：山东文艺出版社，1993.
② 壶居士. 食忌 [M] //四库全书·谱录类·饮馔之属（陆羽）《茶经》. 上海：上海古籍出版社，1987.
③ 壶居士. 食忌 [M] //四库全书·谱录类·饮馔之属（陆羽）《茶经》. 上海：上海古籍出版社，1987.
④ 壶居士. 食忌 [M] //四库全书·谱录类·饮馔之属（陆羽）《茶经》. 上海：上海古籍出版社，1987.
⑤ 赵汝砺. 北苑别录 [M] //四库全书·谱录类·饮馔之属（附）. 上海：上海古籍出版社，1987.

不同地方的采茶时间也是不同的。《茶经》《北苑别录》都有采茶一日之计在于晨之说,而武夷茶则是要在日出后才能采,因为此地有瘴气。《随见录》①云:"凡茶见日则味夺,惟武夷茶喜日晒。"屠长卿的《考盘余事》②曰:"若闽广岭南,多瘴疠之气,必待日出山霁,雾瘴岚气收净,采之可也。"在采茶季节上,大多地区皆是以采春茶唯上。《大观茶论》③载:"茶工作于惊蛰,尤以得天时为急。"《东溪试茶录》④曰:"建溪茶比他郡最先,北苑、壑源者尤早。岁多暖则先惊蛰十日即芽;岁多寒则后惊蛰五日始发。先芽者,气味俱不佳,唯过惊蛰者最为第一。民间常以惊蛰为候。"芥茶就不同了,是以夏茶为宜。许次杼的《茶疏》⑤云:"芥茶非夏前不摘。初试摘者,谓之开园,采自正夏,谓之春茶。……七八月重摘一番,谓之早春。其品甚佳,不嫌少薄。"至于茶的采摘,亦有讲究。《大观茶论》⑥曰:"用爪断芽,不以指揉。"宋子安的《东溪试茶录》⑦云:"凡断芽必以甲,不以指。以甲则速断不柔,以指则多湿易损。"

造茶之法,随着朝代的更替不断变化着。宋代与唐代不同,宋代朱翌

---

① 随见录[M]//四库全书·谱录类·饮馔之属·(陆廷灿)《续茶经》.上海:上海古籍出版社,1987.
② 屠长卿.考盘余事[M]//四库全书·谱录类·饮馔之属·(陆廷灿)《续茶经》.上海:上海古籍出版社,1987.
③ 大观茶论[M]//四库全书·谱录类·饮馔之属·(陆廷灿)《续茶经》.上海:上海古籍出版社,1987.
④ 宋子安.东溪试茶录[M]//四库全书·谱录类·饮馔之属.上海:上海古籍出版社,1987.
⑤ 许次杼.茶疏[M]//四库全书·谱录类·饮馔之属·(陆廷灿)《续茶经》.上海:上海古籍出版社,1987.
⑥ 大观茶论[M]//四库全书·谱录类·饮馔之属(陆灿廷)《续茶经》.上海:上海古籍出版社,1987.
⑦ 宋子安.东溪试茶录[M]//四库全书·谱录类·饮馔之属.上海:上海古籍出版社,1987.

的《猗觉寮杂记》① 说:"唐造茶,与今不同,今采茶者得芽,即蒸熟焙干;唐则旋摘旋炒。刘梦得的《试茶歌》:'自傍芳丛摘鹰嘴,斯须炒成满室香。'"他说的大概是北宋时代的造茶之主要方法,而南宋又有不同。郑樵的《文献通考》② 载:"宋人造茶,有二类:曰片,曰散。片者,即龙团旧法;散者,则不蒸而干之,如今时之茶也。始知南渡之后,茶渐以不蒸为贵矣。"明代造茶与宋代又有不同。明代谢肇淛的《五杂俎》③说:"古人造茶,多舂令细,末而蒸之。唐诗'家童隔竹敲茶臼'是也。……若揉而焙之,则本朝始也。"

## 六、茶饮之史

作为饮品,茶是谁发现的?又是从什么时代兴起的饮茶之风呢?自古以来,主要有六种说法:

第一种,"神农氏说"。陆羽在《茶经》中说:"茶之为饮,发乎神农氏,闻于鲁周公,齐有晏婴,汉有扬雄、司马相如,吴有韦曜,晋有刘琨、张载、远祖纳、谢安、左思之徒,皆饮焉。滂时浸俗,盛于国朝,两都并荆渝间,以为比屋之饮。"

第二种,"东晋说"。裴文《茶述》④ 云:"茶,起于东晋,盛于今朝。"《晋书》⑤ 载:"温峤表,遣取供御之调,条列真上茶千片,茗三百大薄。"

---

① 朱翌. 猗觉寮杂记 [M] //四库全书·谱录类·饮馔之属·(陆廷灿)《续茶经》. 上海:上海古籍出版社,1987.
② 郑樵. 文献通考 [M]. 北京:中华书局,1986.
③ 谢肇淛. 五杂俎 [M] //明代笔记小说大观:第二册. 上海:上海古籍出版社,2005:1465-1863.
④ 裴文. 茶述 [M] //四库全书·谱露类·饮馔之属·(陆廷灿)《续茶经》. 上海:上海古籍出版社,1987.
⑤ 晋书 [M]. 北京:中华书局,1974.

第三种,"南北朝说"。北魏杨衒之的《洛阳伽蓝记》[①]记载了一个"茗饮为酪奴"的故事:王肃刚到北魏时,不吃羊肉及奶酪等物,只吃鲫鱼羹,饮茗汁。京师一位先生说:王肃饮茶,一饮就是一斗,因此大家称他是"漏卮"。几年后,高祖见他已经能吃很多羊肉和奶酪了,问说:"羊肉比鲫鱼如何?奶酪比茗饮如何?"王肃回答说:"羊是陆地上生产之最,而鲫鱼乃是水产动物之长,所好不同,各自称得上珍品;以味而言,大有优劣之分。羊好比齐、鲁大国,鱼好比邾、莒小国。只有茗不得重用,只能做奶酪的奴隶。"高祖听后十分高兴。彭城王勰问王肃说:"您不敬重齐、鲁大帮,而偏爱邾、莒小国,这是为什么?"王肃回答说:"乡曲所美,不得不好。"彭城王又对王肃说:"明天请您到我家做客,为您设'邾、莒之食',也有酪奴。"从此,世人呼"茗饮为酪奴"。

第四种,"唐代禅教说"。唐封演认为饮茶之风兴于唐代禅教,他在《封氏闻见记》[②]中写道:茶,"南人好饮之,北人初不多饮,开元中,泰山灵岩寺有降魔师大兴禅教。学禅务于不寐,又不夕食,皆许其饮茶。人自怀挟,到处煮饮。从此转相仿效,遂成风俗。自邹、齐、沧、棣,渐至京邑,城市多开店铺煎茶卖之,不闻道俗,投钱取饮。其茶自江、淮而来,舟车相继,所在山积,色额甚多。"宋李石也延续此说,《续博物志》[③]云:"南人好饮茶,孙皓以茶与韦曜代酒,谢安诣陆纳,设茶果而已。北人初不识,唐开元中,泰山灵岩寺有降魔师,教学禅者以不寐法,令人多作茶饮,因以成俗。"

---

[①] 杨衒之. 洛阳伽蓝记 [M] //章培恒,安平秋,马樟根. 古代文史名著选译丛书. 成都:巴蜀书社,1991.
[②] 封演. 封氏闻见记 [M]. 赵贞信,校注. 北京:中华书局,1958.
[③] 李石. 续博物志 [M] //四库全书·谱录类·饮馔之属·(陆廷灿)《续茶经》. 上海:上海古籍出版社,1987.

第五种,"唐人陆羽说"。陈师道在《茶经序》① 中写道:"夫茶之著书自羽始,其用于世亦自羽始。羽诚有功于茶者也。上自宫省,下逮邑里,外及戎夷蛮狄宾祀燕享,预陈于前;山泽以成市,商贾以起家,又有功于人者也。"

第六种,"宋代说"。明代李日华的《六研斋笔记》② 载:"茶事于唐末未甚兴,不过幽人雅士手撷于荒园杂秽中,拔其精英,以荐灵爽,所以饶云露自然之味。至宋设茗纲,充天家玉食,士大夫益复贵之。民间服习寖广,以为不可缺之物。"

以上六种说法,笔者认为"东晋说""南北朝说""宋代说",应商榷;另外三种说法,则可以综合在一起,那就是:茶,作为一种饮品,是炎帝神农氏在尝百草的过程中发现的。神农在《食经》③ 中说:"茶茗,久服令人有力悦志。"随后人们就将其作为饮食中的一部分,所以《诗经》中就有了"谁谓荼苦,其甘如荠"的诗句;《周礼》中也有了"掌荼以供丧事,取其苦也"之礼祀。《晋书》记载:"桓温为扬州牧,性俭,每宴饮,唯下七奠拌茶果而已。"左思的《娇女诗》④ 也有"心为茶荈聚,吹嘘对鼎𬬻"的诗句。魏晋南北朝时期小说,如《搜神记》《神异记》《世说新语》《搜神后记》等作品,均有关于饮茶故事的记载。由此可见,唐前饮茶已成为一些人的爱好。至唐,由于陆羽著《茶经》,积极

---

① 陈师道. 茶经序 [M] //四库全书·谱录类·饮馔之属(陆廷灿)《续茶经》. 上海:上海古籍出版社,1987.

② 李日华. 六研斋笔记 [M] //四库全书·谱录类·饮馔之属(陆廷灿)《续茶经》. 上海:上海古籍出版社,1987.

③ 神农. 食经 [M] //四库全书·谱录类·饮馔之属(陆廷灿)《续茶经》. 上海:上海古籍出版社,1987.

④ 左思. 娇女诗 [M] //四库全书·谱录类·饮馔之属(陆廷灿)《续茶经》. 上海:上海古籍出版社,1987.

倡导，又得禅教的推波助澜，使饮茶之风迅猛盛行起来。宋代陶谷在《清异录》①中云："茶至唐而始盛。"

茶事兴盛于唐代，主要有六个标准：（一）出现了茶事研究的专著，如陆羽《茶经》三卷、顾况《论茶》、佚名《茶记》三卷、佚名《顾渚山记》二卷、张又新《煎茶记》一卷等。虽然后来历朝历代所著有关茶的书籍很多，是唐代的数倍，但都属于延续、沿袭之作，从某种程度上说均已不是开创性的；虽然陆羽论茶有不全面之处，但毕竟是他第一次涉猎茶的研究领域，系统地论述了茶之事。也正是因为这些专著的出现，才使茶饮迅速被世人所熟知。（二）出现了贡茶院和贡茶山。文献记载，唐代不仅造茶入贡，还出现了贡茶院。《吴兴掌故》②载："唐时，其（顾渚）左右大小官山皆为茶园，造茶充贡，故其下有贡茶院。"由于自唐代开始有了产茶入贡之事，所以就出现了"唐贡山"之说。据《天下名胜志》③载："常州宜兴县东南别有茶山，唐始造茶入贡，又名'唐贡山'。在县东南三十五里，均山乡。"如果说"唐贡山"还是因有山而成说，那么"茶山路"则是一种比喻和形容了。《武进县志》④记述："'茶山路'，在广化门外十里内，大墩小墩连绵簇拥，有山之形。唐代湖、常二守，会阳羡造茶修贡，由此往返，故名。"（三）饮茶成为一种世上风俗。唐代小说李肇的《唐国史补》⑤云："风俗贵茶，茶之名品益众。"张淏的《云

---

① 陶谷．清异录［M］//宋元笔记小说大观：第一册．上海：上海古籍出版社，2001：1-140．
② 吴兴掌故［M］//四库全书·谱录类·饮馔之属（陆廷灿）《续茶经》．上海：上海古籍出版社，1987．
③ 天下名胜志［M］//四库全书·谱录类·饮馔之属（陆廷灿）《续茶经》．上海：上海古籍出版社，1987．
④ 武进县志［M］//四库全书·谱录类·饮馔之属（陆廷灿）《续茶经》．上海：上海古籍出版社，1987．
⑤ 李肇．唐国史补［M］//唐五代笔记小说大观：上册．上海：上海古籍出版社，2000：153-202．

谷杂记》① 载："考郭璞注《尔雅》云：'树似栀子，冬生，叶可煮作羹饮。'然茶至冬味苦，岂可作羹饮耶？饮之令人少睡，张华得之，以为异闻，遂载之《博物志》。非但饮茶者鲜，识茶者亦鲜。至陆羽著《茶经》三篇，言茶甚备，天下益知饮茶。其后尚茶成风。回纥入朝，始驱马市茶。"从此条记载，不仅看到中原人人争饮，连回纥族也出现了饮茶的兴趣，不惜以马匹换茶。《唐国史补》还有一条有趣的记载："常鲁使西番，烹茶帐中。番使问：'为何者？'鲁曰：'涤烦消渴，所谓茶也。'番使曰：'我亦有之。'取出以示曰：'此寿州者，此顾渚者，此蕲门者。'"（四）出现了茶税。由于世人饮茶成风，所以采茶卖茶的生意也就火了起来，种植茶树、经营茶叶的农民越来越多，因此朝廷将茶叶纳入了国库财政的收入，唐代开始设立茶吏茶税。到底是什么时间开始的，说法不一。《新唐书》② 载"太和七年，罢吴蜀冬贡茶。太和九年，王涯献茶，以涯为榷茶使，茶之有税，自涯始"。张淏的《云谷杂记》载："德宗建中间，赵赞始兴茶税。兴元初虽诏罢，贞元九年，张滂复奏请，岁得缗钱四十万。"《谷山笔尘》③ 载："六朝时，北人犹不饮茶，至以酪与之较，惟江南人食之甘。至唐，始兴茶税。"《事物纪原》④ 载："榷茶起于唐建中、兴元之间。赵赞、张滂建议税其什一。"（五）注重造茶工艺，讲究饮茶器皿。在唐代饮茶之风盛行下，除了造茶工艺创新提高，各种茶具也竞相争艳。陆羽《茶经》的《茶之具》中排列了十六种从采茶、造茶到藏贮分规范和讲究的器具；而在《茶之器》内列举了风炉、筥、炭挝、火筴、鍑、

---

① 张淏. 云谷杂记 [M] //四库全书·谱录类·饮馔之属·（陆廷灿）《续茶经》. 上海：上海古籍出版社，1987.
② 新唐书 [M]. 北京：中华书局，1975.
③ 谷山笔尘 [M] //四库全书·谱录类·饮馔之属·（陆廷灿）《续茶经》. 上海：上海古籍出版社，1987.
④ 事物纪原 [M] //四库全书·谱录类·饮馔之属·（陆廷灿）《续茶经》. 上海：上海古籍出版社，1987.

## 第二章 古代小说中的茶、酒、医药文化

交床、夹、纸囊、碾、罗合、则、水方、漉水囊、瓢、竹筴、鹾簋、熟盂、碗、畚、札、涤方、滓方、巾、具列、都篮二十五种造茶所用的精致器具；尤其是风炉，既高雅又讲究，将铸造、文字、艺术及道教等文化融为一体，同时还显示了盛唐的国威。随着造茶工艺的日臻精湛，茶的品种也多了起来，有粗茶、散茶、末茶、饼茶等；同时人们对饮茶之具，也随之讲究起来，除了茶壶、茶瓶、茶杯、茶匙，还创建了"茶托"。唐代李匡文的《资暇集》[①] 载："茶托子，始建中蜀相崔宁之女，以茶杯无衬，病其熨指，取楪子承之，既啜而杯倾，乃以蜡环楪子之央，其杯遂定。即命匠以漆环代蜡，进于蜀相，蜀相奇之，为制名而话于宾亲。人人为便，用于当代。是后传者更环其底，愈新其制，以至百状焉。"《周礼·春官·司尊彝》载："祼用鸡彝鸟彝，皆有舟。"虽然此"舟"，亦有承、托之作用，但绝不是崔宁女所要的茶托子。应该说，真正的茶托子是从唐代开始的。这样的茶托子既不会烫手指，饮茶时也不会倾倒。（六）唐代出现了"茶博士"之称。所谓"茶博士"，即茶叶店或是茶肆内通晓煮茶技术人员之称呼。唐封演《封氏闻见记》载：御史大夫李季卿奉旨宣慰江南时，先有伯熊身穿黄披衫，头戴乌纱帽，手执茶器，口报茶名，区分指点各种不同的茶，使在座的刮目相看。茶煮好后，李季卿喝了两杯就停止了。后来又请陆羽为他烹茶。陆羽身穿山野居民的衣服，带着茶具而来。他煮茶的程序与伯熊一样，李季卿打心里看不起他。茶事结束后，李季卿命令奴仆取三十钱赏给他，并被冠以"煎茶博士"。小说写陆羽正是受到这次的鄙视，遂写了《毁茶经》，以示雪辱和回敬。大概是人们对当时有权有势的官吏索求不满意，故编此故事对他们加以鞭笞。因为在正史和其他文献上没有详细记载，其《毁茶经》也未见刊刻流传。即使《封氏闻

---

[①] 李匡文. 资暇集 [M] // 王汝涛. 全唐小说. 济南：山东文艺出版社，1993.

见记》记述了陆羽著《毁茶经》,它似乎对世人也没有任何影响,人们对茶饮的索求更加执着,有的地方还摆起了陆羽之像。唐代赵璘的《因话录》① 载:"陆羽有文学,多奇思,无一物不尽其妙,茶术最著。始造煎茶法。至今鬻茶之家,陶其像,置炀突间,祀为茶神。云:'宜茶足利'。"

如果说唐代掀起了饮茶之风,那么宋代则是刮起了饮茶飓风。无论在茶之品种、茶之产地、茶之采造工艺,还是各种与茶事有关的器皿,都达到了极为精致的地步。茶园、茶山遍及全国各州县,北宋最为著名的茶园是北苑贡茶园。胡仔的《苕溪渔隐丛话》② 载:"建安北苑,始于太宗太平兴国三年,遣使造之取像于龙凤,以别入贡。……北苑在富沙之北,隶建安县,去城二十五里,乃龙焙造贡茶之处,亦名凤凰山。"宋子安的《东溪试茶录》③ 云:"茶宜高山之阴,而喜日阳之早。自北苑凤山,南直苦竹园头,东南属张坑头,皆高远先阳处,岁发常早,芽极肥乳,非民间所比。……又,以建安茶品甲天下,疑山川至灵之卉,天地始和之气,尽此茶矣。……近,蔡公亦云:'惟北苑凤凰山连属诸焙,所产者味佳,故四方以建茶为名,皆曰北苑云'。"

此外,唐代出现的饮茶专用之所——茶寮,经五代至宋朝遂演变为茶坊、茶肆,成了人们品茶相聚之所。《东京梦华录》④ 载:"旧曹门街北山子茶坊,内有仙洞、仙桥,士女往往夜游,吃茶于彼。"茶税,也是宋朝

---

① 赵璘. 因话录 [M]//唐五代笔记小说大观:上册. 上海:上海古籍出版社,1987:829-878.
② 胡仔. 苕溪渔隐丛话 [M]//四库全书·谱录类·饮馔之属·(陆廷灿)《续茶经》. 上海:上海古籍出版社,1987.
③ 宋子安. 东溪试茶录 [M]//四库全书·谱录类·饮馔之属. 上海:上海古籍出版社,1987.
④ 孟元老. 东京梦华录 [M]. 伊永文,笺注. 北京:中华书局,1982.

财政中一大收入。沈括的《梦溪笔谈》① 载："至咸平元年，茶利钱以一百三十九万二千一百一十九贯三百一十九为额。"金、元、明、清历朝虽然在贡茶产区和造茶工艺以及烹茶的方式上不断改变，但是对其管理和税收是没有改变的。人们对茶的需求也是代代不减。

然而，饮茶器具却在不断更新换代。唐时，主要使用铜铁制造的饮茶器具。陆羽主张煮茶使用的鍑，要用生铁为之，因它又便宜又经久耐用，而且便于煮茶扬沫。他认为用石和瓷制作的鍑，虽然显得雅致，但容易破碎；用银制作的鍑，又洁净又雅致，但是过于奢侈和华丽。饮茶之杯碗，陆羽主张用瓷类。他认为瓷碗应以"越州上，鼎州次，婺州次；岳州上，寿州、洪州次。或者以邢州处越州上，殊为不然"。他之所以如此品评，是根据茶碗不同而呈现的茶之颜色也不一样："越州瓷、岳瓷皆青，青则益茶，茶作白红之色。邢州瓷白，茶色红；寿州瓷黄，茶色紫；洪州瓷褐，茶色黑，悉不宜茶。"② 宋代崇尚以金银制器。宋代陶谷的《清异录》载："富贵汤，当以银铫煮之，佳甚。"宋代周辉的《清波杂志》③ 记述："长沙匠者，造茶器极精致，工直之厚，等所用白金之数，士大夫家多有之，置几案间，但知侈靡相夸。"明清之际，茶壶茶碗以砂制器为上。文震亨的《长物志》④ 记载："壶以砂者为上，既不夺香，又无熟汤气。"周高起的《阳羡茗壶系》⑤ 记载："近百年中，壶黜银锡及闽豫瓷，而尚

---

① 沈括. 梦溪笔谈［M］//上海师范大学古籍整理研究所. 全宋笔记. 郑州：大象出版社，2006.
② 陆羽. 茶经［M］//王汝涛. 全唐小说. 济南：山东文艺出版社，1993.
③ 周辉. 清波杂志［M］//秦克，校点. 宋元笔记小说大观：第五册. 上海：上海古籍出版社，2001：5009-5148.
④ 文震亨. 长物志［M］//四库全书·谱录类·饮馔之属·（陆廷灿）《续茶经》. 上海：上海古籍出版社，1987.
⑤ 周高起. 阳羡茗壶系［M］//四库全书·谱录类·饮馔之属·（陆廷灿）《续茶经》. 上海：上海古籍出版社，1987.

宜兴陶。此又远前人处。"

## 第二节　古代小说中的酒文化

酒，是一种以谷物为原料的古老而传统的中国饮品。它开创于何时，尚不知晓，大概在三皇五帝的时代就出现了。《战国策笺证》[①] 云："昔者，帝女令仪狄作酒而美，进之禹。禹饮而甘之，遂疏仪狄，绝旨酒，曰：后世必有以酒亡其国者。"可见酒之威力。虽然禹帝杜绝酒，并道出了因酒而亡国的预言，但并没有使后人引以为戒，而是大肆开发取用，并成为人类生活中不可缺少的一部分。历朝历代多设酒官，如周王朝设有"酒人""酒正"；"酒人"负责造酒，"酒正"负责有关酒的政令（《礼记·天官》）。再如汉代设有"祭酒"，始称"六经祭酒"，后称"博士祭酒"，晋代改称"国子祭酒"，隋唐以后称作"国子监祭酒"，直至清末。唐代还设有"酒坊使"，掌管造酒事宜（《宋朝会要》）。宋代设有"酒务"，负责酒税事务（《宋史·食货志》）。

酒不仅是人们的物质饮品，还是人们的精神食粮，以酒为题材的诗、词、文等层出不穷。如《酒诰》，周公奉成王之命而作，目的是告诫人们嗜酒之危害；《酒箴》，汉代扬雄为讽谏汉成帝而作；《酒德颂》，晋刘伶一生以饮酒为德而著；宋窦苹《酒谱》，内容是从酒名开始到酒令结束。

如果说以上作品的主旨，还是劝告人们适度而正确地饮用酒，那么以

---

[①] 范祥雍. 战国策笺证 [M]. 上海：上海古籍出版社，2006.

下的作品则是歌颂酒对于人们精神情趣的影响。如宋代苏轼著《醉落魄》① 等作品。众所周知，唐代大诗人李白，有"双仙"之称，从作诗之角度，他是"诗仙"，从饮酒的角度，他是"酒仙"。酒兴与诗情，在李白身上相得益彰。杜甫作诗曰："李白一斗诗百篇，长安市上酒家眠。天子呼来不上船，自称臣是酒中仙。"② 李白关于酒内容的诗不计其数。后人耳详能熟、脍炙人口的诗句，如五言："举杯邀明月，对影成三人"，"三杯吐然诺，五岳倒为轻。"③ 七言："举杯销愁愁更愁，抽刀断水水更流。"④ "金樽清酒斗十千，玉盘珍馐值万钱。"⑤ "人生得意须尽欢，莫使金樽空对月。……古来圣贤皆寂寞，唯有饮者留其名。"⑥ 后人以李白诗酒之仙故事编撰成小说也是各种各样，如明代冯梦龙的《警世通言》⑦ 第九卷有《李谪仙醉草吓蛮书》，歌颂李白奉命不仅辨认出番文及文意，还乘酒醉，在花笺上用番文"手不停挥，须臾草就吓蛮书"，使得番国"写了降表，愿年年进贡，岁岁来朝"，大大地扬了唐朝的国威。

最早将酒引入小说的，是无名氏的《山海经》⑧。《山海经·中山经》有几处提到酒事，皆将酒列入祭祀山神的祭品。然其有关酒事的记载，皆处于单纯而静止的状态，缺乏故事情节。将酒与人的性格、故事结合起来的，是汉代以后的小说。如南朝宋刘义庆的《世说新语·言语》记载了兄弟二人偷饮父亲药酒的故事：

---

① 苏轼. 醉落魄 [M]//张巨才. 宋词一万首（选编本）. 北京：北京燕山出版社，1996.
② 杜甫. 饮中八仙歌 [M]//廖仲安. 唐诗一万首. 北京：北京燕山出版社，1996.
③ 李白. 侠客行 [M]//廖仲安. 唐诗一万首. 北京：北京燕山出版社，1996：187.
④ 李白. 宣州谢朓楼饯别校云书 [M]//廖仲安. 唐诗一万首. 北京：北京燕山出版社，1996：260.
⑤ 李白. 行路难 [M]//廖仲安. 唐诗一万首. 北京：北京燕山出版社，1996：184.
⑥ 李白. 将进酒 [M]//廖仲安. 唐诗一万首. 北京：北京燕山出版社，1996：183.
⑦ 冯梦龙. 警世通言 [M]. 严敦易，校注. 北京：人民文学出版社，1956.
⑧ 无名氏. 山海经 [M]. 周明初，校注. 杭州：浙江古籍出版社，2010.

钟毓兄弟小时，值父昼寝，因共偷服药酒。其父时觉，且托寐以观之。毓拜而后饮，会饮而不拜。既而问毓："何以拜？"毓曰："酒以成礼，不敢不拜。"又问会："何以不拜？"会曰："偷本非礼，所以不拜。"

一个偷饮酒的故事，写出了三个人的心态和行为：父亲明明被儿子偷酒的动作扰醒，但他却装作睡觉，想观察两个儿子的举动；哥哥钟毓摆出了一派君子风度，先行礼而后饮酒；弟弟钟会完全表现出不管不顾的赖皮小子的样子，前不拜后也不拜，喝了酒就完事。真是刻画得惟妙惟肖，父子三人各自不同的心态、举动一一跃然纸上，归根结底都是因酒而起。

古代小说，以酒为题材，即专一写酒的故事作品，为数不多，文言小说：隋刘炫《酒孝经》一卷（《旧唐书·经籍志·小说家类》《宋史·艺文志·小说家》著录皇甫松《酒孝经》一卷），明代袁宏道的《醉叟传》一卷，明无名氏的《华筵趣乐谈笑酒令》，清代于邺的《酒话》一卷，清代张潮的《酒肆》一卷，清代俞敦培的《酒令丛钞》四卷等。有些虽不是整部作品专门写酒，但在作品内有一部分是写酒的，如宋李昉《太平广记》[1]卷第二百三十三，选录二十二个关于酒的故事，分为三类：其一，主写酒的情况，如《千日酒》《擒奸酒》《若下酒》《昆仑觞》《碧筒酒》《九酝酒》《消肠酒》《清田酒》《黏雨酒》《酒名》《南方酒》《李景让》《夏侯孜》《孙会宗》《陆展》等；其二，写人的"酒量"，如《山涛》《裴弘泰》《王源中》等；其三，写"嗜酒"的人和事，如《徐邈》《刘伶》《酒臭》等。再如宋代陶谷的《清异录·酒浆门》写了十六个有关酒的故事：《太平君子》《天禄大夫》《鱼儿酒》《含春王》《天公匙》《甘露

---

[1] 李昉. 太平广记［M］. 北京：中华书局，1961.

经》《玉浮梁》《快活汤》《林虑浆》《觥筹狱》《杂瑞样》《曲世界》《丑未觞》《瓷宫集大成》《祸泉》《瓶盏病》。

白话小说专门写酒的故事更为少见，查遍小说书目，仅发现一篇，这就是清末"山阴醉客"编著的《绍兴酒》，载1907年十月竞立社《小说月报》第二期。其故事梗概：叙述人生世界嗜酒成灾，绝大多数人醉生梦死，玉皇大帝在天师张道陵的启奏下，先派大圣孙悟空下界处理，后又请出普陀山的观音带领酒星刘伶下界，经过巧妙的布局和各种各样的运作，终于刹住了嗜酒之恶风。

需要说明的是，古代小说写酒的专著虽然不多，但单篇、单章、单节与酒有关的故事却很多。因为酒在小说产生之前就已成了人们生活中的一部分，而小说又是人们生活的再现，因此小说在写人和事的时候，必然忘不了这个使人喜又使人忧的部分。打个比喻，小说犹如人的体魄，而酒就像血液，流遍全身。纵观酒文化在古代小说中的体现，主要有四方面：以酒写酒、以酒写风尚、以酒写人、以酒写事。

## 一、以酒写酒

以酒写酒，即写酒之自身。这个部分的文献主要是那些专门以酒为题材的小说。具有代表性的作品，如宋代李昉的《太平广记》卷第二百三十三《酒》类中的第一部分内容，共收录了十五种酒，每一种酒都通过一个小故事，写出了酒之名称、来历及威力。如"千日酒"，小说写一位叫玄石的人，从中山酒家买了"千日酒"，酒家忘记告诉他其酒之威力。玄石饮酒归家就醉倒了，一连数日不醒，家人以为他醉死了，就将他装进棺材里埋掉。到了一千日时，酒家突然想起玄石买酒之事，于是前往玄石家看望，家人告诉他玄石已死三年，今天服孝日期已满。酒家告诉他们错埋了活人，于是与其家人一同来到玄石的墓前，掘墓开棺，恰遇玄石酒醒。可见"千日酒"就是醉千日的意思（《博物志》）。再如"碧筒酒"，此故事来自唐代段成式《酉阳杂俎》①的记载：魏正始年间，历城的北面有一个地方，名"使君林"，每至三伏天，郑公悫就率宾客至此避暑，摘取大的莲叶放在盛砚台的格架上，装上三升酒，用簪子将莲叶刺出小洞，使酒顺着叶茎下滴，莲叶的轮囷犹如象鼻。在座的主宾传递吸饮，一股杂有莲叶的清香油然而生，它的香冷胜于冰，故起名为"碧筒酒"。又如"黏雨酒"。据十六国后秦王嘉的《拾遗记》②记载：石虎于太极殿前建造一座楼，高四十丈，结珠为帘，垂挂五色玉佩，上面安装有巨大铜龙，龙腹能盛数百斛酒。使胡人于楼上噀酒，每当刮风，远远望去就像云雾一般，名曰"黏雨酒"。它不仅供人们观赏，还有清尘之用。

《太平广记》在《酒》这个部分中，还有一篇是专门记述酒名的，题为《酒名》，共记述了十二种酒："郢之富水，乌程之若下，荥阳之土窟春，富平之石冻春，剑南之烧春，河东之干和蒲桃，岭南之灵溪博罗，宜城之九酝，浔阳之湓水，京城之西市腔，虾蟆陵之郎官清，河汉之三勒浆。"最后说明，三勒酒，制作方法来自波斯；三勒者，即菴摩勒、毘黎勒、诃黎勒。再如宋代陶谷的《清异录》，也设有"酒浆门"，记述十六种酒之名称的来历。

## 二、以酒写风尚

酒虽然是物质属性，但它一旦成为人们生活中的一部分，就会生发出具有深厚底蕴的文化，会成为一种社会风尚，如饮酒时的行酒令。行酒

---

① 段成式.酉阳杂俎［M］//唐五代笔记小说大观：上册.上海：上海古籍出版社，2000：549-788.
② 王嘉.拾遗记［M］//汉魏六朝笔记小说大观.上海：上海古籍出版社，1999：487-564.

令，是一种游戏，即推举一人为令官，饮者皆听其令，违者罚酒。这种游戏创建于何时，没有确切记载。但它逃不脱事物发展的规律：令因酒起，酒以令行。《梁书·王规传》①记载："湘东王时为京尹，与朝士宴集，属规为酒令。规从容对曰：'自江左以来，未有兹举。'"酒令之功用："为欢场之媒介，作酒阵之前锋。宴会中得此法律以绳之，亦可免号呶之习，而续史监之风矣。"②酒令一行，"若举觞促坐，迭为盟长，听其约束，有举必行，有禁必止；无宾主百拜之繁，罕饮无算爵之罚。"③酒令之名，有一些是因事而定的。如宋代释惠洪的《冷斋夜话》④载："卷白波，酒令名，起于东汉擒白波贼。"唐李匡文《资暇录》载："饮酒之卷白波，义当何如？"俞敦培析文曰："东汉既擒白波贼戮之如卷席，故酒席仿之，以快人情气也。"据此，可以设想饮酒之酒令，大概在汉代就已诞生了。酒令出现后，以酒令为题材的杂记小说亦随之涌现，但其集大成者，是清代俞敦培撰写的《酒令丛钞》⑤。此书撷采丰富，广集名人酒令及各种奇闻逸事，分门别类，编纂为四卷：卷一《古令》，卷二《雅令》，卷三《通令》，卷四《筹令》。

卷一，《古令》。按照饮酒之历史，以时代为序，以各类文献为依据，记述并探讨了饮酒令的起源及发生、发展的情况。如在"投壶赋诗"条目下，引用了《春秋左传》中的故事："昭公十二年，晋侯以齐侯宴，中行穆子相，投壶，晋侯先，穆子曰：'有酒入淮，有肉如坻，寡君中此，为诸侯师。'中之。齐侯举矢曰：'有酒如渑，有肉如陵，寡人中此，与君代兴。'亦中之。"作者评述说："古人投壶，虽非酒令，而晋、齐此

---

① 姚思廉. 梁书·王规传 [M]. 北京：中华书局，1973.
② 俞敦培. 酒令丛钞 [M] //笔记小说大观. 扬州：广陵古籍刻印社，1984.
③ 俞敦培. 酒令丛钞 [M] //笔记小说大观. 扬州：广陵古籍刻印社，1984.
④ 释惠洪. 冷斋夜话 [M] //笔记小说大观. 扬州：广陵古籍刻印社，1984.
⑤ 俞敦培. 酒令丛钞 [M] //笔记小说大观. 扬州：广陵古籍刻印社，1984.

宴，各有祝词，实令之先声也。"在"饮不尽浮大白"条目下，引用汉代刘向《说苑》中饮酒用令的故事。此故事中的令，应指负责劝人饮酒之人，而不是后来的"酒令"；然而魏文侯尊令认罚的举动，已有了后来酒令的含义。

卷二，《雅令》。顾名思义，"雅令"是相对粗俗而言的，就是在饮酒时所出之令词大都来自经书或品格较高的诗词。如"《〈四书〉数目令》"，其要求是："限《四书》四字句，以数目字冠首，挨次说之，不得有两数字同在句内，如'三十而立'之类，犯者罚酒，不成倍罚。"举例是："一人定国""二女女焉""三子者出"。

卷三，《通令》。"下逮谀词吉语，尽佐谐谈，笑牒言鲭，都资喔嚎。……而从俗从宜，庶去欢场之害焉，是谓通令。"（《序一》）在《通令》中，有以仕途作令，如《状元游街令》。此令做法："五小杯一大杯，空置盘中，以大杯为四，为状元杯；余杯亦依次排定，取一骰递摇，得幺则斟幺，下坐再得幺则饮幺；饮者又摇，如得四斟四，下坐再得四，饮者为状元，余杯无酒者，不须更摇，状元打通关为游街；令毕，设饮状元杯之后，或幺二杯尚有酒，则状元再摇，倘得幺则又饮；再摇得二又饮；余杯无酒，然后游街；或摇之点本系空杯者，免斟；下坐接摇，务得幺二饮尽后，仍请状元游街。"

还有以人之福寿作令，如《福禄寿令》，其做法："用一骰递摇，得四者为福，合席饮福酒，将骰取置公所归公换所，次坐再摇；凡得四仍前取换，得五自饮巨杯，为寿酒；凡得五皆然，得六为禄，摇者收存；凡得六皆然，换骰下坐再摇，如得幺二三者不计，交下坐摇，以六骰次第成四为毕令；设三骰成四，三骰成六，已无余骰，刚轮曾得六之人摇者，则自取收存之骰摇之，倘轮未曾得六之人摇者，须向有六之人买骰，议酒若干，须听有六之人居奇定价也。"

又有以人的感受作令,如《事事如意令》:"四骰递摇,得四则数一四至第四四,饮一盃;第八四、第十二四,皆饮;积至十六四,饮双盃收令;不论有四无四,所摇合令成十六点,谓之四四如意,满座皆饮;倘所摇无四,又非十六点,则摇者罚一杯,送次坐摇。"

更有以游戏为令,如《羯鼓催花令》即《击鼓传花令》,其做法:"令官折花在手,使人于屏后击鼓,长短疾徐听其使,令官左手折花,由脑后递于右手,交与下家左手,如式传递,鼓声忽止,花在手者饮;饮毕传呼鼓起如前,大约坐客几人,以饮几巡为率,本应右旋,中间忽尔左旋亦可,更有客既饮酒,自起伐鼓,后有饮者更替,亦一法也。"

卷四,《筹令》。所谓"筹令",即"别有篆紫白暗,抠巧黄金,筒摇汗后之青,签拔刓余之碧,阐唐诗之旧韵,下酒物一斗不多,拍元曲之新词,合欢杯十觞可累;曹分列炬,爇二等之金釭,轮转如环,数三巡之玉斝,取怀而予,不设成心,信手拈来,都饶妙谛,不待花枝之折,争看旧叶之浮,是谓筹令,厥类四也。"(《序》一)"筹令",较为突出的特点之一,是错综复杂。如《觥筹交错令》,其做法:"制筹四十八枝,凸凹其首;凸者涂硃,凹者涂绿,各二十四枝;令官举酒向客,先掣红者,如云首座饮;即请首座掣绿者,看筹刻作何饮法,四座分飞,诚佳令也。"

将行酒令融入通俗小说之中,最为典型的作品是清代曹雪芹的《红楼梦》。凡是读过《红楼梦》的人都会知道,饮酒待客、饮酒消遣、饮酒作诗,已成了贾府中上上下下、男男女女生活中不可缺少的一部分。特别是在饮酒过程中,往往都要行酒令,作为娱乐消遣、以助酒兴的游戏。如《红楼梦》卷四十《史太君两宴大观园 金鸳鸯三宣牙牌令》,贾母为给史湘云还席,在大观园的缀锦阁设宴。贾母为了喝得高兴,发话说:"咱们先吃两杯,今日也行个令,才有意思。"凤姐提议,让鸳鸯做酒令官。鸳鸯笑道:"酒令大如军令,不论尊卑,惟我是主;违了我的话,是要受罚的。"王夫人等都笑道:"一定如此,快些说!"鸳鸯首先宣布行酒令的做法:"如今我说骨牌副儿,从老太太起,顺领下去,至刘姥姥止。比如我说一副儿,将这三张牌拆开,先说第二张,说完了,合成一副儿的名字。无论诗词歌赋,成语俗话,比上一句,都要合韵。错了的罚一杯。"众人一致赞同。这回有关行酒令的描写,将一个饮酒场面变成一个鲜活的雅俗文化的展示。

清代陈森的小说《品花宝鉴》[1] 也是融入酒令比较多的一部作品,如第五十八回《袁绮香酒令戏群芳　王琼华诗牌座盟主》,将各种酒令汇聚在一起,展示了浓厚的酒文化。

## 三、以酒写人

以酒写人,即通过饮酒活动来反映各种人物的行为和性格。俗语说,"酒后吐真言"。然而这并不是说那些喜欢饮酒之人在不饮酒时所讲的都是假话,而是指喝酒过量了,神经失去了控制,说出了下意识的和没有理智的话语。因为人们平时讲话,总是要经过思考,哪些话该说,哪些话不该说,哪些话又应该怎么说,都是要受理智控制的,逐渐地形成了一种语言艺术。所以那些城府很深的人,平时很难袒露真性情,一旦饮酒过量,失去了理智,就会把那些隐藏得很深的东西示人,泄露内心的机密,因此称作"酒后吐真言"。如《世说新语》中的"竹林七贤",由于他们"七人常集于竹林之下,肆意酣畅,故世谓'竹林七贤'"。这些人的大脑常常被酒浸泡着,所以他们的思想行为大多是不合乎常规的。陈留国的阮籍往往因酒率性而为。他"邻家妇有美色,当垆酤酒。阮与王安丰常从妇饮酒,阮醉,便眠其妇侧。夫始殊疑之,伺察,终无他意"。沛国的刘伶更

---

[1] 陈森.品花宝鉴[M].曹亦冰,校注.桂林:漓江出版社,1994.

是一位纵酒放达之人，他的妻子非常生气，"捐酒毁器，涕泣谏曰：'君饮太过，非摄生之道，必宜断之。'伶曰：'甚善。我不能自禁，唯当祝鬼神，自誓断之耳，便可具酒肉。'妇曰：'敬闻命。'供酒肉于神前，请伶祝誓。伶跪而祝曰：'天生刘伶，以酒为名，一饮一斛，五斗解酲。妇人之言，慎不可听。'便饮酒进肉，隗然已醉矣。"他有时饮酒后将衣服脱光，赤裸裸待在房中，有人看见后就讥讽他，他反唇相讥："我以天地为栋宇，屋室为裤衣，诸君何为入我裤中？"

再如施耐庵的《水浒传》，是酒文化的聚集地，特别是将酒文化与人物性格的塑造完美地熔铸在一起。如果说刘义庆《世说新语》所写的酒文化带有一定的讽刺性和鞭挞性，那么，《水浒传》中反映的酒文化则是赋予了极大的歌颂性。因为那些英雄好汉已将酒之威力转化为见义勇为、惩强锄暴的最有力的动力。最为典型的便是武松，他一生中有两次辉煌的英雄之举，而这两次皆是酒发挥了作用。第一次（第二十三回），写他初次扬名。武松是清河县人，虽然有武艺，但是较为平庸，自从打死了猛虎，一举成名，他靠的是上山前饮的十八碗"三碗不过冈"之威力。"那阳谷县人们听说一个壮士打死了景阳冈上大虫，迎喝将来，尽皆出来看，哄动了那个县治。""知县随即换押司立了文案，当日便参武松做了步兵都头。"武松的形象陡然高大起来，他的大名响彻天下。第二次，是知恩图报，见义勇为，醉打蒋门神，帮助施恩夺回快活林酒店。施恩渴望打虎英雄帮助他夺回酒店，便小心伺候。武松临行时只向施恩提出一个条件："你要我打蒋门神时，出得城去，但遇着一个酒店，便请我吃三碗酒，若无三碗时，便不过望子去。"施恩听了，十分顾虑。武松大笑道："你怕我醉了没本事？我却是没酒没本事。带一分酒，便有一分本事；五分酒，五分本事。我若吃了十分酒，这气力不知从何而来。若不是酒醉后了胆大，景阳冈上如何打得这只大虫！我须烂醉，好下手，又有力，又有势。"

*81*

施恩答应了武松的要求。武松吃了数十碗酒后，来到快活林，"带着五七分酒，却装作十分醉的，前颠后偃，东倒西歪"，先收拾了那些酒保和蒋门神的小娘子，接着又用"玉环步""鸳鸯脚"，将蒋门神打倒在地，直到他求饶退还酒店于施恩为止。这一次武松醉打蒋门神，在江湖上立住了脚跟，"快活林一境之人，都知道武松了得，那一个不来拜见武松。"

《水浒传》中另一位英雄好汉鲁智深，也是一位嗜酒如命的人。他原本是延安府老种经略相公帐前的提辖官，在饮酒时，听到卖唱小女子的哭声，得知是被恶霸镇关西欺压，于是侠义之心油然而生，三拳打死了镇关西。为了逃脱官府的惩治，便遁入空门，在五台山做了和尚。又因为两番酒后大闹僧堂，又被转到东京大相国寺，做了职事僧。就在他前去的路上，巧遇桃花村的刘太公嫁女办喜事，经问得知，是桃花山上的二寨主强娶刘太公的小女。鲁智深自告奋勇替刘太公出头，仗的是侠义，仗的是酒力，他一连喝了二三十碗酒，将一个威风凛凛前来娶亲的大王打得落荒而逃。刘太公十分害怕，怕强人搬众兵来毁害他家，因此又用酒肉款待，强留鲁智深帮忙，只是嘱咐说："休得要抵死醉了。"鲁智深说："洒家一分酒，只有一分的本事；十分酒，便有十分的气力。"多吃酒攒足力气，是为了要与强人大战一场，没想到前来率大军厮杀的是李忠，他是鲁智深的老朋友，一场干戈化为了玉帛。

酒又是一把打开心中密锁的金钥匙。《水浒传》中的"及时雨"宋江，原本是一位精细、谨慎而又很有抱负之人；落草前，他虽然仗义疏财，结交水泊梁山英雄好汉，暗里帮助他们做了许多事情，但是一提到落草入伙，他总是推三阻四，总希望得到朝廷的宽恕和重用；然而现实又一次次让他失望。因此他胸中的不平越积越深，但他又是一个城府很深之人，他绝对不会像鲁智深、李逵那样一触即发。那么使人喜又使人忧的酒，就像一个勾魂使者，又像一颗泻肚子的巴豆，不管你的心事隐藏得多

<<< 第二章 古代小说中的茶、酒、医药文化

深,也不管你封闭得多么死,都会让你心甘情愿地吐露出来。如第三十九回,宋江在浔阳楼上,"独自一个,一杯两盏,依栏畅饮,不觉沉醉。"思前想后,不觉潸然泪下,临风触目,感恨伤怀,便唤酒保索借笔砚来,乘着酒兴,在那白粉壁上写道:"'自幼曾攻经史,长成亦有权谋。恰如猛虎卧荒丘,潜伏爪牙忍受。不幸刺纹双颊,那堪配在江州。他年若得报冤仇,血染浔阳江口。'宋江写罢,自看了大喜大笑,一面又饮了数杯酒,不觉欢喜,自狂荡起来,手舞足蹈,又拿起笔来,去那《西江月》后再写四句,道是:'心在山东身在吴,飘风江海谩嗟吁。他时若遂凌云志,敢笑黄巢不丈夫!'宋江写罢,又去后面大书五个字道:'郓城宋江作'。写罢,掷笔在桌上,又自歌了一回,再饮数杯酒,不觉沉醉,力不胜酒,便唤酒保计算了账钱,取些银子算还,多的都赏了酒保,拂袖下楼来,跟跟跄跄,取路回营里来。"宋江的醉题反诗这一举动,淋漓尽致地揭示出他内心世界的秘密,活灵活现地刻画出一位大志伏枥的英雄形象。

明代罗贯中《三国演义》[①] 中的曹操与刘备两个人具有截然不同的性格特征,他们的性格特征除了为人处世的表现外,比较突出的是通过饮酒对话反映出来的。如第二十一回《曹操煮酒论英雄 关公赚城斩车胄》,刘备尚无立足之地,因故暂居丞相曹操之府。曹操预感皇叔刘备对己不满,非池中之物,使用各种方式试探刘备的动静;刘备虽有大志,苦于没有势力,只好带着关羽、张飞,以平庸无为的韬晦之计,巧妙地躲过曹操的各种谋害。曹操看到梅子熟了,忽又心生一计,在梅林设宴款待刘备,企图使刘备酒后吐真言。作者通过他们精彩的数段论英雄的对话,使得曹操的狡诈狂妄而又豪爽洒脱的个性,刘备的小心谨慎、装傻充愣、机智善变的性格,都清清楚楚地展示出来。曹操一语击中刘备的要害,使其失

---

① 罗贯中. 三国演义(校注本)[M]. 北京:人民文学出版社,1973.

箸，险露马脚；然而聪明的刘备马上借雷说事，就像用了一块布将自己的真面目包裹起来，使曹操一下子消除了对他的疑心。真是应了那句古语：魔高一尺，道高一丈。

**四、以酒写事**

俗语说：酒中乾坤大，壶中日月长。这句俗语道出酒除了是人们生活的精神食粮外，也是人们良好的谋财谋事的工具。但它有时能成人之美，有时也能败人之事，关键在于如何利用和把握它。罗贯中的《三国演义》第四十五回《三江口曹操折兵　群英会蒋干中计》，曹操在三江口与周瑜作战吃了败仗，而后又发现周瑜驾楼船窥探自己的军情，十分恼怒，问众将曰："昨日输了一阵，挫动锐气；今又被他探窥吾寨。吾当作何计破之？"蒋干自告奋勇地说："某自幼与周郎同窗交契，愿凭三寸不烂之舌，往江东说此人来降。"曹操大喜，置酒与蒋干送行。蒋干来到周瑜帐中，聪明的周瑜已洞察出蒋干的来意，于是就使用了反间计，以酒作为工具。周瑜尽地主之谊，设酒宴款待，说"吾自领军以来，滴酒不饮。今日见了故人，又无疑忌，当饮一醉"。说毕，大笑畅饮。这是通过饮酒使蒋干放松警惕。周瑜两次装醉，而蒋干都随着他的装醉不知不觉地进入早已为他准备好的圈套之中。第一次，当他们饮至半酣，周瑜携蒋干之手，步出帐外，先让他领略一下军士们的虎虎生威，而后又让他看到堆积如山的粮草，最后，周瑜装醉大笑曰："大丈夫处世，遇知己之主，外托君臣之义，内结骨肉之恩，言必行，计必从，福祸共之。假使苏秦、张仪、陆贾、郦生复生，口似悬河，舌如利刃，安能动我心哉！"言罢大笑。周瑜的这番话似是酒后吐真言，一针见血地戳破了蒋干之来意；因此，"蒋干面如土色"。第二次，饮至深夜撤席，周瑜提出，"久不与子翼同榻，今宵抵足而眠。"表面上似乎表示一种亲近，而实际上想让蒋干中他设下的反间计。

蒋干误以为周瑜真的酒醉，说服不成，转为窃取机密。二人都借"酒醉"这个契机，完成自己的心愿。周瑜"佯作大醉之状，携干入帐共寝。瑜和衣而卧，呕吐狼藉"。蒋干乘着周瑜"鼻息如雷"，便起床偷看周瑜桌上的文书，发现了一封曹军中"张允、蔡瑁谨封"呈给周瑜的书信，他在吃惊的状态中偷看信函的内容："某等降曹，非图仕途，迫于势耳。今已赚北军困于寨中，但得其便，即将操贼之首，献于麾下。早晚人到，便有关报。"蒋干看完，遂将书信藏于衣内。周瑜为了让蒋干相信那封书函的真实性，又故意说梦话："子翼，我数日之内，教你看操贼之首。"同时还安排下人报信："江北有人到此。"周瑜又故意说："低声！"便唤："子翼。"蒋干装睡着，周瑜"潜出帐"，蒋干"窃听之"。那人说，"张、蔡二都督道：'急切不得下手。'"至此，周瑜的反间计大功告成。蒋干带着那封书信和亲耳听到的消息，天还未亮，急忙偷偷地溜出吴营，飞舟回见曹操。其结果：曹操怒斩张允、蔡瑁。曹营失去了训练水军的得力干将，正是周瑜设下反间计的用意。

以酒为工具，损失敌人、壮大自己，在《水浒传》中是常有的事情。如第十六回《杨志押送金银担 吴用智取生辰纲》，写北京大名府梁中书准备了十万贯金银宝物作为庆贺蔡太师生辰的礼物，左挑右选派得力干将"青面兽"杨志押送，进献给在东京的太师蔡京。一般来讲，如果使用武力夺抢，别说是七八个好汉，就是几十个人也很难使这位"青面兽"杨志就范。然而聪明的晁盖、吴用等英雄好汉采用智取的办法，毫不费力大获全胜。这个智取的关键物件，是酒。杨志一行十五人，担着担子，在炎热的三伏天中赶着走了五七日的路程，已是筋疲力尽，杨志拿着藤条打骂着军汉挑夫来到黄泥冈。当他们看到有人来卖酒，不管三七二十一，马上凑钱买酒解渴。虽然杨志有一百二十个警惕之心，但也经不住天气甚热，口渴难熬，他见众军汉和老都管吃了酒没事，也拿起来吃了一半，没有多会儿,"只见这十五个人,头重脚轻,一个个面面厮觑,都软倒了",他眼睁睁地看着晁盖、吴用、公孙胜、刘唐、三阮等七个人把财宝装了去。原来酒里放了蒙汗药。晁盖等英雄自从有了这批生辰纲,队伍不断壮大,接纳那些被朝廷逼得走投无路的英雄好汉,逐渐形成了一支朝廷惧怕、百姓欢迎的起义军。

唐代传奇李公佐的《谢小娥传》① 中的谢小娥,身单力薄,最终能使她报父夫之仇的,是酒。她女扮男装,潜伏在大盗申春、申兰家中,查到了盗贼的罪证,并暗记贼党的姓名,在"兰与春会群贼,毕至酣饮。暨诸凶既去,春沉睡,卧于室内,兰亦露寝于庭。小娥潜锁春于内,抽佩刀先断兰首,呼号他人并至,春擒于内。兰死于外,获赃收货,数至千万"。而后,其他数十名贼党,官府皆根据小娥的暗记其名而抓获。

明代短篇小说冯梦龙的《情史》② 卷四《情侠类·卓文君》,叙司马相如在贫困时,卓文君与其私奔,卓王孙一怒之下没分给女儿一文钱。司马相如为了出岳父卓王孙的丑,卖掉仅有的车骑,与卓文君在临邛开了一个小小的卖酒店铺,"令文君当垆,相如身自著犊鼻裈,与保佣杂作,涤器于市中。"卓王孙得知此事,先是杜门不出,后来在族弟的劝说下,终于不得已分给卓文君奴仆百人、钱百万及出嫁时的各种财务。卓文君与司马相如返回成都过上了富人生活。

酒不仅助人成事,还能帮人增寿。晋代干宝的《搜神记·管辂》③ 记载了一个因酒而增寿的故事。这个故事告诉人们,酒可通神。主管人类生死寿命的南斗、北斗,因为误饮了颜超的美酒,难辞其咎,所以将颜超十

---

① 李公佐.谢小娥传 [M] //古代文史名著选译丛书.译注本.成都:巴蜀书社,1990.
② 冯梦龙.情史 [M].张福高,等校点.沈阳:春风文艺出版社,1986.
③ 干宝.搜神记·管辂 [M] //汉魏六朝笔记小说大观.上海:上海古籍出版社,1999:269-435.

九岁的寿命改成了九十岁。

## 第三节　古代小说中的医药文化

医药，从本性上讲，应属于自然科学范畴，但它的使用对象主要是社会中的人，因而它又具有社会科学和人文科学的属性。从医药的发现到其蓬勃发展，始终凝聚着人类的智慧结晶，特别是人们在掌握和使用医药的过程中积累了大量丰富的经验，出现了许多有趣的故事，涌现出各类从事医药工作的人物。因此，医药不仅能够解除人们的病痛，还是人们进行文化构建和文学创作不可缺少的题材。古今小说蕴含着大量的医药文化内容。

最早把医药内容写进小说的，是《山海经》①。《山海经·中山经》载："又东三十五里，曰敏山。上有木焉，其状如荆，白华而赤实，名曰蓟柏，服者不寒。"又载："又东三十里，曰大騩之山……有草焉，其状如蓍而毛，青花而白实，其名曰蒗，服之不夭，可以为腹病。"《山海经·大荒西经》载："有灵山，巫咸、巫即、巫盼、巫彭、巫姑、巫真、巫礼、巫抵、巫谢、巫罗，十巫从此升降，百药爰在。"这里仅对医药之生长地、药性、药状事情做了简单的客观记述，而没有进行创作；真正将医药故事进行夸张与虚构的，是后来的小说。如晋代干宝的《搜神记》中华佗治病的故事，叙述河内太守刘勋有位年近二十岁的女儿，左腿膝盖里长了一个疮，很痒，但不痛。延医治疗，好了十几天又复发。就这样反反复复已有七八年。刘勋请来名医华佗，华佗说：这个疮很容易治愈。他叫

---

① 山海经[M]．周明初，校注．杭州：浙江古籍出版社，2010．

人准备了一条米糠色的黄犬，用绳子拴住狗的脖颈，使马牵着绳子跑，一匹马跑不动了，再换另一匹马，足足跑了三十余里，狗跑不动了，然后又让人拖着狗走，大概走了近五十里。这时华佗给刘勋的女儿喝药，服药后，她安静地睡着，不省人事。华佗举刀割开黄狗靠近后腿的腹部，正对着女子的疮口部位，大约相距两三寸远。不一会儿，就有一条似蛇的东西，从疮口内爬了出来，华佗立即用铁锥横穿蛇头，蛇在皮肤里挣扎了好长时间，等它不动了，才把它拉出来，足有三尺多长，确实是一条蛇，但只有眼眶而没有眼珠子，还长着鳞片。最后，华佗把药敷在疮口上，七天后疮好了，永不再犯。这个故事十分离奇，主要有两点：一是"药引子"——人马狗大战八十余里；二是女子腿疮的症结是三尺多长的一条蛇盘踞在此。创作者真是想象力丰富，通过这样令人不可思议的情节，充分展示了华佗善于医治疑难病症的高明医术。

  粗略估计，以医药为题材的，在古代文言小说中大概有千余篇。如宋初李昉等人编纂的《太平广记》卷第二百一十八至二百二十，专录医药文化小说，共计五十八篇。再如南宋洪迈著的《夷坚志》[①]，涉及医药文化故事的，约有上百篇。在宋代其他笔记小说中还有一大批。宋元明清的通俗小说也容纳了医药文化的内容，绝大多数是片段，专门以医药文化为题材的小说为数不多。清光绪年间有两部铅印小说，一部名《医界现形记》，全书二十二回；另一部名《医界镜》，全书二十回。两书故事相近，皆叙行医之事。

  纵观以医药文化为题材的古代小说，所涉及的内容与特点，主要有五方面：

---

[①] 洪迈. 夷坚志[M]. 何卓, 校点. 北京：中华书局, 1981.

<<< 第二章 古代小说中的茶、酒、医药文化

（一）对医术的赞美

为病人诊脉，是医治疾病的一个前提。能否控制疾病、治愈疾病，首先在于能否对症下药，而能否对症下药，关键就在诊脉上。唐代胡璩的《谭宾录》①中的名医许裔宗说："医乃意也，在人思虑。又脉候幽玄，甚难别。意之所解，口莫能宣。古之名手，唯是别脉。脉既精别，然后识病。病之于药，有正相当者，唯须用一味，直攻彼病，即立可愈。今不能别脉，莫识病原，以情臆度，多安药味，譬之于猎，不知兔处，多发人马，空广遮围，或冀一人偶然逢也。以此疗病，不亦疏乎？"这是指内科疾病而言。古代小说有许多是写这方面故事的。如刘义庆的《世说新语·术解》载：扬州刺史、中军将军殷浩，不仅有政治才干，还精通医术，妙解经脉。有个侍奉他的下人，突然跪倒在地向他叩头至流血。殷浩问他有什么事情。他回答说："小人的母亲近百岁，有病已久，如蒙您给她把把脉，便能活下去。"殷浩被他的孝心所打动，就让他把母亲抬来，经过把脉，开了药，才服了一剂药，病就好了。再如唐代李肇的《国史补》②载：道士王彦伯天性好医，特别善于诊脉，从脉象上能"断人生死寿夭，百不差一"。裴尚书之子忽然得了重病，众医束手无策，都说请王彦伯诊断。王彦伯候脉良久，说没有什么大病。于是随便煮了几味散药给裴子喝了，病就好了。裴尚书追问到底是怎么回事。道士告诉他说，他的儿子是中了无鳃鲤鱼的毒。裴尚书开始不相信，王彦伯就当场试验，让众人吃刚刚烧好的无鳃鲤鱼，果然食后的症状与裴子一样。大家对王彦伯的把脉之术赞叹不已。宋代周密的小说《齐东野语》③在《近世名医》内记述了

---

① 胡璩．谭宾录［M］//太平广记．北京：中华书局，1961．
② 李肇．国史补［M］//唐五代笔记小说大观：上册．上海：上海古籍出版社，2000：153-202．
③ 周密．齐东野语［M］//宋元笔记小说大观：第五册．上海：上海古籍出版社，2001：5425-5690．

几例候脉称奇的故事。第一位是江西名医"严三点"。因为他为病人诊脉时,"以三指点间知六脉之受病,世以为奇,故此得名。"第二位是作者自己。他说:"余诊脉之法,必须均调自己之息,而后可以候他人之息,凡四十五动为一息,或过或不及,皆为病脉。"根据他诊脉的方法,得出了断病之法:"故有二败、三迟、四平、六数、七极、八脱、九死之法"。第三位是王继先医师。他能候出无病之人而有病之脉。绍兴年间,他因犯了罪,被押往福州居住。祖宫教与他相见,对他十分礼遇,并请他诊脉。王继先说:"脉证颇异,所谓脉病人不病者,其应当在十日之内,宜亟早反辕,尚可及也。"当时的祖宫教,身体康强无病,怀疑王继先诊脉有误,但平素又很敬佩他的医术,于是怀着宁肯信其有的态度,即日返回,刚到家几天就死了。第四位是医术绝异的邢氏。有位官员韩平原要出使,先去诊脉。邢医为他诊脉说:"您的脉平和无可言,可忧的是您的夫人,您如果出使回来,恐怕未必能再见到夫人的面了。"当时韩妻健康无病,韩平原认为他是在说疯话。但私下也有些忧虑,结果在他出使数月后,韩妻就死了。有位朱丞相,他的儿媳偶有小病,请邢医诊治。邢医候完脉说:"小疾耳,不药亦愈。然自是不宜孕,孕必死。"朱丞相家都认为他在说疯话,不予理睬。过了一年,朱丞相的儿媳生了一个男孩,正当举家热烈庆贺抱孙之喜时,妇人病情发作,再去请邢医来医治,邢医怎么都不肯来,说:"去岁已尝言之,势无可疗之理!"过了一夜妇人就死了,死时孩子还未满月。作者对邢医的候脉精绝而发感慨:"余闻古今名医多矣,未有察夫脉而知妻死,未孕而知产亡者,呜呼!神矣哉!"

古代小说还记载了一些靠观察面色来诊断疾病的高明医术。如唐代郑处诲的《明皇杂录》[①]载:唐开元中,隐士周广因得到名医传授秘诀,他

---

① 郑处诲.明皇杂录[M]//唐五代笔记小说大观:上册.上海:上海古籍出版社,2000:951-982.

也成了一位名医。他的绝技,是"观人颜色谈笑,便知疾深浅,言之精详,不待诊候"。一时名声大振。皇上听说,将他召至京城,命宫中有病的人去试验。有位宫人,每到太阳偏西就"笑歌啼呺",像得了疯狂病,两脚又不能着地。周广观察后,诊断说:"此必因食且饱,而大促力。顷复仆于地而然也。"于是让他饮"云母汤",然后扶他上床熟睡。宫人睡醒后,病就好了。有人问他得病的缘由,宫人说:"尝因大华公主载诞三日,宫中大陈歌吹,某乃主讴者,惧其声不能清,且常食豚蹄羹,遂饱而当筵歌数曲,曲罢,觉胸中甚热,戏于砌台,乘高而下,未及其半,复有后来者所激,因仆于地,久而方苏而病狂,因兹足不能及地也。"皇上听后十分吃惊。就在此时,有黄门奉使,从交广而来,在殿上给皇帝叩拜。周广看了此人的举止,说"此人腹中有蛟龙,明日当产一子,则不可活也"。皇上吃惊地问黄门说:"卿有疾否?"黄门回答说:"臣驰马大庾岭时,当大热,既困且渴,因于路旁饮野水,遂腹中坚痞如石。"周广立即让他服下煮好的"消石雄黄汤"。黄门吐出一物,没有几寸,其大如指。细看此物,鳞甲备具。投之水内,一会儿的工夫,长数尺。周广用苦酒浇之,恢复了原形。用器皿盛之,第二天,器皿中已生了一条龙。皇上很佩服周广的医术,想封赏他官爵。周广坚决请求还乡隐居,皇上只好作罢。

外科医治病人,离不开手术。古代小说不少是记载医者神奇手术故事的。如五代王仁裕的《玉堂闲话》[1],记载高骈镇守维扬郡时,有一位善于医治大风病的术士,因犯了罪要被斩首,死前,希望将医术传给他人。高骈为了验证他的医术,就把一个重病人带到他的面前,并提供了医疗设备。死囚术士将病人放在密室内,给他先饮下数升"乳香酒",将他麻醉;而后以利刃开其脑缝,挑出一盈把二寸长小虫,再用药膏封盖住刀

---

[1] 王仁裕. 玉堂闲话 [M] //李时人. 全唐五代小说:卷八十. 西安:陕西人民出版社,1998:2299-2314.

口,又给他开了一些口服药,十天后,伤口愈合;一个月后,眉发俱生出,肌肉光净,和没有生病前一样。高骈不仅释放了这位死囚,还礼遇他为座上宾。明代罗贯中的《三国演义》第七十五回、第七十八回,叙述了华佗给关公、曹操治病的故事。第七十五回写华佗为关羽刮骨疗毒,过去人们都从患者角度极力称赞关公有超人的忍耐力,当然这是作者笔下渲染的结果:"佗用刀刮骨,悉悉有声。帐上帐下见者,皆掩面失色。公饮酒食肉,谈笑弈棋,全无痛苦之色。"如果从另一个角度看,关公在治疗过程中之所以泰然自若,无痛苦之色,这也恰恰说明了华佗的医术高超,将病人的痛苦降到最低点,再加上关公的忍耐力,才会有那样的效果。第七十八回华歆为了说服曹操接受华佗的医治,讲述了华佗所做的四个疑难手术病例:第一个是为路人用三升蒜齑汁挖出一条长二三尺的腹中之蛇,治好了饮食不能下咽之病。第二个是用药为广陵太守陈登挖出了三升腹中赤头小虫,治好了面赤烦㥇,不能饮食的鱼毒之病。第三个是为一个人用手术刀于眉间挖出了一只黄雀,治好了此人痒不可当的瘤子。第四个是治好了被狗咬伤人的后遗症。此人被狗咬后长出两块怪肉,一痛一痒,俱不可忍。华佗诊断:"痛者内有针十个,痒者内有黑白棋子二枚。"人皆不信,佗以刀割开,果应其言。这些足以证明,华佗的妙手医术足以使关公在刮骨疗毒时没有太大的痛苦。曹操的头痛病,华佗一下子就诊断出病因:"大王的脑疼痛,因患风而起,病根在脑袋中,风涎不能出,枉服汤药,不可治疗。"接着拿出了麻醉开颅手术的方案:"先饮麻沸汤,然后用利斧砍开脑袋,取出风涎,方可除根。"曹操因为疑心太重,怀疑华佗与关公勾结,要乘做手术之机害他性命,立即命人将华佗拿下,关进死牢,以致死在狱中。

(二)对行医人品德的赞美与鞭笞

救死扶伤,是从医人员应有的品德。施医救助而不图回报,是医者的崇高美德。古代小说中记载了一些身怀绝妙医术的高人，只是为了救助人间疾苦而行于世。五代徐铉的《稽神录》①记载了两则为人治病而不图回报的故事。其一，病者陶俊，性情谨直，跟随吉州刺史征讨江西时，被飞石击中，落下了腰腿病，经常扶杖而行。刺史命他于广陵江口看守船只。一天在酒肆避雨，有两位书生从他面前经过，看到他有病的样子，议论说："此人好心，宜为疗其疾。"于是给了陶俊两丸药，嘱他"服此即愈"。说完，二书生就离去了。陶俊回到船上，将药吞下。过了一阵子，觉得腹中疼得厉害，不一会儿止住了痛，病也好了。一日往返八十里，竟然没有任何疲劳之感。后来他访寻二书生想感谢他们的治病之恩，然而再也找不到他们的踪影了。其二，广陵木工，因为有病，手足蜷缩，不能再执斧锯，靠扶杖乞讨为生。在后土庙前遇到了一位神采甚异的道士。道士问了木工的病后，给了他几丸药，说："饵此当愈。旦日平明，复会于此。"木工推辞说："某不能行，家去此远，明日虽晚，尚未能至也。"道士说："尔无忧，但早至此。"说完别去。木工回到家，将药服下，手足甚疼。到了半夜止住痛睡着了。五更醒来时，手脚十分灵活，下床行走，和得病前一样，十分敏捷。他应约又来到后土庙前，看见道士倚杖而立，木工急忙拜谢。道士说："吾授尔方，可救人疾苦，无为木匠耳。"还告诉他："吾在紫极宫，有事可访吾也。"木匠得到药方，用以治病，从没有治不好的。木工到紫阳宫寻访道士，但未见到。后来遇见一位妇人，说自己有病，因服道士之药病就好了。妇人所述道士的容貌，与传授木工药方的道士是一个人。《三国演义》记载的华佗，不仅医术高明，还具有施医不图回报的崇高美德。关羽臂中毒箭，危在旦夕；而且战事紧迫，关羽又不肯退兵养伤。正在四处访求名医之际，华佗从江东驾小舟赶来，毛遂

---

① 徐铉. 稽神录[M]. 上海：商务印书馆，1919.

自荐地说，我"乃沛国谯郡人，姓华名佗，字元化。因闻关将军乃天下英雄，今中毒箭，特来医治"。当他给关羽做完手术后，"关公以金百两酬之。佗曰：'某闻君高义，特来医治，岂望报乎！'坚辞不受，留药一帖，以敷疮口，辞别而去。"后来他被曹操关在大狱时，他并没有想方设法逃离牢笼，而是担心自己的医术不能留用于世，在他死前将自己用一生的心血著成的《青囊书》，送给了好心的吴押狱。吴押狱向他表示："我若得此书，弃了此役，医治天下病人，以传先生之德。"但是，万没想到《青囊书》被他的妻子烧掉了，理由是不想让丈夫重蹈华佗的覆辙："纵然学得与华佗一般深妙，只落得死于狱中。要他何用？"

损失一位名医和一部精辟的医书，固然是医学界的一大悲哀；然而以行医为名，进行巧取豪夺，更是医学界的一大悲哀。古代小说对此也进行了无情的鞭笞。如南宋洪迈的《夷坚丁志》卷第十记述了三位医者品德恶劣的故事。第一个，是当涂外科医生徐楼台，他家世代专治痈疖，其门首画"楼台"作标记，故此得名。此医术传至徐楼台，曾获乡贡，于祖业尤精，但是医德每况愈下，以索钱作为行医的准则。绍兴八年，溧水县富人江舜明的背上长了一个大疮，叩门求医。徐楼台说："可以医治。"然后"与其家立约，俟病愈，入谢钱三百千"。徐楼台先用药为他治疗，过了十余天，疮忽然疼得厉害而且又极痒，徐说："我治理的方法是应当溃脓，脓出即愈。"接着，就做除脓手术。他先用针刺其疮，用五寸长的纸药捻插入疮窍内。病者江舜明大叫好痛，叫声越来越高。这时徐楼台立即提出"别以银二十五两赏我，便出纸，脓才溃，痛当立定"。江舜明之子听后恼怒说："元约不少，今夕无事，明日便奉偿。"徐楼台不顾病人死活，坚持立即得到赏金，否则手术搁置，让病人遭受极大的痛苦。江舜明的族人元绰也在旁，劝江子说："病人痛已极，复何惜此！"于是就给了徐一半赏金。这时纸捻子已经在疮内停留了一个更次，及拔出，血液交涌如泉，病人的呻吟之声渐渐低了下来。徐楼台认为是疮已不再痛了。家人近前一看，人已经死了，脓血仍在流淌。这个医疗事故纯属徐楼台勒索而致。第二个，叙轩城符里镇符助教，善治痈疽。但是他的心术不正，一意贪图索贿。病人的疮本来是良性的，他也要想法使疮转成毒发性的，以便取利。人们对他恨之入骨。第三个，宣城管内水杨村医生陆阳，朱莘老编修的妻子得了心躁病，请他医治。朱妻告诉他病因，并且一再说不能服凉性的药。朱妻表示有私藏珍珠，只求好药。陆医生得了珍珠，为了省钱，还是给她买了比较便宜的凉性药，结果朱妻服下药就死了。如果说这个医疗事故属于他贪图省钱而失手造成的，那么下面的事故就是因为他黑心造成的。高淳镇李氏之子有病，请他来医治。治疗几日也没有见功效，病家已经有点不耐烦了。他不但不抓紧医疗，反而跟随李氏之兄逛妓院，在妓院的一切花费向李兄索要。李兄恼怒不给，他回来后，乘醉给病人下了数十粒药，病者服后，内如火烧，疼痛不已，痉挛坠地，天未明就死了。这些只知行医索钱的黑心医生，小说写他们都遭到了报应：徐楼台在治死江舜明不到一年，得了热病，哀叫不绝声，恍惚中哀求"舜明莫打我!"没过几日就死去了。那个把小病治坏的符助教大白天被鬼索去，还阳后又被黄衣人用藤棒点其背，所点之处皆生大疮，疼痛难忍，惨叫七天七夜而亡。那位陆阳医生，在治死李氏之子后，虽然逃走，但是不久就得了一种怪病，日夜呼叫："朱宜人，李六郎，休打我! 我便去也!"十天之内就活活疼痛而死。真是善有善报，恶有恶报。

（三）对药物功效的记述

靠药物救治病人，是最普通的事情。作为小说，一般记述更多的是那些较为奇特的病例。如洪迈的《夷坚丙志》卷第十六叙歙县县丞胡权得到了异人传授的治瘫疽药方。京师有人背上长有七十多头疮，疼痛难忍，众医竭尽其能，都没有办法医治。胡权亲自调制药，以热酒半升，让病人服下。过了一会儿，疼痛就减去了七分；再服数次之后，脓血全部流出，一个月后，病就痊愈了。有一位老人，在脖子的右下方长了一个大毒瘤，就像瓠瓜那样大，脖颈不能转动。服了胡权为他第一次调制的药，就消了肿，瘤子迅速缩小，如栗子大小，第二天全部消失，平复如常。又有一位老翁，脑中长瘤，但他不相信胡权配制的药，结果死在了其他医生的手里。第二年他的儿子也得了和父亲一样的病，为了不重蹈父亲的覆辙，就纵酒服用了胡权的药，"大醉竟日，辗转地上，酒醒而病已去。"作者赞美说：此药"真是神仙济世之宝也！"再如《夷坚丁志》卷第十五记载了一个有趣的故事：冀州人士徐蟠，因坠马摔伤了手足，十分疼痛，延医治疗。医生给他开了一个药方，是用一只活龟。徐蟠得到活龟的夜里，做了一个梦，那只活龟对他说："吾能整痛，还能整骨，有奇方相告，幸勿相害也。"徐蟠扣之。活龟说："取生地黄一斤，生姜四两，捣研细，入糟一斤，同炒匀，乘热以布裹摔伤处，冷即易之。先能止痛，后能整骨，大有神效。"徐蟠使用了活龟的办法，果然灵验。又如《夷坚已志》卷第六记载：罗伯固脑后生了一个大瘤，数月后大如半升器。听说婺源有个善治疮的医生，就派人将他请来。这位医生将药涂在细细的线绳上，而后把药线系在瘤子的周边，捆绑完毕就到外边等候。过了两小时，被系处十分疼痛，已经到了不能忍受的地步，病人呼叫其子为他剪断药线。其子看了一下，药线已深入瘤内，无从下手。时值寒冬，病人困卧在火阁席上，慢慢睡着，醒来时，枕畔皆如水沾湿，有一片皮囊落在一边，再去摸其瘤，已不见了，其子秉烛去看，没有一点瘢痕。真是奇妙得很。

药既有治病的作用，亦有养颜和延年益寿之功效。如宋代陶谷的《清异录》[①] 载："华山陈抟有大灵豆，服一粒，四十九日不饥，筋骨如故，

---

① 陶谷. 清异录［M］//宋元笔记小说大观：第一册. 上海：上海古籍出版社，2001：1-140.

颜色反婴。"又记载：世上有"却老霜，九炼松脂为之，辟谷长生"。特殊之药，有奇异之效。如李昉《太平广记》卷第四百一十七，叙天宝年间，书生赵生，其先祖皆以文学显扬，他的兄弟数人，俱以明经进士入仕，唯独他生性鲁钝，至年壮尚不能得到郡贡；在参加兄弟朋友聚会时，盈座朱绿相接，唯独他是个白衣者。赵生自惭形秽，经受不住这样的刺激，于是携带百余编书，隐居在晋阳山内，结茅为舍，昼习夜息，然而仍不能"分句详议"，他更加恼恨自己，但是不改其志。一天，来了一位老翁，见他学习艰苦志坚，就邀请他到自己的住处去一趟。赵生根据老翁提供的姓名——"段氏子"和居住地——"山西大木之下"，来到山西寻觅，果然发现椴树繁茂，怀疑说"岂非段氏子乎？"试着用锸挖掘椴树之下，结果得一尺多长的人参，样子酷似老翁段氏子之貌，于是就将他煮熟吃掉。自此，"醒然明悟，目所览书，尽能穷奥。后岁余，以明经及第"，做了许多年的官。可见人参的奇妙功效。再如卷第四百一十四，收录《十洲记》一条有关"五名香"的记载：西海中聚窟洲上"有大树，与枫木相似而叶香，闻数百里。名此为返魂香。扣其树，树亦能自声，声如牛吼，闻之者皆心振神骇。伐其根心，于玉釜中煮取汁，更火煎之，如黑饴。可令丸，名曰惊精香，或名之为振灵丸，或名之为返生香，或名之为人鸟精香，或名之为却死香。一种五名，此灵武也。香气闻数百里，死尸在地，闻气乃活"。

药物除了治病、解愚和延年益寿，还成为士人精神生活的一部分。宋代陶谷的《清异录》在"药品门"中记述了一些有趣的故事。举二则：其一，士人崇尚"迎年佩"。其载：唐代后期，社会上兴起了"迎年佩"之风。每当农历正月初一，天未亮，士人都要身佩紫赤囊，里面装有人参、木香如豆一样，时时倾出嚼吞之，至日出乃止，号称"迎年佩"。其二，游戏药谱。书内录有"医药谱"，作者写道："天成中进士侯宁极戏造《药谱》一卷，尽出新意，改立别名。"举十例所戏药谱（小字者为原药名）："假君子牵牛""昌明童子川乌头""贵老陈皮""三间小玉白芷""绿剑真人菖蒲""调睡参军酸枣仁""太清尊者朴硝""金山力士自然铜""玲珑霍去病藿香""水状元紫苏"。

（四）对偏方治愈疑难杂症的称赞

偏方能治大病。古代小说中记载了许多这方面的故事。如宋代孙光宪的《北梦琐言》① 载：醋泥能治火烧伤。孙光宪家人做煎饼，一个婢女抱着孩子，在火炉边上看，不小心将孩子落在火炭上，于是用醋泥涂抹在烧伤处，经过一夜就不疼了，也未留下瘢痕。再如《〈夷坚志〉补》记载：严州有一位僧人骨瘦如柴，饮食甚少，每到夜间总是大汗淋漓，衣服被子全部湿透，如此二十多年，无药可治，只有等待死亡。严州山寺的监寺僧，得知此症，给了他一味偏方，饮用三日后，宿病顿愈。其方是桑叶，"乘露采摘，烘焙干为末，二钱，空腹温水饮调"。《太平广记》卷第二百一十八记载徐嗣伯用死人枕头治好了三个疑难病症。第一例，是一位老妇人，得了尸注病，经年不好。徐嗣伯说："须死人枕头煮服可愈。"老妇的家人于古墓中得一枕，半边已腐缺，煮服后即愈。第二例，秣陵张景十五岁时得了石蚘病，腹胀面黄，百医无效，来请教徐嗣伯。徐嗣伯说：他得了石蚘症，"当以死人枕煮服之。"张景遵嘱，煮死人枕服之，果然十分见效，拉出五六升蚘虫，头坚如石。而后病就好了。第三例，沈僧翼眼痛，又多见鬼物。请教徐嗣伯。徐嗣伯说："邪气入肝，可觅死人枕煮服之。竟，可埋枕于原处。"沈僧翼按照他的方法去做，病果然好了。王晏听说此事后，就去问徐嗣伯："三病不同，而皆用死人枕疗之，俱差何也？"徐嗣伯回答说："尸注者，鬼气也。伏而未起，故令人沉滞。得死

---

① 孙光宪.北梦琐言［M］.林青，贺军平，校注.西安：三秦出版社，2003.

人枕促之，魂气飞越，不复附体，故尸注可差。石蚘者，医疗即僻，蚘虫转坚，世间药不能除，所以须鬼物驱之，然后可散也。夫邪气入肝，故使眼痛而见魍魉，应须邪物以钓其气，因而去之，所以令埋于故处也。"王晏听后，十分赞叹其神妙。

（五）对针灸作用的记述

一般来讲，药物是救治病人最有效的物质，但也有例外，针灸弥补了药力不能奏效的空缺。宋代陶谷的《清异录》有"火轮三昧"的记载："凡病膏肓之际，药效难比，针灸之所以用也。针长于宣壅滞，灸长于气血，古人谓之'延年火'，又曰'火轮三昧'，今人有病必灸，亦大癖也。"

洪迈的《夷坚支癸》卷第八载：饶州医生杨道珍，尤工针灸。市民余百三，患了严重的鼻衄，出血不止，更换十几个医生均无疗效，最后请杨道珍医治。杨道珍令病人仰卧门扇上，按两肩井间齐插两针，才一呼吸完，鼻血立止，举体顿清。《夷坚三志·癸》卷第九载：禁卫幕士盛皋，于乾道元年得了一种怪病，胸膈噎塞刺痛。召医诊疗，皆不能辨其名状，多数认为是伤积。煎熬了两百多天后，听说殿前外科刘经络有奇技，就请他来医治。刘经络一看，说"此病甚异……是为肺痈，艾炷汤剂，力所不及，须当施火针以攻之"。于是取出两枚一尺长的针来，放在火上消毒。盛皋之妻不同意针灸医疗，害怕出事。盛皋说："我度日如年，受尽痛脑，苟生何益，宁决意以针，虽死无憾。"刘经络开始施针，先针其左臂上方穴，针入数寸，旁观者皆缩头不忍再看，而盛皋却无所觉；后针其右臂上方穴，针灸完后，盛皋特别自如，全不见脓血。刘经络使盛皋略微倒身，从背后轻轻地捶了几下，血液倾出如泉涌。刘离开时对盛妻说："但一听自然，切勿遮遏，凡两日不止，唯时时灌喂清粥饮。"第三日，刘经络再到盛皋家看视，恭喜说："毒已去尽，行即平安矣！"盛皋从此病愈。

　　总之，古代小说中的医药文化，其主旨是在于宣传医药对人类生存和发展的积极作用。

# 第三章

# 古代小说中的侠义、公案及侠义与公案合流文化

## 第一节 古代小说中的侠义文化

侠义小说是小说中的一个流派。本节按照事物发展的规律，介绍侠义小说发展的几个阶段。

第一个阶段，侠义小说的起源。

侠义小说起源于先秦两汉。战国末期哲学家、法家的代表人物韩非在《五蠹》[①]篇中指出："儒以文乱法，侠以武犯禁。""侠"即侠客义士，也就是司马迁在《史记·游侠列传》中所说的"其行虽不轨于正义，然其言必信，其行必果，已诺必诚，不爱其躯，赴士之厄困，既已存亡死生矣，而不矜其能，羞伐其德"之人。春秋战国时期出现了大批的侠客义士，他们在一定程度上打击了暴力统治的气焰，声援了正义。如《史记·刺客列传》中所记载的刺客曹沫的行为就是如此。曹沫是鲁国的将军，他

---

① 韩非. 五蠹 [M] //章培恒, 安平秋, 马樟根. 古代文史名著选译丛书. 成都：巴蜀书社, 1990.

率军与齐国作战，三次都打了败仗。鲁庄公惧怕齐国，只好将遂邑之地割让给齐国，以便讲和。但当齐桓公与鲁庄公在齐国柯邑举行和好盟誓时，曹沫手执匕首劫持了齐桓公，要求齐王归还鲁国的失地。面对他这突如其来的英勇之举，齐桓公身边的武将没有一个人敢动作，这位大国之君、五霸之首，只好老老实实地答应归还鲁国的失地。从此，侠士刺客的地位大大得到了提高，他们成了弱者反抗强暴的精神支柱。侠客义士随着人们的敬仰层出不穷。司马迁在《史记》中为侠义之士树碑立传，使他们的侠义精神永垂青史，并为侠义小说的产生提供了素材，打下了基础。我们可以把《史记》中的"游侠列传""刺客列传"看作是侠义小说的源头。

第二个阶段，侠义小说的萌芽。

从时间段上看，侠义小说的萌芽时期是魏晋南北朝时期。许多学者认为，《燕丹子》是中国侠义小说的第一部作品，也是侠义小说初成时期的代表作品。原因有二：第一，文体上它是属于小说的范畴。其所叙之事，虽与《史记·刺客列传》中荆轲之事大体相同，但在叙事的艺术手法上却有明显的差别。第二，题材上，它是写侠客义士扶弱反暴，"以武犯禁"、行侠仗义之事。作品的主旨，是"揄扬勇侠，赞美粗豪"，这与后来的侠义小说是一脉相承的。然而，由于它在人物形象塑造和结构布局、剪裁及创作方法等方面还很欠缺，因此它只能算作侠义小说的雏形。

除此，其他侠义小说主要杂于以下两类小说：

一是志怪小说。由于崇武尚侠的社会风气逐渐被崇佛信道的社会风气所代替，因此侠义小说的创作也就被纳入志怪小说的创作。有些作者在宣扬鬼神迷信的同时，也没有忘记侠客义士路见不平、拔刀相助的崇高品德。干宝《搜神记·三王墓》就是一篇侠义作品。书中记载侠客很伟大，为了帮助赤比报杀父之仇，竟然将自己的性命也搭了进去。作品一方面揭露了封建暴君任意杀人的血腥罪行，另一方面表现了我国古代劳动人民反抗压迫的英雄行为；更为突出的是，该作品赞美了侠客见义勇为、自我牺牲的豪壮气概。其艺术情节曲折，设想奇幻，结构完整，它是侠义小说成长时期的重要作品。

二是志人小说。名士在"清议"人物时，注意到侠士的风貌和言行，因而某些故事就被收进魏晋南北朝时期的志人小说里。如刘义庆《世说新语·规箴》中的《王夷甫妇》篇。该作品采用正面介绍和侧面渲染的手法，歌颂"京都大侠"李阳的侠威。

这个时期侠义小说的特点：

第一，侠义小说所歌颂的对象不仅有"以武犯禁"的传统型侠客，还有道士和女子。这标志着侠客的精神和他们的义举被更多人接受和模仿。如荀氏《灵鬼志·外国道人》，其所记故事虽然荒诞不经，并充满着鬼神道术，但它的爱憎旗帜却很鲜明，外国道人的侠义举动，替受剥削的穷苦百姓出了口气。

第二，侠义小说的题材不单是人与人之间好与坏、善与恶、强与弱的斗争，而且出现了人与自然、人与妖怪、人与禽兽的斗争。如干宝《搜神记·李寄斩蛇》，写具有侠义心怀的李寄斩蛇除害的故事，赞美她不信邪、不惧凶恶、机智勇敢、勇于牺牲的侠义精神。试想，在佛道鬼神盛行的社会，能够有目的、有准备地去刺杀蛇妖，是需要多么大的勇气和胆识，足见她的侠举之伟大，从而极大地讽刺了官吏的残忍和无能。

第三，侠义小说在艺术创作上深受志怪小说神奇、夸张等浪漫主义创作手法的影响，同时也接受了其荒诞、幻化等消极的东西。

第四，侠义小说在创作上出现了贬侠、讽侠的作品，如《世说新语·假谲》中的《魏武少时》篇，写魏武帝曹操少时与袁绍一起抢劫新娘，并施诡计脱身之事。这本是一出花花公子的恶作剧，然而作者却说他们"好为游侠"，把他们的行为当作侠义故事来写，这与司马迁在《史记·

游侠列传》中所赞颂的"存亡死生""不矜其能""羞伐其德"的游侠之举是背道而驰的。这种贬侠、讽侠之风的兴起不是偶然的,是有其社会历史原因的。侠客义士虽然是正义的象征,但是他们却遭到了统治阶级中一部分人的强烈反对。

第三个阶段,侠义小说的形成。

唐代是文人有意写小说的时期,也是侠义小说形成的时期。这个时期较为有影响的作品,如许尧佐《柳氏传》,薛调《无双传》,皇甫氏《义侠》,裴铏《昆仑奴》《聂隐娘》,袁郊《红线传》,杜光庭《虬髯客传》,段成式《盗侠》等。这些作品大致创作于唐朝中后期,从时代背景和作品的内容上看,主要反映了以下三方面的社会问题:

一、藩镇割据。安史之乱虽然被平定,但安、史的余部还有相当大的势力,唐代宗为了求得苟安,瓜分河北,授予叛将。在平叛过程中,唐王朝对内地掌兵权的刺史大多加上节度使的称号,他们各据一方,拥有强兵,专横跋扈,表面上尊奉朝廷,但法令、官爵都各搞一套,赋税不入中央。藩镇间的矛盾也很激烈,时常以力相拼,为了争权夺利,私蓄豪侠,以仇杀异己。这方面的代表作品有裴铏《聂隐娘》、袁郊《红线传》。

二、安史之乱使唐朝的法律受到了破坏,那些达官显宦凭借权势任意侵占民财,抢男霸女。百姓深受其苦,希望豪士侠客仗义除奸,惩暴安良。裴铏的《昆仑奴》正是反映这方面问题的代表作品。小说写主人公昆仑奴凭借高超的武功,将原本富家小姐沦为姬仆的红绡女从权臣家中夜间携出,成全了她与崔公子爱情的故事。昆仑奴的侠义之举,使晚唐社会那些无法无天的达官显宦受到了震撼,同时又是被压迫而无力反抗的人民大众的一种希望寄托。人们爱侠客、盼侠客、颂侠客,深以任侠为荣,侠士之风从而日盛。

三、由于道德风尚日益低下,社会上出现了许多唯利是图、忘恩负义的人和事，侠客义士出于义愤，惩治那些失去人性和道德的人。如李肇《唐国史补·故囚报李勉》，是歌颂豪侠的重要作品。《故囚报李勉》叙述李勉为开封尉时，曾擅自放走了一名犯人。后来李勉被免职客游，在河北偶然遇见故囚。故囚喜迎李勉归家，本想厚礼报答，可在与其妻商量如何酬报时，因财重难以割舍，于是产生了以仇报恩的恶念。不料被李勉知晓，于是他连夜乘马离开，至津店，立脚未稳，故囚派来追杀李勉的刺客早已等候。幸亏李勉向店主诉说的真情被刺客听到，他先是惊悟："我几误杀长者！"然后，转身而去，天未明，携故囚夫妻两颗人头送给李勉，充分表现出这位刺客爱憎分明的是非观和打抱不平的侠义胸襟。这个故事对侠义小说的发展有很大的影响。

侠义小说形成的标志是什么呢？可从以下三方面来看：

第一，出现了一批侠义小说，趋于形成一个流派。宋初李昉编成的《太平广记》专门给侠义小说一席之地，列有"豪侠"类，与其他题材小说并驾齐驱。书中从第一百九十三卷至第一百九十六卷，共收录侠义小说25篇，其中有21篇是唐五代的作品。其实，唐代侠义小说远不止这些，大概受编纂选择的限制，还有许多作品未被选入。

第二，许多作品的主题是以歌颂侠客义士见义勇为、打抱不平、惩恶扶善、仗义疏财等义烈行为为主，同时也赞美侠客们特殊的武术技能。如杜光庭的《虬髯客传》①，是一篇影响甚远的歌颂豪侠的传奇小说。作者在这篇作品中，成功地塑造了三位侠客的形象，倾注着他对李家王朝一片赤诚之情。虬髯客是三侠之首，性格豪爽，侠、志备于一身。隋末天下大乱，他本欲趁机起事，谋取帝业，但当他听说太原有"异气"，并经过实地考察，确认李世民十之八九能得天下，便毫不犹豫地放弃了平生大志，

---

① 杜光庭. 虬髯客传［M］//吴组缃. 历代小说选：上册. 选注本. 北京：中国青年出版社，1982：344-355.

把自己多年苦心积聚的全部财富拱手赠给了知己李靖和红拂女，并真诚地勉励他们竭力辅佐李世民打天下，而他自己却跑到数千里之外的扶余国另谋基业。他这一让一赠，活生生展露出一个大侠豪爽、慷慨的胸襟。作品中的另外两人——李靖与红拂女，也是具有侠义胸怀的人物。他们与虬髯客陌路相逢，结为知己，被称为"风尘三侠"。红拂女本是隋朝司空杨素府中的殊色歌妓，她偶然从李靖向杨素献策中，看出了李靖是个卓有才识的英雄，同时也看出了杨素虽然权重京师，但只不过是尸居余气的朽腐之躯，于是便毅然离开生活奢华的杨府，私奔李靖，这是她的雄胆侠气所在。李靖虽然是个布衣之士，但他有胆有识，当他上谒献策看到了杨素傲慢无礼的态度时，就立即当面指责。杨素虽然接受了他的批评，但李靖已看清了隋王朝的腐败本质，便改弦易辙，投奔并辅佐有道明君唐王李世民，终成帝业，这正是一个事业有成的侠客所为。三位侠客意气相投，肝胆相照，不愧为"英雄""豪侠"的称誉。

《虬髯客传》对后世文学影响较大，明代张凤翼的《红拂记》、凌濛初的杂剧《虬髯客》，皆依这个故事改编而成。

第三，作品一般以政事、爱情为题材，以邪与正、强与弱、恶与善为故事中的矛盾双方，以邪者受惩、恶者遭报、正者得伸、善者获福为故事结局，因此故事情节显得曲折繁复。在人物塑造上，特别是描写侠客的义勇行为时，大都运用了浪漫主义的表现手法，因而，侠客形象显得鲜明、高大。如薛调的《无双传》[1]，叙刘无双和王仙客悲欢离合的故事，赞美古押衙杀身报知己的侠义精神。这个故事情节曲折离奇，男女主人公的悲欢离合，既含有对世俗观念的批判，又含有对社会的控诉，更有对侠客义士的歌颂。古押衙虽然不是作品中的主人公，但他却是一个极为重要的角

---

[1] 薛调. 无双传［M］//吴组缃. 历代小说选：上册. 北京：中国青年出版社，1982：333-343.

色，是他拯救了无双，使无望的婚姻变成美满的现实。作者塑造古押衙的侠义形象是从三个方面入手的：一是极写营救任务之艰巨；二是大写古押衙卓越的本领；三是突出了古押衙士为知己者死的侠义美德。

　　唐代侠义小说中载录的侠客义士与先秦文献中载录的侠客义士有什么不同呢？第一，侠客的身份和地位不同。先秦的侠客绝大多数出身于士的阶层，其地位属于统治者中的最下层。而唐代的侠客身份和地位高低不拘，有宅第华贵过于王侯的大富翁，如杜光庭笔下的虬髯客等；有藩镇亲信武官，如许尧佐的《柳氏传》① 中的虞侯许俊和裴铏笔下的聂隐娘等；有平民，如李公佐笔下的谢小娥；有官府中的属员和奴仆，如袁郊笔下的红线，裴铏笔下的昆仑奴。第二，在行为上，先秦侠士较为重视"士为知己者死"的信条，唐代侠客则较多遵奉"路见不平，拔刀相助"的准则。如沈亚之的《冯燕传》②，小说写主人公侠士冯燕两次以武犯禁，铸成两桩公案：第一桩，他因为看不惯别人争夺财产，所以出手伤人，造成了人命案；第二桩，他看到与他私通的张婴之妻极端自私，为了他们永远的私通，竟然要求冯燕将喝得大醉的丈夫杀死，冯燕没有这样做，反而对她那种只顾自己的情欲和安危而不惜伤害丈夫的性命的行为深恶痛绝，于是反将她杀死了。在他看来，偷情私通是失了小节，而背信负义则是失了大节。他绝不能容忍以小节而毁大节的事情存在，因而在官府误判张婴杀妻死罪，正当张婴人头要落地时，冯燕赶来了，自首领罪，说明了杀人的情况，澄清了事实，使蒙受不白之冤的张婴得到了昭雪。这就是侠客的侠义行为。第三，在成员上，先秦及汉代的侠士主要为男性，而唐代的侠客则突出地增加了女性，如聂隐娘、谢小娥、红线及红拂女等，而这些女侠客

---

① 许尧佐. 柳氏传［M］//吴组缃. 历代小说选：上册. 北京：中国青年出版社，1982：245-253.
② 沈亚之. 冯燕传［M］//李格非，吴志达. 唐五代传奇集. 校点本. 郑州：中州古籍出版社，1997：163-164.

在作品中都是主人公，这标志着妇女社会地位的提高。

总之，侠义小说在唐代已经形成。

第四个阶段，侠义小说的成熟。

侠义小说发展至宋，可以说到了成熟的阶段，其标志主要有三方面。第一，出现了侠义小说的专著，这就是吴淑的《江淮异人录》[①]。鲁迅先生在《中国小说史略》中指出："（吴淑）所著《江淮异人录》三卷……凡二十五人，皆传当时侠客术士及道流，行事大率诡怪。唐段成式作《酉阳杂俎》，已有《盗侠》一篇，叙怪民奇异事，然仅九人。至荟萃诸诡幻人物，著为专书者，实始于吴淑。"仅数语，讲明了侠义小说由量变到质变的问题，即由唐代的单篇到宋代的专著，这标志着侠义小说的成熟。第二，侠义小说在宋代文坛上竖起了旗帜。宋初李昉等人奉命编纂的《太平广记》，列有"豪侠"类，汇集了晋至宋初的侠义小说，虽然是部分的，但使侠义小说不仅赖以保存下来，还得到了倡扬和发展。第三，形成了一个流派。宋代除了吴淑的《江淮异人录》外，许多名人在其著作中皆有意识地撰有歌颂侠客义士的作品，如沈括《梦溪笔谈》中的《弓手刺偷》，费衮《梁溪漫志》中的《盗智》，洪迈《夷坚志》中的《霍将军》，罗大经《鹤林玉露》中的《张魏公》，陈世崇《随隐漫录》中的《胡斌》，张师正《倦游杂志》中的《张乖崖》等。

宋代侠义小说是唐代侠义小说的继续，它不但继承了唐代侠义小说赞美侠客义士行为的传统，而且继承了其艺术形式及格局。但由于时代不同，宋代侠义小说形成了自己的特色，主要有以下几方面：

第一，多讲古事。以吴淑的《江淮异人录》为代表作品。

《江淮异人录》，宋代传奇小说集。全书2卷25篇，每篇叙述一位人

---

[①] 吴淑.江淮异人录［M］//宋元笔记小说大观：第一册.校点本.上海：上海古籍出版社，2001：243-262.

### 第三章 古代小说中的侠义、公案及侠义与公案合流文化

物行侠仗义的奇闻逸事。较为突出的是《聂师道》和《洪州书生》。

《聂师道》叙述唐歙人聂师道仗义行侠事。主人公是一位道士,但他却长就一副侠肝义胆,为解救别人疾病,他尝试偏方;在大兵压境的危势下,他奋不顾身缒城退兵;帮助"以救饥寒"的盗贼偷取自己居住的紫极宫中的金帛,因而极受百姓的信赖,死后他成了神仙。

《洪州书生》叙南唐末洪州某书生因见恶少欺负一个卖鞋小儿,顿生怜悯与仇恨之心,举刀斩了恶少,救护了卖鞋小儿;为了不给别人留下麻烦,用他独有的药术毁灭了尸体。

第二,多术气。如果说唐代侠义小说充满着一种肝胆照人、豪气干云的侠义之气,那么,宋代侠义小说,多数作品充满着术气,如孙光宪《北梦琐言》[①] 中的《丁秀才》。

《丁秀才》写侠客丁秀才为了酬报紫阳观主的善遇之恩,于是取浙江帅厨的银榼酒和熟羊腿,一饱道士们的口福。紫阳观位于湖南,从湖南的朗州至浙江来回足有数千里之遥,又是大雪纷飞的夜晚,而这位丁秀才却只用了两三个时辰往返,足见他的飞腾之术极高。正当道士们惊讶欢笑之际,他又掷剑起舞,以助酒兴,最后腾跃而去,不知去向,真是集侠、剑、术于一身。然而,这篇作品并不是以称赞丁秀才取物酬众道士的侠行为主,而是以炫耀丁秀才的飞腾术和剑术为目的。取物酬报,犹如一张画纸,而飞腾术和剑术,才是作者着意绘制的图画,所以作品中充满着术气。

第三,多神仙气。宋代侠义小说的作者为了进一步夸大和炫耀侠客在现实生活中的作用,不仅赋予他们高超的武艺、各种奇术,还赋予他们极受人民崇拜的神仙之气。《江淮异人录》中的《江处士》,就是这类作品

---

① 孙光宪. 北梦琐言 [M] // 唐五代笔记小说大观:下册. 校点本. 上海:上海古籍出版社,2000:1793-1999.

的代表作。

《江处士》叙歙州江处士为百姓三次消灾、治伏鬼神的故事。从其治鬼消灾的三个故事，可以说明，江处士不是人间一般的侠客，而是被作者理想化了的神侠、仙侠。这篇作品应看作后来仙侠小说的始祖。

在宋元话本中比较突出的侠义作品，如《杨令公》《十条龙》《石头孙立》《青面兽》《花和尚》《武行者》《拦路虎》《西山聂隐娘》《严师道》《红线盗印》《红蜘蛛》等。这些作品主要赞美"路见不平，拔刀相助"的侠义行为。

第五个阶段，侠义小说的发展。

明代是通俗小说大发展的时期，侠义小说也呈现出大发展的局面。这个时期的代表作品是施耐庵的《水浒传》。

《水浒传》历来被誉为描写和歌颂农民起义的优秀的现实主义作品，它通过生动的艺术描写，再现了北宋末年农民起义发生、发展直至失败的全过程，深刻地揭示了农民起义的社会根源，热情地歌颂了起义英雄的光辉业绩，成功地展现了起义的零星复仇之火如何发展到革命燎原之火的斗争历程，同时也具体地揭示了起义失败的内在原因。同时，《水浒传》也是一部歌颂侠客义士的史诗，因为：

一、"以武犯禁"、打抱不平，是它的重要内容。梁山泊聚集着一百零八人，他们或先或后，或多或少，都做过路见不平、拔刀相助的"出轨"事情，在官府看来，皆属"以武犯禁"的人物。

更为重要的是，他们组织起来，形成了一个强大的除暴安良的武装团体，打破了恶霸之巢——祝家庄，踏平了黑网屏藩——曾头市，攻克了腐朽之地——唐州、青州、大名府，两败贪官童贯，三赢恶棍高俅，沉重地打击了残害人民的封建统治者。

二、见义勇为，以义为纲。"义"是《水浒传》中众英雄的行为准则，亦是他们辨别是非的标准。因而"义"成了全书之魂。前七十一回，竟有十回的回目中有"义"字出现。

仗义疏财，是英雄行义的另一种表现，也最能赢得百姓的信赖。宋江相貌不扬，地位不显，但他有"呼保义""及时雨"的绰号传遍天下，因为他仗义疏财，"济人贫苦，周人之急，扶人之困，以此山东、河北闻名，都称他作'及时雨'，都把他比作天上下的及时雨一般，能救万物"。晁盖、柴进也有"仗义疏财"的美名。

《水浒传》中的梁山好汉，从"义"出发，一方面仗义疏财，另一方面将被官府敲诈勒索去的财宝视为不义之财，所以出现了"智取生辰纲"之举，把梁中书的十万贯金珠、宝贝、玩器等不义之财，夺为众有，奏出了一曲震撼整个封建社会的"劫富济贫"的凯歌。

三、"忠君""辅国"，是《水浒传》后半部的主题，也是侠客义士的行为归宿。作者为了使这部书牢固地运行在"忠"字的轨道上，便刻意塑造了一位极"忠"极"义"的宋江作为舵手，让他驾驭着满载侠客义士的列车，朝着朝廷的方向驶进。宋江时刻牢记九天玄女的教导，在第六十回晁盖死后，他被推为寨主，所做的第一件事，就是把"聚义厅"改为"忠义堂"，而且紧紧地用"忠君""辅国"的思想率领众英雄。每当李逵说出自立君主的话，都要遭到宋江的严厉斥责。当他认为条件成熟时，便接受了皇帝的"招安"。而后奉命去征剿反叛朝廷、欲自立为王的田虎、王庆、方腊等人。最后宋江在将被朝廷用药酒毒死时，仍坚持已诺的忠心："宁可朝廷负我，我忠心不负朝廷。"这种"其言必信""其行必果""已诺必诚"，正是侠客义士素有的品德。

《水浒传》虽然大肆宣扬"忠""义"，并以受招安、忠君辅国而告终，但也没能得到统治者的理解和宽恕，遭到了朝廷的镇压。然而，它却赢得了广大民众的喜爱，因为它"大旨在揄扬勇侠，赞美粗豪"，为"市

111

民写心"；同时它那明快、洗练、富有个性的语言和描写事件、塑造人物的浪漫主义与现实主义相结合的创作方法及精湛的艺术手段，均给人以无穷无尽的纯美享受。

拟话本中的侠义小说，如冯梦龙《醒世恒言》中的《李汧公穷邸遇侠客》，《喻世明言》中的《杨谦之客舫遇侠僧》等。

《李汧公穷邸遇侠客》取材于唐传奇皇甫氏《原化记》中的《义侠》故事，冯梦龙对其进行了改写，主要增加了六方面的内容，因而《李汧公穷邸遇侠客》较之《原化记·义侠》更加突出了侠客义士的地位和威势及其形象的塑造。

《杨谦之客舫遇侠僧》叙述南宋建炎年间，浙江永嘉人杨谦之奉旨赴任贵州安庄县令。这个地方"南通巴蜀，蛮獠错杂，人好蛊毒战斗，不知礼义文字，事鬼信神，俗尚妖法"。杨谦之抱定"蛮烟瘴疫""必陷死地"的念头，怀着九死一生的惶恐不安的心情前往贵州，在经镇江的船上，得遇侠僧。侠僧看他贫穷，赠给他金银，又知任所凶多吉少，就让自己的侄女——法术高强而且具有侠义心肠的李氏作为他的保镖并兼理妻子之事，同时还送给他几位仆人。杨谦之到任之后，果然身处各种险境，在李氏的帮助下，一连三次识破和击败各种妖法和阴谋，威服任所，三年有余，政绩显著。

这篇作品热情地歌颂了侠僧笃诚助人的侠义精神，同时也赞美了女侠李氏料事如神的见解和卓绝的才干。

凌濛初的"二拍"，其中有部分作品充分表现了女性的侠义行为。女侠客行侠仗义的故事在唐宋传奇中比较突出，但大多作品主要是写她们行侠仗义的外在行为，而"二拍"则注意表现她们的内心情感和人格魅力。它重点写了三类人物：

第一类，具有侠情的妓女。如《二刻拍案惊奇》卷十二《硬勘案大

儒争闲气　甘受刑侠女著名》中的严蕊。歌妓严蕊为了维护正义，不肯诬陷唐仲友与己有私，饱受酷刑，终于使坏人的阴谋未能得逞，她的侠义声誉由此高涨，连皇帝也称赞她是个有义气的女子。

　　第二类，具有侠义的"骗妇"。如《拍案惊奇》卷十六《张溜儿熟布迷魂局　陆蕙娘立决到头缘》中的陆蕙娘，本是大骗子张溜儿的妻子，由于她长得貌美，张溜儿就以她的美貌为资本，做起了诈骗钱财的买卖，谎称"表妹寡居"，希望得到有情人的关照，用这种说法，骗了不少有钱财的人，往往都是在洞房花烛夜让陆蕙娘装害羞，不与人家同床。第二天张溜儿纠合一伙恶棍，以图赖奸骗良家女子的罪名打将进去，"连人和箱笼尽劫而去"。那些被欺骗的人，都是外地来的，他们怕吃官司，只得忍气吞声，遭受被打抢之苦。陆蕙娘是个有见识有侠情的女子，她多次劝阻丈夫，丈夫不听，只好等待时机。张溜儿又用同样的骗局引得进京赶考的书生沈灿若上当，在成婚的夜晚，陆蕙娘见沈灿若人品高尚，风度非凡，又通过交谈，得知他是个有根基之人，就把骗局和盘托出，让他连夜搬往别处的好朋友家去住，并且自己做主，真的跟随了他。沈灿若不仅保住了财产，还保住了前程，两月后考中"传胪三甲"。

　　第三类，剑侠女子。《拍案惊奇》卷四《程元玉店肆代偿钱　十一娘云冈纵谭侠》中写了十位侠女，前九位大多是唐宋之际侠义小说中的人物，最后一位韦十一娘是作者创作出来的人物，也是这篇小说着重塑造的女主人公。韦十一娘是武功极高的剑侠，作品里虽然写了她与两位女弟子应客人程元玉之请求而表演的精妙绝伦的剑术，但主要篇幅写她内在的修养。一是她有料事如神的预见性。二是韦十一娘有很高的学问。她与程元玉谈起关于剑术发展史的问题，纵观古今的看法使得程元玉肃然起敬。三是韦十一娘有非凡的是非观。当程元玉问她侠客行侠仗义的标准时，她首先对历代侠客行为进行了品评，继而谈论了剑术所诛的五个标准，充分体现了她那非同凡响的是非观和疾恶如仇的爱憎情感。四是韦十一娘的剑侠风采。她一直教导弟子要"挟弓矢，尽人力"，而不能用剑术猎取雉兔以充口腹，展示了她的剑侠风采和公私分明的处事态度。五是韦十一娘具有威震江湖的侠威。程元玉遭抢劫，当他说出认识韦十一娘的话语后，众盗贼便立即将行李和仆人马匹都乖乖地送还给程元玉。六是韦十一娘具有通情达理的胸怀。当她得知侍女青霞和缥云各有了如意郎君，一不责怪她们，二不为难他们，而是积极帮助她们办喜事，并让她们离开自己跟随夫君而去。总之，韦十一娘是一位既有高度的理性认识，又有丰富的实践经验的女剑侠。这正是这篇小说不同于以往的侠义小说的升华之处。

继《江淮异人录》之后，明白地以剑侠命名的小说专著出现了，如明代文坛大家王世贞撰写的《剑侠传》①。

《剑侠传》共4卷33篇，记载了唐五代和宋诸朝侠客以奇异的武术打抱不平、助人为乐的事情。《剑侠传》虽然属于辑录前人的作品，但在中国小说史上的地位也比较重要。应指出，作者在选录时进行了不同程度的改写工作，有的更换了篇名，如《扶余国王》原名为《虬髯客传》，《田膨郎》原名为《田膨郎偷玉枕》，《潘将军》原名为《潘将军失珠》，《韦洵美》原名为《崔素娥》，《秀州刺客》原名为《张魏公》。

明代以"侠"字命名的还有徐广撰写的文言小说《三侠传》，共20卷，其中12卷歌颂男侠，8卷歌颂女侠，所以万历四十年（1612）又有一刻本题《二侠传》，这部书大体上与《剑侠传》相似。

此外，明王世贞编辑的文言小说《艳异编》② 共35卷，在正、续编中分别设有"义侠"部，正编第23、24卷，为"义侠部一""义侠部二"共9篇，即《乐昌公主》《虬髯客传》《柳氏传》《无双传》《红线传》

---

① 王世贞. 剑侠传［M］//古今逸史. 影印本. 上海：商务印书馆，1937.
② 王世贞. 艳异编［M］. 沈阳：春风文艺出版社，1988.

《昆仑奴传》《车中女子》《聂隐娘传》《花月新闻》；续编卷七设有"义侠部"，收了4篇作品，这就是《剑客》《虬须叟》《申屠氏》《碧线传》。这13篇已被《剑侠传》所收。

第六个阶段，侠义小说的繁荣。

清代侠义小说呈现出繁荣的景象，其标志主要有两个：一是作品数量多；二是作品的类型多。较为突出的有五种类型：

第一种类型，继承了明代长篇通俗侠义小说的传统，歌颂侠士惩治各种邪恶势力，为百姓消灾解难。以《绿牡丹全传》①为代表。

《绿牡丹全传》又称《四望亭全传》《龙潭鲍骆奇书》，是清代中期的一部侠义小说。无名氏著，序署"长洲爱莲居士漫题书于芥子园"。

全书六十四回，以唐朝武则天废子自立、"扰乱大唐纲纪"为历史背景，以骆宏勋与花碧莲的婚姻为引线，以侠士除奸诛佞、迎王保驾为主要事件，具有一定的思想意义。这主要表现在两方面：一、作者以愤怒之笔，揭露了权奸结成的黑网统治，他们欺君罔上，残害百姓，纵子作恶，仗势欺人。作者正是通过描写统治者的种种罪恶，尖锐而具体地暴露了他们的丑恶灵魂和腐败本质，并为侠士除奸诛佞提供了社会基础。二、作品以热情的笔触颂扬了以鲍自安、花振芳为首的英雄好汉除奸诛佞，打破黑网统治的侠义精神。

《绿牡丹全传》在艺术上较为一般，有些人物、情节、事件深受《水浒传》的影响，如好汉胡理在胡家凹开的"歇店"，与《水浒传》中"菜园子"张青开的十字坡酒店，性质大体相似。又如书中的"黑龙潭"，酷似《水浒传》中的"梁山泊"，聚集了一大批走投无路的英雄好汉，并以水为屏障；英雄们都以杀贪诛暴为义举，最后也都归顺了朝廷。所不同的

---

① 无名氏. 绿牡丹全传 [M]. 蔡国梁，标校. 上海：浙江古籍出版社，1986.

是，《绿牡丹全传》更换了皇帝及统治集团的主要成员；而《水浒传》则一仍其旧，直至水浒英雄被害的结局。由此可见，《绿牡丹全传》更加理想化了，但无论思想高度还是艺术成就，《绿牡丹全传》都无法与《水浒传》相比。

第二种类型，侠义与剑术、侠义与仙术相结合，形成了剑侠小说和仙侠小说。这种小说的特点：一是作品歌颂的主要对象是那些得道成仙者和深得剑术精妙之人及其门徒。由于他们的所作所为大都是为国诛奸除逆，为民除害，因此他们被称为剑侠、仙侠；二是剑侠、仙侠在行侠仗义的过程中充分展示他们极高极妙的剑术和仙术，特别是有许多斗剑斗法场面的描写。代表作品有唐芸洲的《七剑十三侠》① 和海上剑痴的《仙侠五花剑》②。

《七剑十三侠》又名《七子十三生》，全书一百八十回，叙述二十位剑侠及其门徒徐鸣皋、徐庆、慕容贞、焦大鹏等众多侠士追随右都御史杨一清和佥都御史平定甘肃安化王朱寘鐇和江西宁王朱宸濠叛乱的故事。其显著特点是，书中大量描写了剑侠、仙侠以他们高明的剑术和法术，在抑恶除暴过程中与邪恶势力做斗争。这种创作方法源于唐五代时期的侠义小说中对侠士剑术的描写，如裴铏《传奇》中的《聂隐娘》，同时，它又对以后的武侠小说创作产生了深远的影响。

第三种类型，侠义与言情相结合，形成了侠情小说。侠情小说的特点：一是全书以男女青年爱情婚姻故事为线索，主写人心善恶、奸佞不法、世情不公。二是书中的主人公既是侠义人物，又是忠孝节义的化身。三是书中有相当多的篇幅写侠士打抱不平、除暴安良和仗义疏财的行为。四是书中充斥着孔孟之道和程朱理学，其目的在于宣扬封建礼教、名教和

---

① 唐芸洲．七剑十三侠［M］//中国近代小说大系．南昌：江西人民出版社，1988．
② 海上剑痴．仙侠五花剑［M］//中国近代小说大系．南昌：江西人民出版社，1989．

第三章 古代小说中的侠义、公案及侠义与公案合流文化

纲常，以此来维护封建制度。其代表作有文康的《儿女英雄传》①。

《儿女英雄传》又名《侠女奇缘》，全书五十三回，今残存四十回，清人文康著。小说写出身名门的侠女何玉凤智慧、骁勇绝世，又有倾城倾国之貌，因其父被奸臣所害，故奉母避居山林，伺机报仇。她的仇家纪献唐，是个有大勋劳于国家的人，权势极盛。何玉凤急切不得报仇，就与母亲离开京城，更名为十三妹，往来市井间，倚仗武艺，取些"没主儿钱"，维持生活。在磨难中她练就一副侠义心肠，偶于旅店见孝子安骥困厄，仗义相救，并赠给他银两，又做红娘，撮合安骥与同难人张金凤结定良缘。后来纪献唐恶贯满盈，被朝廷所诛。何玉凤虽然没有亲手杀死仇人，但也等于大仇已报，本打算遁入空门，后经过别人的劝解，也嫁给了安骥，与张金凤共侍一夫，和睦如姊妹，后各有身孕。何玉凤成了一个极好的贤妻良母。

书的前十八回，主要写十三妹行侠仗义的英雄事迹；书的后半部主要写十三妹的儿女情长，具有浓厚的说教色彩。

第四种类型，是侠犬小说。其主要特点是，极力鼓吹和美化侠士投降变节、充当封建朝廷鹰犬的可耻行为。以俞万春的《荡寇志》② 为代表。

《荡寇志》又名《结水浒传》，全书七十回，是接金圣叹腰斩《水浒传》本第七十一回写起，至一百四十回结束，末附"结子"一回。

这部书是专为翻《水浒传》之案而作，小说字里行间充斥着对宋江等农民起义英雄的攻击和诬蔑，把他们写成抢男霸女、杀人掠夺的祸世魔王，把他们的军队写成不堪一击的乌合之众，让他们最终无一能逃斧钺之刑。作者为了抵消水浒英雄在人们心目中的形象，除了竭尽诬蔑之能事外，还精心塑造了以陈希真、陈丽卿父女为首的一批"侠士"，把他们写

---

① 文康. 儿女英雄传［M］. 尔弓，校释. 济南：齐鲁书社，1990.
② 俞万春. 荡寇志［M］//中国近代小说大系. 天津：百花文艺出版社，1996.

成因被权奸所害而去落草，但是没有让他们走反叛朝廷的水浒之路，而是让他们心向朝廷，走上了投降变节之途，充当了统治阶级的鹰犬。这部书一出版，不同的阶级对这部书做出了不同的反响。统治阶级视为珍宝，大加推崇，纷纷为它作序，称颂它"功德无量"，因而墨迹未干就着手进行刻印工作。咸丰三年（1853），太平军攻下了南京，清政府官员们在仓皇逃窜中，没有忘记带走《荡寇志》的版片，后在苏州大量印行。接着，广州的"当道诸公"也"急以袖珍版刻播是书于乡邑间，以资劝惩"。而广大觉醒的起义民众，对其极为愤慨。太平军忠王李秀成率军攻下苏州时，把《荡寇志》当作反动的宣传品，予以毁版。太平天国失败后，同治十年（1871），社会上又有了《荡寇志》的大字覆刻本，企图用以维系正在崩溃的"世道人心"。

　　文言侠义小说，清代依然存在，但专集较少，大都收录在笔记小说和传奇小说集中，如张潮《虞初新志》、王士禛《池北偶谈》、钱泳《履园丛话》、浩歌子《萤窗异草》、袁枚《新齐谐》、李渔《笠翁一家言》、钮琇《觚剩》、乐钧《耳食录》等。这些侠义小说的思想内容广而杂，有写侠士路见不平、拔刀相助的，如《新齐谐·姚端恪公遇剑仙》，主要赞美了剑仙的正义行为和高超的剑法。

## 第二节　古代小说中的公案文化

　　公案文化是以公案小说为主要内容，而公案小说的兴起也是公案文化的诞生。公案小说的名称最早见于宋代"说话"，即话本小说中的"说公案"。据宋代耐得翁《都城纪胜·瓦舍众伎》记载："说话有四家：一者

&lt;&lt;&lt; 第三章 古代小说中的侠义、公案及侠义与公案合流文化

小说，谓之银子儿，如烟粉、灵怪、传奇；说公案，皆是朴刀、杆棒及发迹变态之事；说铁骑儿，谓士马金鼓之事；说经，谓演说佛书，说参请，谓宾主参禅悟道等事。"① 学术界一般把其中的"说公案"看作公案小说的兴起。

公案小说是以公案事件为题材。公案小说理应包括作案、报案、审案（含侦破）、判案等几个环节。然而公案小说在产生初期就不那么完备，因为公案小说是从公案故事发展起来的，所以公案小说在萌芽和成长过程中往往是不完整的。有的只写了作案和破案的经过，有的只写报案、审案及判案的内容。公案小说的形成是一个缓慢酝酿和发生的过程，由各种因素决定：第一，早在先秦两汉时期，统治者就已建立起刑法体系和狱讼制度，并通过各种形式公布他们的刑律。如郑国子产著《刑书》，晋国赵鞅著《刑鼎》，特别是魏国李悝编辑的《法经》，收录融合了各国刑法。应该说刑法体系和狱讼制度的建立，是公案小说产生的政治因素。第二，先秦以降，涌现出来一大批执法如山、刚正不阿、秉公审理、依法判案的清官廉吏，不仅为公案小说的产生奠定了社会基础，还为公案小说塑造主人公——司法官吏形象，提供了楷模。如《韩诗外传》② 记载晋国大理李离，因"过听杀人，自拘于廷，请死于君"；晋君再三找理由为他开脱，他都一一拒绝，坚持"法失则刑，刑失则死"，毅然"伏剑而死"。第三，先秦诸子百家、两汉史传中有关刑法狱讼的故事，是促使公案小说产生的文学因素，包括素材和艺术手法两方面。如《晏子谏诛颜邓聚》《梁有疑案》《齐太仓女》等；特别是司马迁《史记·酷吏列传》③ 中的"张汤传"，写张汤幼时审鼠盗肉案的故事，虽系小孩游戏，但它充满了真实性：

---

① 耐得翁. 都城纪胜·瓦舍众伎 [M]. 北京：中国商业出版社，1982.
② 韩婴. 韩诗外传 [M] //吴组缃. 历代小说选. 选注本. 北京：中国青年出版社，1982：1-5.
③ 司马迁. 史记·酷吏列传 [M]. 北京：中华书局，1959.

第一，故事有一股强烈的爱憎情感，因为馋老鼠偷了肉，致使年幼的张汤挨了打，所以他怀着满腔愤怒，惩处了盗肉的老鼠。第二，故事符合狱讼的法律程序，有作案——老鼠盗肉，有举告——劾鼠，有审案——讯鞫，有侦破——掘窟得盗鼠及余肉，有判案——具狱磔堂下。

汉魏南北朝时期出现一些以公案故事为题材的小说，应该理解为公案小说的雏形，这些作品已完全以小说的手法描述公案事件。代表作品，如晋干宝《搜神记》中的《东海孝妇》和《河间郡男女》、南朝宋刘义庆《幽明录·卖胡粉女子》、北朝齐颜之推《冤魂志·弘氏》等。

到了唐代，应该说文言公案小说已经形成。其标志有三：其一，出现了数量可观的公案小说，约有百余篇。这些作品虽然散杂在各种志怪、逸事及传奇小说集里，但汇集起来，已逐渐形成一个流派——公案小说。较为突出的，如刘肃的《大唐新语》中《李义府恃恩放纵》和《大理丞狄仁杰》、高彦休《阙史》中《赵江阴政事》、皇甫氏《原化记》中《崔尉子》、张鷟《朝野佥载》中《蒋恒审案》、薛用弱《集异记》中《刘元迥》、卢肇《逸史》中《严安之》等。其二，这百余篇作品的主题较为明确，基本上是写作案、报案、审案（含侦破）、判案的内容。由于文言小说受篇幅限制，因此每篇作品只能各有侧重，如以权谋私和诬陷案一类，侧重描写作案即诬陷、谋私的过程；昭雪冤案类，侧重描写审案和侦破的过程；复仇案，侧重描写破案和判案的过程，并写有案件自破或神鬼相助破案的事情。其三，在艺术上，每篇小说一般围绕一桩案件，或围绕一个案情展开故事情节，大都根据不同的案情，塑造出各种不同的人物形象。如秉公断案和昭雪冤案类，主要塑造法官执法严明、公正不阿的形象；复仇案小说，主要展示受害者愤愤不平、疾恶如仇及强烈反抗的个性特征；诈骗案类小说，则主要揭露诈骗者唯利是图、卑鄙狡诈的伎俩和心态。应该指出，文言小说在人物塑造上，往往是粗线条地勾勒，缺乏细致雕刻；

*120*

在故事情节叙述上，一般比较简单直接。

宋代是公案小说成熟的时期，其标志有四方面：第一，公案小说的作品急剧增加，仅就部分文言短篇小说而言，约有三百余篇，大大超过了宋前历朝作品的总和。第二，出现了以公案命名的文言小说，如洪迈《夷坚志》中的《何村公案》《艾大中公案》，苏轼《东坡志林》中的《高丽公案》等作品。至此，公案小说名实相符了。名称虽然是个标号，但它却代表着某种事物的本质，是区别于别种事物的标志。特别是小说流派的名称，是某种题材或体裁、样式发展到一定程度才会产生的，如"志人小说""志怪小说""传奇小说""话本小说""侠义小说"等。公案小说名称的出现，无疑表明了公案小说已经到了成熟的阶段，其文化氛围由里到外更加浓厚了。第三，出现了新的体裁，这就是话本。在宋代话本中有相当多的作品属于公案小说。无论是宋代耐得翁所著《都胜纪略》的四分类法，还是宋代罗烨《醉翁谈录》的八种分类法，都将"公案"列为一类，可见公案题材在话本中的重要地位。第四，公案小说在结构上已趋于完善，许多作品具备了公案小说应有的作案、报案、审案（含侦破）、判案四大要素，这是公案小说成熟的内在标志。在宋元话本中具有代表性的作品，如《错斩崔宁》《简帖和尚》《勘皮靴单证二郎神》等。

明代公案小说呈现出大发展的局面，最为明显的标志是出现了一批公案小说集。迄今流传在世的，如题"钱塘散人安遇时编辑"的《包龙图判百家公案》（一名《包公传》十卷一百回）、题"三台山人仰止余象斗集"的《皇明诸司廉明公案》（四卷一百零五则）、无名氏的《郭青螺六省听讼录新民公案》（四卷四十三则）、目录题"海若汤先生集"的《古今律条公案》（七卷首一卷四十六则）、无名氏的《国朝宪台折狱苏冤神明公案》（二卷）、题"京南归正宁静子辑，吴中匡直淡簿子订"的《国

121

朝名公神断详刑公案》（八卷四十则）、题"湖海山人清虚子编辑"的《名公案断法林灼见》（二卷）、题"晋人李春芳编次"的《海刚峰先生居官公案》（四卷七十一回）等作品。

明代公案小说在内容和形式上主要有三种类型：

第一类，以某个执法人物为中心，写多个办案故事，代表作品有《包龙图判百家公案》和《海刚峰先生居官公案》。

第二类，以公正廉明审判案件为中心内容的短篇小说集。代表作品，如余象斗的《皇明诸司廉明公案》、宁静子的《国朝名公神断详刑公案》等。这种类型的公案小说，大都是以类相分，每类有若干则小说，每则小说叙一公案故事，赞美一位或两位判案公正的执法官吏。

第三类，在世情小说、才子佳人小说及佛道小说中夹杂着公案故事。如《金瓶梅》①中的男主人公西门庆，涉及多起案件，其中有三起案件较为突出：一是西门庆为色计娶潘金莲、谋杀五大郎案，二是西门庆图财巧娶李瓶儿案，三是西门庆受贿枉法案。这些案件，每一桩都能判西门庆重罪或死罪，但都因为他擅做钱权交易而抹平，使得有冤不能伸，有仇不得报。通过西门庆以身试法而又得不到制裁，充分展示出朝廷腐败，世道黑暗。《西游记》中也写了一些公案故事，如在第八回与第九回之间的附录《陈光蕊赴任逢灾　江流僧报仇复本》，写唐僧俗家父亲陈光蕊赴任被害、其母被霸占的惨案，十八年后在金山寺和尚法明长老的帮助下才沉冤得雪，陈光蕊浮出水面还魂，升任学士。恶人刘洪遭擒杀。唐僧立意入佛门参禅。孙悟空在《西游记》中犯有许多大案要案，既是天上、人间及地府的一些案件制造者，又是案件的侦破者。他不遵守任何法度，有不平的事他就要摆平。在保护唐僧西天取经路上所遇到

---

① 兰陵笑笑生. 金瓶梅［M］. 校点本. 济南：齐鲁书社，1989.

<<< 第三章 古代小说中的侠义、公案及侠义与公案合流文化

的九九八十一难，应该说每一难都是孙悟空有意或无意制造的特殊案件，而每一个案件，又都是孙悟空费力侦破而解除的。虽然每一案件在破除过程中，没有像第一类、第二类公案小说那样，经过官府的法律程序审理，那些案件并不是官府所能审得了的普通案件，但它又具有侦破行为的意味，因此在这种意义上，《西游记》充满着具有特殊的公案文化的色彩。"三言""二拍"中有许多作品也是以公案为题材的小说，如"三言"中的《闹樊楼多情周胜仙》《勘皮靴单证二郎神》《十五贯戏言成巧祸》《一文钱小隙造奇冤》《蔡瑞虹忍辱报仇》《三现身包龙图断冤》《玉堂春落难逢夫》《况太守断死孩儿》《蒋兴哥重会珍珠衫》《陈御史巧勘金钗钿》《滕大尹鬼断家私》《沈小官一鸟害七命》《闹阴司司马貌断狱》《简帖和尚巧骗皇甫妻》等。"二拍"中有三分之一属于公案小说，如《初刻拍案惊奇》卷十三《赵六老舐犊丧残生　张知县诛枭成铁案》、卷十九《李公佐巧解梦中言　谢小娥智擒船上盗》、卷二十九《通闺闼坚心灯火　闹图圄捷报旗铃》、卷三十《王大使威行部下　李参军冤报生前》、卷三十三《张员外义抚螟蛉子　包龙图智赚合同文》、卷三十六《东廊僧怠招魔　黑衣盗奸杀生》、卷三十七《屈突仲任酷杀众生　郓州司马冥全内侄》。再如《二刻拍案惊奇》卷一《进香客猛看金刚经　出狱僧巧完法会分》、卷四《青楼市探人踪　红花场假鬼闹》、卷十六《迟取券毛烈赖原钱　失还魂牙僧索剩命》、卷二十《贾廉访赝行府牒　商功父阴摄江巡》、卷二十五《徐茶酒乘闹劫新人　郑蕊珠鸣冤完旧案》、卷二十八《程朝奉单遇无头妇　王通判双雪不明冤》、卷三十五《错调情贾母詈女　误告状孙郎得妻》等。

明代公案小说的特点及价值：（一）小说的形式通常以短篇为主，但大都又以专集的形式流传于世，一般是把若干个公案故事编辑在一起，形成集子。以人物为中心的集子，有的前后数回连写一个公案故事，如《包

龙图判百家公案》①中"仁宗认母案""花羞女婚恋案""老犬变夫案"等。在开头和结尾处的用词上,亦选择承上启下的关联语,如第八十八回结尾:"且看后来如何,下回公案便见"。无论是内容上的连接,还是开篇语和结尾语的关联,都说明了这类公案小说正处于短篇向长篇转化的过渡时期,这正是明代公案小说在公案小说发展史上的地位和价值所在。(二)在公案小说应具有的要素上,明代公案小说已大致具备,每篇小说大致都有作案、报案(原告)、审案、破案(侦查取证)、判案等诸方面内容。这是公案小说成熟与发展的标志,为公案小说的繁荣奠定了艺术技巧上的基础。(三)在人物塑造上,比较注重心理活动的描写,特别是表现人物的矛盾心情,这就使得人物有血有肉,顿时活跃起来。较为注重执法官吏审案与破案技巧的描写,如微服私访、深入虎穴、引蛇出洞、舍子套狼、隔山震虎、以假探真等。(四)明代公案小说为研究明代社会的经济和人文思想风貌提供了一些有参考价值的资料。因为:其一,有些小说反映了当时社会流行着一种弃农经商、弃儒经商的社会风气。其二,有些小说描写了当时人们经商的范围,包括贩卖布匹、瓷器、陶器、铁器及酒肉等营生。其三,有些小说对当时社会人的欲念和心态进行了详细描写,特别反映出一些新思想、新观念。

总而言之,明代公案文化小说具有劝导人们守法行善、勉励官吏执法公正廉明、震慑不法分子、维持社会治安的良好作用。它蕴涵着法律的尊严,凝聚着强大的民族精神,敦促着人们树立法律观念。

清代公案小说依然沿着明代公案小说的创作道路向前发展,达到了繁荣程度。长篇通俗公案小说,与同时期的侠义公案合流的小说比较起来,作品虽然不太多,但它的现实性却远远超过了侠义公案小说。作品的内

---

① 安遇时. 包龙图判百家公案 [M]. 上海:上海古籍出版社,1996.

容，着重反映官府腐败、恶霸横行的黑暗社会现实，因此作品具有强烈的现实主义色彩。代表作品，如无名氏的《于公案传奇》①、吴趼人的《九命奇冤》②。

《于公案传奇》是以歌颂于公执法如山、公正廉明为经，以审破二十七个公案故事为纬，继承了明代长篇公案小说的传统，然而无论是在故事撰写的技巧上，还是在语言文字上，都胜于前者。此书有两大特点：其一，平反冤假错案较为突出，约占于公审案的百分之四十。作品揭露了这些冤假错案大都是由审案者贪赃枉法造成的。其二，连环式的案情。一起公案往往连接另一起或数起公案，特别是毁婚案中，一般与劫财杀人案、被诬陷案是连在一起的。作品不足之处，是在审破案过程中充满着鬼神示兆的迷信色彩。

《九命奇冤》打破了传统公案小说的宗旨，不是为了歌颂执法如山、刚正不阿的清官，而在于揭露官场腐败和社会黑暗，因此小说的重点不是写侦破和审案的细节，而是侧重于写九命奇冤案的起因、九命奇冤案的惨毒性和九命奇冤案的告状申冤之艰难。整部作品充满了浓重的现实主义色彩。

清代文言公案小说数量众多，出现了前所未有的繁荣景象，据不完全统计，约有数百篇。这些小说散见于各文言小说集内，收录较多的如《聊斋志异》《听雨轩笔记》《阅微草堂笔记》《墨余录》《野叟闲谭》《挑灯新录》《庸庵笔记》等。就其案件性质主要有六类："因色奸杀案""图财害命案""强抢拐骗案""讹赖案""盗窃案""贪赃枉法案"。其特点有：

（一）热情歌颂了执法廉明的官吏。有的歌颂他们为捍卫法律的尊严

---

① 无名氏. 于公案传奇［M］//清代抄本公案小说. 天津：百花文艺出版社，1996.
② 吴趼人. 九命奇冤［M］//中国近代小说大系. 南昌：江西人民出版社，1988.

不怕丢官丧命的大无畏精神，如梁恭辰的《北东园笔录·山阳大狱》①中的江宁候补知县李毓昌，在奉命至山阳查赈过程中，因不接受贿赂，坚持据实奏报，结果被害身亡。有的歌颂执法廉正的官吏深入细致的破案作风，如许奉恩的《里乘·倪公春岩》②中的安徽潜山县知县倪公，因其廉明公正，很受百姓爱戴，呼之为"倪青天"。他为了审清一桩奸杀案，冒着丢官的危险，两次开棺验尸，又微服私访，终于查出了真相，为被害人申了冤，使凶犯受到严惩。还有的歌颂执法官吏较高的智能和破案技巧，如蒲松龄的《聊斋志异·诗谳》③中的青州新任知县周元亮，审看吴蜚卿杀人案卷时，认为此案可疑，经过仔细察访与合理分析，终于查出真凶，推翻了移祸他人的冤案。

（二）无情揭露和鞭挞了那些主观臆断、草菅人命、贪污受贿、制造冤案的贪官污吏。如杜乡渔隐的《野叟县谭·银手圈》④中的诬盗案，受害人王公子因从朋友赌博，输了钱，不敢向父母索要，而向未婚岳母借贷，岳母取衣物让他典当，未婚妻怕钱不够，暗中将银手圈藏在衣物中；典当铺主问他衣物中还有何物，他回答无。当时县内正发生一起盗窃案，在盗单中恰有银手圈；铺主当即举报，县官不做调查研究，竟将他当作盗贼审问。王公子不堪酷刑，屈打成招，被定罪，死在狱中。其未婚妻万分悲痛，跑到县衙陈述原委，最后取刀自刎于大堂之上。这桩冤案，纯属执法官吏在办案时缺乏调查研究，偏听偏信，主观臆断造成的。又如朱克敬

---

① 梁恭辰.北东园笔录·山阳大狱［M］//陆林.清代笔记小说类编·案狱卷.合肥：黄山书社，1994.
② 许奉恩.里乘·倪公春岩［M］//陆林.清代笔记小说类编·案狱卷.合肥：黄山书社，1994.
③ 蒲松龄.聊斋志异·诗谳［M］.济南：齐鲁书社，1981.
④ 杜乡渔隐.野叟县谭·银手圈［M］//陆林.清代笔记小说类编·案狱卷.合肥：黄山书社，1994.

<<< 第三章 古代小说中的侠义、公案及侠义与公案合流文化

的《瞑庵杂识·湖州私征案》①中的窦学政，在赴湖州考选学子时，遇到了一桩知县贪污百姓田税案，他收到百姓边哭边交给他的粮券后，立即奏报朝廷；权奸和珅为了袒护党徒，便下令亲信巡抚查办此案；巡抚为了掩盖侵吞田税案，派人冒充钦差，强行从窦学政的住处取走百姓的粮券，而后又反过来弹劾他无凭无据的妄奏罪。当皇帝御审此案时，窦学政密藏的粮券使此案大白。这桩冤案纯属上下勾结徇私舞弊制造出来的。

（三）突出描写讼师在诉讼事务上的作用。如温如适的《咫闻录·嫌贫害婿》②叙述常熟县富翁徐某，因见婿家日益衰败，遂起毁婚之意，先结交一些亡命之徒，诬陷婿为抢劫犯；后又贿赂官吏，以莫须有的罪名将其拷打成冤狱。徐女在渔妇帮助下请谢秀才写了一篇状词，投掷官府。当县官看到徐女状词末尾"不告害夫，告则害父；不可告，不得不告"四语，说"此乃情真理确也"。当即传审徐翁，徐翁理屈词穷，如实交代了诬陷的过程。县官将徐翁唾骂薄责一通，罚银三千两，赏之于婿，命其当堂完婚。在吴炽昌的《客窗闲话·讼师》③篇中，有两桩人命案，在讼师的干预下，两个罪犯都逃脱了法律的惩治。这是讼师在资本主义经济影响下唯利是图的负面作用。

（四）案件本身的错综复杂性导致了小说故事情节的曲折生动，颇具吸引力。如蒲松龄《聊斋志异·胭脂》中的胭脂女被戏弄、牛医卞氏被杀的案件，先后有四人因不同的动机和缘由卷入案件，成为接力赛式的杀人凶手。随着一个个杀人嫌疑犯被捕，又一个个被释放，故事情节犹如一

---

① 朱克敬．瞑庵杂识·湖州私征案［M］//陆林．清代笔记小说类编·案狱卷．合肥：黄山书社，1994．
② 温如适．咫闻录·嫌贫害婿［M］//陆林．清代笔记小说类编·案狱卷．合肥：黄山书社，1994．
③ 吴炽昌．客窗闲话·讼师［M］//陆林．清代笔记小说类编·案狱卷．合肥：黄山书社，1994．

条狂奔的大河波涛汹涌，起伏不定；然而杀人凶手只有一个，在施公的巧计安排下，加之严酷的威刑，杀人真凶毛大如实交代了杀人过程，伏法认罪。

## 第三节　古代小说中的侠义与公案合流文化

侠义公案小说是侠义公案文化的主要载体，而侠义公案小说是在公案小说与侠义小说形成后出现的一种新的类型，即侠义与公案的合流。这种合流小说是在唐代出现的，如李公佐《谢小娥传》、沈亚之《冯燕传》、皇甫氏《原化记·车中女子》以及康骈《剧谈录》中的《田膨郎》《潘将军》等。这些侠义与公案合流的小说初步形成的特点有：（一）小说中的侠士一般都是公案中的当事人。如《谢小娥传》中的谢小娥，她既是受害人的亲属，又是帮助官府侦破案件的人。（二）小说中的公案与侠义间的联系，大都采取了解铃还须系铃人的做法，也就是说，许多侠义与公案相结合的作品，大都侠士既是作案者，又是破案者，如《潘将军》中的侠女小姑娘，她既是真失假盗案中的盗珠者，又是帮助官府破案的还珠者。（三）小说的情节比较简略，许多关键情节基本上采取一笔带过的手法，因此这类小说只具有粗略的轮廓，而缺乏详细曲折的情节和较完整的结构。

宋代侠义公案小说与侠义小说、公案小说同时成熟起来。文言侠义公案小说主要有五种类型：

第一种，情侠与公案合流。代表作品，如王谠《唐语林》中的《上清》。这篇小说主要叙述两件事：一是清官窦参如何遭奸臣诬陷、入狱被赐死之事。二是窦参的宠妾上清如何为窦参申冤昭雪之事。她在窦参入狱后也被没入掖庭，因善应对，能煎茶，很快得到皇帝的宠幸。她要做的第一件事，就是为窦参鸣冤，针对皇上提出的窦参两大罪行，她都逐一辩明说清，并加以证实。皇帝恍然大悟，下诏为窦参平反昭雪。这充分体现出上清是一位情侠双馨的女子，她虽有了新主但不忘旧情，享受着荣华富贵而不忘窦参的嘱托。

第二种，义侠与公案合流。代表作品，如欧阳修《桑怿传》，叙桑怿先后五次为民除害，帮助官府捉贼破案的故事。小说在描述桑怿捕盗破案的过程中，采取了对比的手法：第一，在描写破郏城盗贼案的过程中，将他的英勇与郏城尉的怯懦加以对比；第二，在描写破获清灰山凶盗案的过程中，将他的光明磊落与巡检挟私造假、言行不一加以对比；第三，在描写破获二十三名凶贼的过程中，将他的足智多谋与盗贼的有勇无谋加以对比；第四，在描写平定交趾人海上叛乱案中，将他的威猛与昭化诸州巡检的惊慌加以对比。小说写他在功名利禄面前义字当头，拒绝了枢密使的"与我银，为君致阁职"的无理索求，并严斥道："用赂得官，非我所欲；况贫无银，有固不为也。"枢密使因而大怒，隐瞒了他捕贼破案的功劳，还无中生有捏造罪名，将一个功臣变为罪人，送三班治罪。小说还写他居雍丘时，遭遇水灾，家有粟二廪，用船载之，当他看到民众逃避洪水时，便立即弃其粟，以舟载民；然后又散粟赈灾，粟尽乃至。

第三种，术侠与公案合流。代表作品，如洪迈《夷坚志》中的《杨抽马》，叙杨望才（绰号抽马）以术闻名，生就一副侠义心肠。小说着重写了他三方面事：一是为人预测祸福，并设言免祸之法，信则幸免，不听则身亡。第二，敢作敢为，甘愿受法律惩治。第三，使用法术惩治吝啬富人。

第四种，盗侠与公案合流。代表作品，如周密所著《癸辛杂识》中的《汤某》。小说围绕酒楼银器被盗案，采取对比手法，塑造了两个对立的人物形象：一个是建康著名的缉捕使臣汤某，另一个是盗侠王小官人。小说充分展示出案前与案后两人的不同神态：一个是先倨后恭，一个是先恭后倨。小说的主旨，是歌颂盗侠王小官人的神妙盗术及他的侠义情怀，因而在形象塑造上采用了铺垫和渲染的手法。汤某虽然名义上是小说的主人公，但他并不起主导作用。虽然从正面描述了他有极高的职业警惕性，先发制人，主动进攻，但这些恰恰成了塑造王小官人形象的铺垫。王小官人在案发前表现出一副谦谨屈卑的样子，故意往捕臣面前凑，还有意让他派得力捕快侦伺自己，一路不断饮酒，处于醉酒状态，给人以不会有任何作案机会和可能的假象，这正是盗侠王小官人的高明神奇之处。盗案发生后，汤某的神态一落千丈，没了高傲，没了自信，只有恐惧和尴尬，在万般无奈的情况下，只得向盗侠王小官人求救。王小官人在案发后，精神大振，微笑着玩弄汤某于股掌。然而，当他听说汤某将要因为此案"身受重谴"时，又动了侠义之心，马上告诉他寻找被盗银器的办法。一桩大盗案在名捕汤某的一场虚惊后悄然告破，官府的无能亦不言而喻。

第五种，义畜与公案合流。代表作品，如洪迈《夷坚志》中的《刘承节马》和《全椒猫犬》等。《刘承节马》叙述义马为主人拦车申冤的故事。刘承节自赣州税官回赴调，父子及仆人一行，携带财物，被盗贼窥见，半路遭贼劫财害命。"适主簿出按田，马迎至车前，踽足如拜，已退复进，凡六七返。主簿异之，曰：'是必有冤诉。'遂遣数辈随马行，到冈畔坡陀下，马刨土凝立……四尸在穴，肢体尚暖。立督里正访捕，不终朝尽成擒，并坐死罪。"《全椒猫犬》叙述侠犬义猫在主人遇害后，帮助官府捉拿凶犯，为主人申冤雪恨的故事。

这个时期的侠义公案合流的文言小说之特点有：一是作品类型较多。二是侠客义士大多不再是公案的当事人（盗侠除外），而是凭借侠义精神帮助官府擒拿案犯、侦破案件、为民除害的勇士。三是小说主题明确,结构比较完整,均具有侠义、公案两方面的内容。四是艺术上注重人物性格刻画,一般都通过人物自身的语言或行为来塑造人物形象,突出人物性格。

宋元话本中也有部分侠义与公案合流的小说,代表作品如《宋四公大闹禁魂张》,主要叙述以宋四公为首的侠客义士,与为富不仁、腐败无能、是非不分的社会恶势力进行的四次较量。在较量过程中,宋四公等人的侠义、机智、果敢、磊落的性格以及他们的精妙盗术,都得到了充分展现;而张富的吝啬狠毒、钱大王的糊涂不明、滕大尹的少识无能、缉捕使臣的窝囊愚笨,都一一表现得淋漓尽致。

明代是侠义公案小说发展的时期,较为突出的是通俗小说,如名教中人编次的《好逑传》(一名《义侠好逑传》,又名《侠义风月传》十八回)。此书历来被认为是才子佳人小说,但就它所叙述的大部分内容而言,更像是侠义与公案合流的故事,书中前后叙述了六桩公案:大夬侯强抢民女案,过公子谋娶淑女案,拐妇案,诬陷谋反案,失误战机案,先奸后娶案。小说中的男女主人公双双皆是解人之难、申人之冤、救人危难的仗义男子和侠义女子,在他们生活与行为的词典中,只有二字,一是"侠",二是"义"。他们非侠不做,非义不为。他们是在抢亲案中相遇,在合力抗击恶势力的诬陷与摧残下相识,他们没有半点儿女私情,满脑子都是锄奸惩恶,救危扶困,向善安良。即使有人轮番与他们做媒,也被他们义正词严地拒绝;最后有了父母之命、媒妁之言,他们仍不肯应允,害怕相识在前成婚在后有伤名教,亦怕给别人以口实;直到他们摧毁了恶势力,使受害者昭雪平反,在天子的御批下,他们才肯结合在一起。

清代的侠义与公案合流的小说出现繁荣的局面。其原因有:

第一,清代侠义小说和公案小说都比较成熟,也都比较受欢迎。侠义小说中的侠客义士和公案小说中的清官,在许多方面有相同或相近之处。

首先，他们的出发点都是除暴安良，只不过侠客义士侧重于打抱不平，为义为民，而清官侧重于为国为君；其次，他们的斗争对象都是危害人们的豪暴之徒和各种邪恶势力；最后，他们都是人们心目中的英雄好汉。人们寄希望于侠客，也寄希望于清官。因而作者们就热衷于把侠义与公案合为一体。鲁迅先生在《中国小说史略》中对此做了高度概括："凡此流著作，虽意在叙勇侠之士，游行村市，安良除暴，为国立功，而必以一名臣大吏为中枢，以总领一切豪俊。"

第二，清官与侠客义士可以相互取长补短。清官秉公办案必然要触犯那些有权有势的奸贼佞臣、恃强欺弱的恶霸地主及各种邪恶势力，因此他们也必然会遇到各种各样的阻力，甚至要搭上身家性命。特别是在将要灭亡的清王朝中后期，情况更为严重。作者正是基于这一点，遂把智勇双全并素有打抱不平的侠客义士延入公案。这样，清官办起案来得心应手，侠客行侠诛暴也合律合法。所以，侠士与清官的结合，侠义与公案的合流，是顺情顺理的。

第三，统治阶级的大力提倡。奸贼佞臣、贪官污吏和恶霸豪强，他们不仅危害人们，也直接腐蚀和破坏封建社会的肌体。因而，侠士与清官的结合，统治阶级可以从中获取三大好处：其一，帮助他们除掉社会蛀虫；其二，帮助他们安定民心，缓解阶级矛盾，稳定社会秩序；其三，帮助他们招揽侠客义士，扩大卫道士的队伍，巩固其统治。所以，石玉昆所撰《三侠五义》①中的宋仁宗在看完侠士蒋平表演后，情不自禁地说："朕看尔等技艺超群，豪侠尚义。国家总以鼓励人才为重，朕欲加封你等职衔，以后也令有本领的各怀向上之心。"

第四，人民大众也比较欢迎。在黑暗的封建社会中，人民大众苦难深

---

① 石玉昆. 三侠五义［M］. 上海：上海古籍出版社，1991.

重，他们不仅要承受统治阶级的剥削压迫，还要忍受贪官污吏的敲诈勒索，同时还要不断遭受地主恶霸、土豪劣绅的疯狂掠夺，他们既不能安居乐业，又无处申诉，终日过着饮恨衔冤的苦难生活。侠义公案小说所揭露的黑暗的社会现实，正是他们现实生活的写照；小说中鞭挞的邪恶势力，正是骑在他们头上的贪官污吏和地主恶霸；小说中所歌颂的侠客义士，正是他们所期望的救星；小说中所赞美的清官，正是他们所渴求的申冤说理之人。

总之，侠义与公案合流的小说，正如鲁迅《中国小说史略》所言："大旨在揄扬勇侠，赞美粗豪，然又必不背于忠义。"代表作品，如无名氏《施公案》、贪梦道人《彭公案》、石玉昆《三侠五义》等。

# 第四章

# 古代小说中的女性文化研究

为了搞清楚古代小说中女性文化的问题，首先要弄明白什么是女性文化，起于何时。笔者认为女性文化是伴随着父权社会等级制度的建立而出现的，与女性有关的各种文化现象随着社会的发展而陆续产生。首先以女字做偏旁部首的字词大量涌现，如好、妙、妨、妒、嫉、媪、嫌、妈、嫁，等等；其次出现了用女字命名、命物、命事的文化现象，如女兄、女奴、女德、女乐、女公子、女娲石、女坟湖、女盐泽、女博士、女校书、女尚书、女儿茶、女冠子、女真族等；最后明清时期出现了女儿节。据明代刘侗等的《帝京景物略》① 和清代潘荣陛的《帝京岁时纪胜·燕京岁时记》② 记载：每年有两个女儿节，一是农历五月初一至初五为女儿节，青年女子梳妆打扮，头插石榴花；已婚女子各回娘家看望父母，以此欢度她们的节日。二是农历九月初九的重阳节，已婚的女子都要被娘家接回吃花糕，这天也叫女儿节。女性日常生活的穿戴服饰越来越讲究，艺术性很强，显示出浓厚的文化色彩。这些文化现象，只打上了性别的烙印，没有任何歧视和压迫之意。然而，随着父权社会等级制度的完善和等级观念的

---

① 刘侗，于奕正. 帝京景物略 [M]. 北京：北京古籍出版社，1983.
② 潘荣陛. 帝京岁时纪胜·燕京岁时记 [M]. 北京：北京古籍出版社，1981.

树立，特别是儒家思想占统治地位后，男尊女卑的等级差别越来越大，对女性进行了全方位束缚。政治上，"女不言外"①，也就是说女性不能干预政务，这就从根本上取消了女子从政的权利。经济上，"子妇无私货，无私蓄、无私器、不敢私假、不敢私与"②，意思是说妇女没有任何继承和支配财产的权利，包括自己亲手创造的部分。行为上，女子自幼要训练成"听于无声，视于无形，不登高，不临深、不苟訾、不苟笑"③ 的性情。女子未出嫁时一切要服从父兄的决定，出嫁后一切要遵从丈夫的意志，丈夫死了一切要听从儿子的安排。婚姻上，要听父母之命、媒妁之言；男子可以三妻四妾，女子要从一而终，做贞节烈妇。男权的封建社会把女性作为重要的统治对象，给女性制定了一系列清规戒律。早在春秋战国时期的《礼记》中就给女子立下"三从四德"和"七出"的被奴役的条例。到了汉代，汉武帝罢黜百家、独尊儒术，班固在《白虎通·三纲六纪》中进而提出了"君臣、父子、夫妇"的"三纲"论。尤其是"夫为妻纲"的提出，使丈夫天经地义地成为妻妾的统治者，妻妾的生死荣辱完全操控在丈夫手中。接着刘向作了一部《列女传》，用人物为榜样来说明母仪、贤明、仁智、贞顺、节义等妻妾生活的准则。在统治者大肆提倡和宣传下，这不合理的规定逐步被广大妇女所接受，特别是上层社会的女性，带头宣扬封建文化思想。如东汉的班昭著《女诫》，分《卑弱》《夫妇》《敬慎》《妇行》《专心》《曲从》《和叔妹》七篇，深受汉和帝重视，屡召入宫，成为皇后和诸贵人的教师。又如唐太宗的长孙皇后著《女则》十卷；唐代侯莫陈邈妻郑氏著《女孝经》，分十八章；唐代女学士宋若莘著的《女论语》；等等。这些书都是强调男尊女卑，宣扬妇女行为准则和道德规范

---

① 孙希旦. 礼记集解·内则 [M]. 北京：中华书局，1989：735.
② 孙希旦. 礼记集解·内则 [M]. 北京：中华书局，1989：740.
③ 孙希旦. 礼记集解·曲礼 [M]. 北京：中华书局，1989：21.

的。许多女性惨遭封建礼教迫害，比较突出的是在爱情婚姻问题上，女子婚配没有任何选择的权利和恋爱的自由，即使是父母之命、媒妁之言结合的夫妻，一旦他们婚后产生了爱情，过分亲密，这位妻子就要受到休弃，因为她享受了不该享受的爱情，触犯了"七出"中"淫泆"的戒律。还有的男士因喜新厌旧，或是嫌贫爱富，也要借助"七出"条规，随便安个罪名，将无辜的妻子休弃。有许多被休弃的妻子不堪屈辱，饮恨而死。维护封建礼教和反抗封建礼教在社会各类人中展开了激烈斗争，许多文人墨客以此为主题，写出了大量的诗、词、小说、戏曲等文学作品，如汉诗《孔雀东南飞》，唐传奇《离魂记》《莺莺传》，宋陆游词《钗头凤》，明代戏曲《牡丹亭还魂记》等，来表达他们各自的爱憎情感。以女性故事为题材的文学作品，基本上都是以女性爱情婚姻的悲喜剧为主题，而这个主题又往往离不开封建婚姻制度和封建礼教问题。因此，封建传统女性文化的核心内容，就是"三从四德""七出"及"女子无才便是德"等封建礼教和父母之命、媒妁之言的封建婚姻制度。下面就根据不同阶段的小说作品研究其中的女性文化。

## 第一节　汉魏六朝时期小说中的女性文化

汉魏六朝时期的小说，整体上处于发生发展阶段。人们对小说的认定，众说纷纭。马振方在《中国早期小说考辨》中说："我们这里讨论的小说，是由作者自觉虚构又非寓言的完整叙事之文。"[①] 这个观点代表了当今一部分专家学者的看法。早在吴组缃等选注的《历代小说选》中就

---

[①] 马振方. 中国早期小说考辨 [M]. 北京：北京大学出版社，2014.

<<< 第四章 古代小说中的女性文化研究

表达了这个观点。因此该书在小说作品的遴选上，不仅追溯至春秋战国时期，还扩大了其内容范围（不被小说词典类所收录的作品所限），如《韩诗外传》《列女传》《新序》《说苑》《吴越春秋》和《风俗通义》等作品中的一些故事。据不完全统计，这个阶段的小说作品流传至今不超百种（《汉书·艺文志》载：先秦至汉代"小说十五家，千三百八十篇"。其多数已亡佚）。

这个时期的小说作品塑造了众多女性形象，有年老的，如南朝宋刘义庆《世说新语》[1]中的陶侃之母；也有年轻的，如刘义庆《幽明录》中的彭娥；还有年少的，如晋代干宝《搜神记》[2]中的李寄。女性容貌各异，既有貌美如花的，如汉代刘歆《西京杂记》[3]中的王嫱；又有奇丑无比的，如《世说新语》中的阮德如之妹、许允之妻。她们的社会地位高低不等，有些是生活在社会底层的，如《幽明录》[4]中卖胡粉的女子等；也有生活在士大夫官宦家庭的，如汉代刘向《列女传》[5]中的齐国管仲之妾婧婧等；还有些是生活在帝王家庭的，如《搜神记》中的吴王小女紫玉等。她们的言行操守，绝大多数是善良美好的，也有极少之人是自私自利、损人利己的，甚至有的恶毒至极，如北齐颜之推《冤魂志》[6]中的徐铁臼之继母，为了使亲生儿子健康成长，便对前妻之子百般虐待，从给亲子起名铁杵，含有"志灭铁臼"之意，到苦毒捶打，"饥不给食，寒不加絮"，铁臼年仅十六岁时，即被继母折磨致死。

---

[1] 刘义庆. 世说新语［M］//余嘉锡. 世说新语笺疏. 北京：中华书局，1983.
[2] 干宝. 搜神记［M］//汉魏六朝笔记小说大观. 上海：上海古籍出版社，1999：269-435.
[3] 刘歆. 西京杂记［M］//吴组缃. 历代小说选. 北京：中国青年出版社，1982.
[4] 刘义庆. 幽明录［M］//汉魏六朝笔记小说大观. 上海：上海古籍出版社，1999.
[5] 刘向. 列女传［M］//吴组缃. 历代小说选. 北京：中国青年出版社，1982：6-21.
[6] 颜之推. 冤魂志［M］//吴组缃. 历代小说选. 北京：中国青年出版社，1982：190-194.

从女性对社会作用上看，虽然她们都处于依附的地位，但她们凭借自身之力，起到了护国卫家的作用。如（旧题）班固《汉武故事》①中的柏谷旅店老板娘，当她看到丈夫带领十多个青年人手持棍棒刀枪剑戟要对体貌不凡、微服出访、住店乞食的汉武帝进行打杀时，立刻上前制止了丈夫的鲁莽行动，并用酒将丈夫灌醉捆绑起来，那伙年轻人见此纷纷逃跑，又杀鸡做饭款待汉武帝，向他表示歉意。汉武帝回到宫中，马上召见旅店夫妇，赏赐老板娘千两黄金，提拔店主为羽林郎。应该说，这位旅店老板娘的举动起到了四个作用：一是保住了汉武帝的性命，使国家免除了动乱；二是不仅保住了丈夫和十几个年轻人的性命，还免除了他们的灭族之罪；三是使她得到了贵重的金钱；四是使平庸的店主丈夫荣获了官禄。再如晋代王嘉《拾遗记》②中的蜀主刘备之妻甘皇后，因肤色洁白如玉，甚得皇帝宠爱；这时恰有河南人献上一个身高三尺的白玉美人，刘备左拥右抱，占用了他很多心思，大有玩物丧志的征兆。甘皇后看在眼里急在心上，于是便以《春秋》称赞的宋国贤卿子罕不以玉为宝的故事进行劝谏。刘备不仅命人带走了玉美人，还远离那些献媚取宠之人，从此专心治理国事，朝臣们都称赞她是位贤德的皇后。小说中的一些女性不仅勤劳，还勇敢面对那些轻蔑自己言行的男人，针锋相对，反唇相讥，维护女性尊严。如隋代侯白《启颜录》③中的刘道真，自以为是，特别看不起劳动妇女，当他在河边帮人拉纤时见到一位妇人摇橹，就嘲笑说："女子何不调机弄杼，因甚傍河操橹？"妇人回答说："丈夫何不跨马挥鞭，因甚傍河牵

---

① 班固. 汉武故事 [M] //汉魏六朝笔记小说大观. 上海：上海古籍出版社，1999：163-178.
② 王嘉. 拾遗记 [M] //汉魏六朝笔记小说大观. 上海：上海古籍出版社，1999：187-565.
③ 侯白. 启颜录 [M] //吴组缃. 历代小说选. 北京：中国青年出版社，1982：194-195.

船?"刘道真与他人在茅舍内共用一个盘子吃素菜白饭时,看见一位身穿青布衣服的妇人领着两个小孩儿从面前经过,嘲笑说:"青羊引双羔。"妇人反讥说:"两猪共一槽。"刘道真无言以对。女性的故事,除了《列女传》分门别类专述之外,大多掺杂在各种体裁和各种题材之中。

纵观唐前小说中的女性言行举止,可归纳出以下五大特点:

第一,她们不受封建礼教礼法的束缚,敢想敢做,特别是对心仪之人,主动表达爱情。如《搜神记》中的《吴王小女》篇,叙述了战国时期吴王夫差之女紫玉,才貌双全,十八岁时与长她一岁的百姓之子韩重一见钟情,于是就写了一封情书派人送给韩重,答应做他的妻子。韩重要去齐鲁之间学习,就让父母先去提亲,吴王很生气地拒绝了。紫玉郁闷而死。三年后,韩重归来,得知此事,无限悲痛,带着祭品到紫玉坟前吊唁,紫玉的鬼魂从坟墓中走了出来,痛哭流涕地哀诉衷肠,并热情邀请韩重到她墓中做客,韩重念及阴阳两隔很犹豫。紫玉深情地打消韩重的顾虑,摆设丰盛的酒宴招待他。他们像夫妻一样欢度了三天,韩重临走时紫玉送给他一颗直径一寸的大明珠。韩重带着明珠觐见吴王。吴王认为他是掘墓所得,下令逮捕韩重。韩重落荒而逃。紫玉得知此事,立刻现身于吴王面前说明一切,为韩重讨还了清白,而后消失。这个故事丝毫看不到封建社会为女性设定的"三从四德"的影子。紫玉抛开帝王之女至尊的地位,一心追求爱情,她那至诚的举动有三个方面:一是主动致书表达爱慕之情,并且果断决定做他的妻子;二是主动邀请韩重到其墓中了却生前未能成为夫妻的心愿;三是当韩重遭遇危险时,她又打破阴阳间的界规,现身吴王面前,替韩重洗冤。再如《世说新语·惑溺》门类中的贾充之女,当贾女见到在父亲府中供职的韩寿"美姿容",就爱上了他,吟诗抒情,让侍婢前往韩家向韩寿说明心意,并告之贾女貌美如花。韩寿闻之心动,便暗地里与贾女互通音讯,然后又翻越重重院墙,与贾女夜宿私会。过了一些时日，贾充发现女儿喜欢打扮了，心情也格外舒畅；还从韩寿身上闻到了奇香之气，而这种香料是外国进贡的，皇帝仅赐给了他和陈骞，他又送给女儿使用。他让家人仔细查看自家的墙院，从下人口中得知，自家东北角的院墙上有人翻越的痕迹。于是拷问女儿的侍婢，侍婢如实招供，贾充无奈，一面保守秘密，一面为女儿举办婚事。这个故事与唐代元稹的《莺莺传》[①] 中崔莺莺和张生的爱情故事大体相同，只不过一个是喜剧，一个是悲剧。悲剧与喜剧间的区别，归根结底是封建礼教的作用。张生的始乱终弃，被时人称之为"善补过"。作者撰写崔张爱情故事之目的，是"夫使知者不为，为之者不惑"。而《世说新语》中的贾、韩之私会最终结为夫妻，是因为作者认为"妇人德不足称，当以色为主"。完全颠覆了封建礼教对妇人衡量的标准。

第二，小说中的女性大都很有智慧。她们有的使用智慧，破除迷信，铲除危害一方的妖怪。如《搜神记》中李寄斩蛇的故事。东越闽中庸岭山下低洼地段有一条大蛇为害百姓，地方官吏对此束手无策，且百姓死伤无数，无奈只好按蛇妖的要求，每年八月初为祭祀日，郡守要选送一位十二三岁的女孩为蛇妖的祭品。到了第十个年头，将乐县李诞生有六女，最小的女儿李寄符合祭祀的年龄要求，她不顾父母反对，毅然决然去做祭品。她真实目的不是做祭品，而是要舍死一搏，于是准备了三样除妖的东西：一是锋利宝剑，二是一条咬蛇的猎犬，三是用蜂蜜和炒麦粉做成的几石蒸饼，一并带进洞庙之中等待蛇妖到来。当蛇妖瞪着两尺长镜子般的大眼睛，如谷囷般的大蛇头伸进庙内，闻到蒸米饼的甜香之气就吃了起来，李寄乘机先放猎狗去咬蛇头，而后举剑猛砍蛇尾，蛇妖负痛逃了出去，死在空地之上。李寄在洞庙里看到了九个女孩的头颅，感慨说："你们太懦

---

[①] 元稹．莺莺传［M］//章培恒，安平秋，马樟根．古代文史名著选译丛书·唐人传奇选译．南京：凤凰出版社，2011．

<<< 第四章 古代小说中的女性文化研究

弱了,被蛇吃掉,真是可怜!"从此东冶这个地方再也没有兴妖作孽的怪物出现,她的父亲被封为将乐县令,母亲和姐姐也都有封赏。东越王封李寄为王后。再如《世说新语·贤媛》门类中有两则故事,是赞美阮卫尉之女、阮德如的妹妹具有极强的智慧。一是阮女能审时度势,反唇相讥,舌战夫君。阮女相貌极为丑陋,嫁给英俊潇洒的许允为妻,婚礼结束后,许允决意不进入洞房,婢女们都很担心,阮女镇定自若,当她得知客人桓范到来,告诉婢女说:"无忧,桓必劝入。"果然如她所料,丈夫进入洞房,她估计如果丈夫再离开就永远不会回来了,于是立即抓住丈夫的衣襟,丈夫质问她:"妇有四德,卿有其几?"阮女回答说:"新妇所乏唯容尔。然士有百行,君有几?"许允说:"皆备。"阮女说:"夫百行以德为首,君好色不好德,何谓皆备?"许允无言以对,被丑妇征服。从此两人相敬如宾。二是大难临头,阮女教导儿子免祸安身之法。许允被晋景王杀害,门客跑入许宅报告。正在机上织布的许妻十分镇定地说:"早知会如此。"门客们极力主张将许允的孩子们藏匿起来,许妇说没有必要,只是将家搬到了许允坟墓旁。晋景王仍不放心,派大臣钟会去查看许子是否有能力,如有便杀之。孩子们都很惊慌,向母亲求教,母亲首先告诉他们:"你们的人品虽然都很好,但是能力不高,只要祖开心胸与他们交谈,就不会有事";而后叮嘱:"千万不要露出悲伤的样子,说话该停就停,更不要打听朝廷的事情。"母亲一番富有智慧的话语,使孩子们果然镇定自若地接待了来者,消除了晋景王的疑心,许允的儿子们免除了灾祸。

　　第三,小说中的女性大都很有品德。她们有的不顾个人安危,挑战朝廷法律,以尽孝道。如《列女传》中的齐太仓之女淳于缇萦,当她见到父亲淳于公因罪入狱,并要在京都长安被实施肉刑,她哭泣着随父进京,上书皇上,首先为父亲申冤:"妾父为吏,齐中皆称廉平";接着指出朝廷的法律之缺陷:"死者不可复生,刑者不可复属,虽欲改过自新,其道

141

无由也"；最后提出："妾愿入身为官婢，以赎父罪，使得自新。"孝文皇帝"怜悯其意"，采纳了她的建议，"自是之后，凿颠者髡；抽肋者笞；刖足者钳。"淳于公获免了肉刑。缇萦的孝行广泛受到称赞，其影响力和作用主要有三：一是批驳了"生子不生男，缓急非有益"重男轻女的观点；二是推动了西汉刑法的改革；三是使父亲免受肉刑的苦痛。还有的女性表现了富贵不能淫，宁肯舍生也要与心爱之夫死守一起。如《搜神记》中的韩凭夫妇生死不渝的爱情故事。战国末期，宋康王看上了侍从韩凭貌美如花的妻子，倚仗手中权力夺了过来，韩凭怨恨，即被判刑，罚他做修筑城墙的苦力活。韩凭妻子何氏写信给丈夫："其雨淫淫，河大水深，日出当心。"内含相思之苦，愿以死相随。韩凭得知妻子死志，不久自杀了。何氏首先暗地腐蚀自己的衣服，而后在她陪同康王登高台览景之际，纵身跳下高台，侍从们抢抓她的衣服，因衣服已腐蚀而无济于事。何氏死前留有遗嘱，希望将她与韩凭合葬。康王愤怒至极，命人将何氏葬在韩凭坟墓的对面，让他们相望而不能相及，并说有本事两墓合在一起，他就不阻拦了。没料到一夜之间，两座坟墓上长出了两棵高大的梓树，树干弯曲着互相靠近，树根交接于地下，树枝在空中紧紧交错在一起，犹如俩人拥抱；还有一对鸳鸯鸟早晚交颈悲鸣，叫声十分感人。宋国人都哀怜韩凭夫妇，给他们坟上的两棵树起名为"相思树"，认为那两只鸟就是韩凭夫妻的精魂。这个故事浪漫的结尾，表达了人们美好的愿望，被后来的梁山伯与祝英台的爱情悲剧所采用。

第四，唐前小说中的女性大都具有远见卓识和灵敏的心魄。如《列女传》中的鲁国漆室邑之女预料鲁国将要出现国难的故事。她是一位大龄女子，独自倚着柱子悲痛地哭了起来，她的邻居妇人从这里经过看到她悲戚的样子，以为是因为没有按时出嫁而悲痛，劝她说：不要悲痛了，我替你找婆家。这位大龄女子向她讲说痛哭不是因为自己的身世，而是为国家发愁：鲁国君主年老糊涂，太子年少而又愚钝，朝臣的欺诈和离心离德一天天冒了出来；君臣父子皆被其辱，祸乱就要殃及百姓了，为此特别忧虑。三年之后，鲁国果然遭遇战乱，"男人战斗，妇人转输"。君子极赞大龄女子的远见："远矣！漆室女之思也。"再如《列女传》中的赵括之母阻挠儿子挂帅，得保全家的故事。秦国攻打赵国，赵孝成王派赵括为将抵御秦兵。赵母上书成王，明确提出赵括不能为将，因为他的为人处世自私自利而又居高临下，不像他的父亲赵奢那样照顾下属，待人平和，因此赵括不占人和，千万不能派他为将出征。成王坚持己见，赵母提出，如果战败可否不连坐？成王应允。三十余天后，"赵兵果败，括死军覆"；成王履行诺言，赵母一家未遭连坐。作者引君子话说："括母为仁智"。赵母的远见卓识，主要表现在两个方面：一是从大局即国家利益出发，摒除母子之情，见微知著，阻挠赵括为将；二是在阻挠不成的情况下，提出家人不受连坐保安全的底线。

第五，汉魏六朝时期小说中的女性大都很有才华，主要有三种类型：一是富有文学才华。如《世说新语·言语》门类中谢道韫一语展示才华的故事。东晋尚书仆射谢安在寒冬季节搞家庭聚会，与儿女辈讲论文义，以雪为题，谢公出了上句："白雪纷纷何所似？"谢安的侄子谢胡对下联："撒盐空中差可拟。"侄女谢道韫接对说："未若柳絮因风起"。谢公听后十分开心地大笑，觉得谢道韫的下句对得太妙了。二是富有女红的才华。如《拾遗记》中的赵夫人三绝惊诧天下。东吴国主孙权的夫人是丞相赵达的妹妹，她有三绝：其一，她能把彩色丝线织成具有云霞和龙蛇图案的丝织品，大的有一尺长，小的有一寸见方。宫里人称其是"织机上的绝品"。其二，她得知孙权需要一幅地形图，于是就利用她那出色的绣工，在正方形的绸缎上绣出五岳、河海、城镇和军队阵势的图形，献给孙权，当时的人都称赞这幅图是"针尖上的绝品"。其三，当她看到天热时孙权

*143*

总是将帐幔撩起来乘凉，觉得这种做法很不妥当，于是开动脑筋，先将发丝分成细绺，用郁夷国出产的神胶粘连起来，再把长丝织成轻纱，最后把轻纱裁制成长宽各一丈的帐幔，帐幔挂起来，随风袅袅飘摇，犹如轻烟。房间里有了它，顿时感觉凉爽。孙权出征时将其装进枕头中，随身携带。当时人称它是"丝织中的绝品"。三是富有相夫的才华。相夫教子，是出嫁的女子人人应该履行的义务，有的竟然改变了丈夫的命运。如《列女传》中的《齐相御妻》篇。齐国丞相晏子的车夫自以为给丞相赶车，驾驭着四匹马拉着高大的棚盖车，意气扬扬，觉得很了不起。赶车的妻子偶尔从门缝中看到了这一切，对丈夫说："你的地位低下，身份卑贱，真是应该呀！"丈夫吃惊问道："为什么这样说？"妻子回答："晏子身高不到六尺，而做了国家的宰相；而你身高八尺却是个赶车的。再从神态上，晏子总是谦恭谨慎自以为不如人，而且总是思虑深远的样子；可是你呢，却是扬眉吐气，一副很满足的样子。因此我要离开你了。"丈夫马上道歉，请教说："我应该怎样改正呢？"妻子告诉他："你只要学习晏子的智慧，身行仁义之道，为贤明主子办事，就一定会扬名的。而且要以具有仁义品德为荣，宁肯为此而受贫，也决不能靠虚名来获取富贵，并以此向别人表示骄傲。"车夫于是深深自责，谦恭谨慎，总是表现出做得不够好的样子。晏子很奇怪，车夫如实禀告了自己如此变化的原因。晏子赏识他能纳善自改，把他推荐给齐景公，景公提拔他做了大夫，表彰他的妻子为"命妇"。这个故事影响很大，人们歌颂说："齐相御妻，匡夫以道。……晏子升之，列于君子。"

总之，汉魏六朝小说中的女性都很阳光，主要表现在为人处事上，她们一个个落落大方，敢想敢做，勇于表达自己的观点，不隐瞒，不怯懦；无论是直面君王，还是针对朝廷固有的法律弊病，或是对自己中意之人，都能坦诚说出自己的想法和看法。因而她们的形象光鲜亮丽，纯正高大。

第四章 古代小说中的女性文化研究

汉魏六朝小说中女性高大形象形成的重大因素。从上述女性行为而展现出的女性形象，使我们看到了儒家经典（《易》《诗》《书》《礼》《春秋》）虽然在汉代确立，特别是汉武帝时期罢黜百家独尊儒术的政治环境，但在唐前的小说中，并没有看到儒家思想占据统治地位，而那些人物的言行举止也没有中规中矩地体现儒家思想，特别是作者着意塑造的女性形象，大都属于我行我素、自由自主的女强人类型。究其原因是多方面的，笔者认为主要有以下三大方面：

第一，社会的风气使然。早在战国时期，在百家争鸣中神仙方术悄然而生，秦始皇统一六国后，神仙方术之风气大长，于是出现了焚书坑儒的虐政事件。汉代之初，为了休养生息，提倡佛老之道，无为而治；汉武帝虽然确定了儒家学说的五经地位，但他本人内心深处还是念念不忘长生不老的神仙方术，因此董仲舒演绎的儒家学说纳入了道、法和阴阳等内容，形成了君权神授、天人感应的王道政治与阴阳五行相结合的新学说[①]。西汉末年，又出现了谶纬神学，无论是王莽篡权借用符命，还是刘秀复汉借用谶纬之说，都不是真正的儒家思想。魏晋时期不仅佛道盛行，还兴起了清谈之风。南北朝时期，佛道两教比肩发展，时而佛教势力急剧膨胀，时而道教甚得皇帝青睐；虽然有时儒学出现复兴局面，但很不稳定。历朝历代由于统治者积极提倡佛道神仙方术，百姓们也都顺势而上，积极效仿，因此宗教迷信思想充斥着社会的各个阶段、各个角落。

第二，社会时局动荡不安使然。汉至隋代虽然经历了八百多年封建统治的历史，但是改朝换代有十八次，统治者的更替达一百多人次；改朝换代的重要途径是战争，统治者的更替也饱含着相互倾轧血腥的味道，因而主政的思想随着皇帝爱好不断改变，在穷兵黩武、战火连年、军阀割据的

---

① 王枝忠.汉魏六朝小说史[M].杭州：浙江古籍出版社，1997.

145

垄断，加之不断灾荒的年代，百姓苦不堪言，在社会极度动荡中，他们只好求助于佛法仙道，保佑他们躲避灾难，达到精神上的寄托和慰藉。

　　第三，小说作者的观念使然。从唐前小说反映女性问题来看，作者的创作倾向主要分为两类，一类是以儒家思想为主导的作者属写实派，如刘向、班固等，他们撰写的作品，大多是历史或现实生活中存在的人和事，但是为了求新、求真、求奇，往往移花接木，或考虑可能出现的情况，于是采用"自觉虚构又非寓言的完整叙事"①之法，代表性的作品，如刘向《列女传》中的《齐相御妻》《齐钟离春》《鲁季敬姜》等，班固的《汉武故事》，无名氏的《燕丹子传》，刘义庆的《世说新语》等。另一类是佛道神仙方术为主导的作者属浪漫派，如葛洪的《神仙传》、东方朔的《神异经》、干宝的《搜神记》等。需要说明的是，这两类作者虽然主导思想不一，但也有一些交叉型的作品，特别是写实派的作者更为突出，如刘向著有《列仙传》，即使是班固著的《汉武故事》，也杂有求仙长生的精彩故事描写。因为在当时的社会环境中，神仙方术被认为世上实为存在，而不是荒诞不经的事情，所以在塑造女性形象时，也没有把儒家倡导的"三从四德"放在首位，去规定她们的言行举止。以神仙方术为主导的浪漫派作者，更没有男尊女卑的观念。

　　汉魏六朝小说的作者是如何塑造为人称道的女性形象的呢？除了叙事、虚构、夸张和嫁接史实等小说具有的基本手法外，笔者认为最重要的是巧妙运用了衬托手法。应该说，这种衬托手法在唐前小说中的运用较为普遍，几乎遍及了每篇小说；虽然这种手法各种各样，丰富多彩，但最为主要的有三种形式：第一种，正面直接衬托法。所谓正面直接衬托法，指小说中的人物无论主次，大都属于作者肯定或称赞的人和事。如《列女

---

　　① 马振方. 中国早期小说考辨 [M]. 北京：北京大学出版社，2014.

传》中的齐国丞相管仲之妾婧帮助管仲巧破宁戚哑谜的故事。这个故事中有四个人物，即妾婧、管仲、齐桓公和宁戚。应该说后三位均是塑造妾婧形象的衬托，齐桓公和宁戚是次要的衬托者（因为没有妾婧，齐桓公无法得到贤臣，而宁戚无法实现政治抱负），管仲则是主要即直接的衬托者。首先是地位上的衬托："妾婧者，齐相管仲之妾也"；其次是见识上的衬托：妾婧见管仲"不朝五日，而面有忧色"，就问说："敢问国家之事耶？君之谋也？"管仲对她的问话，轻蔑地回说："非所知也！"妾婧用历史上有名的姜太公辅佐周天子、伊尹辅佐商汤王、皋子辅佐夏禹、驳骥生七日而超母等系列典故，有力反驳了管仲轻视自己的错误观点，告诫他，千万记住"毋老老，毋贱贱，毋少少，毋弱弱！"最后是智慧上的衬托：管仲被妾婧一通批驳，十分敬服，于是"下席"道歉，并虚心向她请教，"昔日公使我迎宁戚，宁戚曰：'浩浩乎白水。'吾不知其所谓，是故忧之。"妾婧笑说："人已语君矣，君不知识耶！"接着就告诉他这句话是出自《诗经》中的《白水》："浩浩白水，儵儵之鱼。君来召我，我将安居？国家未定，从我焉如？"一针见血地揭穿宁戚说诗的谜底："此宁戚之欲得仕国家也。"管仲非常高兴，报告给齐桓公。齐桓公先修建一座官府，又斋戒五日接见宁戚，提拔他做大夫，齐国因此得到了很好的治理。第二种，侧面衬托法。所谓侧面衬托法，即用主人公身边的人和事来衬托出主人公的形象。如《世说新语·贤媛》门类中王昭君出汉宫的故事。这个故事中的女主人公王昭君的耿直性格，是通过宫女们和画工的举动显现出来的。汉元帝后宫中的宫女很多，汉元帝凭借画像召幸她们。宫女们为了得到皇帝的宠幸，纷纷贿赂画工，画工便将那些相貌平常而贿资丰厚的宫女画得天仙一般，而将"志不苟求"的王昭君画得很丑。当匈奴前来和亲，皇帝就将画像中貌丑的王昭君充数，但到临行前，元帝召见即将离开汉宫的王昭君，她那艳丽绝色的美貌让他大吃一惊，抓耳挠腮地舍不得，无奈早已将其名字送了过去,只有叹息而已。第三种,反面衬托法。所谓反面衬托法,即指作品中的其他人与主人公的为人处世相反或是智慧能力上有很大差距,以此来凸显主人公形象。如《搜神记》中李寄的英雄形象,主要由三个反面对象衬托出来:一是东冶郡的大小官吏昏庸无能,顺从蛇怪吞吃少女的要求;二是那些被蛇怪吃掉仅剩骷髅的九位女孩;三是凶残无比的巨大蛇怪。上述三种衬托法最大的好处,是对于女主人公性格的刻画、形象的塑造,起到了四两拨千斤的升华功效。

## 第二节 唐代小说中的女性文化

唐代是中国封建社会的辉煌时期,统治比较开明,思想比较解放,以才取士,废除了九品中正制,对外打开了国际交往的大门,各行各业都出现了前所未有的大好局面。在文学领域里,除诗歌获得空前发展外,"小说亦如诗,至唐代而一变"[①],有了飞越的发展,因而它成为中国小说发展史上第一个高峰,为小说的繁荣昌盛奠定了基础。

唐代小说丰富多彩,价值很高。其中一个比较突出的特点,是对女性的描述、歌颂和同情。据不完全统计,光以女性的名字作为题目的小说就有几十篇。唐代小说有两个比较突出的题材:一个是爱情,一个是侠义。而在这两种题材的小说中,主人公绝大多数是女性。以爱情为题材的小说,如白行简《李娃传》中的李娃、蒋昉《霍小玉传》中的霍小玉、陈鸿《长恨传》中的杨贵妃、元稹《莺莺传》中的崔莺莺等等。以侠义为题材的小说,如裴铏《聂隐娘传》中的聂隐娘、袁郊《红线传》中的红

---

① 鲁迅.中国小说史略[M].上海:上海古籍出版社,1998.

线、李公佐《谢小娥传》中的谢小娥等等。

以爱情为题材的小说，主要有两个主题：一个是爱情悲剧，另一个是爱情喜剧。

以爱情悲剧为主题的小说，它的意义主要在于揭露和鞭挞给无辜女性造成伤害的各种社会原因及其罪恶。如《霍小玉传》①中的霍小玉，她是长安才貌出众的妓女，与新中进士、在京中等候复试授官的名门望族公子李益一见钟情，两人海誓山盟："粉身碎骨，誓不相舍"。就这样他们甜甜蜜蜜地过了两年。当李益得到官职，被授予郑县主簿后，在其母主持下，与高门望族之女卢氏订下婚约，遗弃了深深爱着他的霍小玉，小玉忧思成疾，饮恨而死。造成这种悲剧的原因是很多的，我认为主要有两个方面：第一，是时代的因素。唐代是封建社会最开放的时代，当时到京城长安参加科举考试的士子，或者已经考中进士等候授官的人，或者已经在朝中做官但尚"未值馆殿"的人，都可以到京都妓女聚居的平康里（唐代的红灯区，如同现代美国纽约的四十二街和阿姆斯特丹河边的红灯区）去欢乐。因此士子举人跟妓女之间的风流韵事很多，人们习以为常，不受任何指责。由于平康里的南曲（小巷）、中曲居住的都是容貌出色、能文会诗、谈吐风雅的高等妓女，因此她们与士子举人之间很容易产生爱慕之情。这种爱情只有在开放的唐代才会出现，这无疑是造成妓女们爱情悲剧的时代因素。第二，是腐朽的门阀制度和封建的宗法制度造成的。唐代虽然是开明的时代，但是在魏晋南北朝时期形成的等级森严的门阀制度并没有根除，而且顽强地左右着人们的行为，特别是在男女的婚姻问题上，统治阶层和平民之间是不能通婚的。霍小玉对此十分清楚，她对与李益的爱情没有天长地久的奢望，只希望在距离李益三十而娶的八年时间内，享受

---

① 蒋昉. 霍小玉传［M］//李时人. 全唐五代小说：卷二六. 西安：陕西人民出版社，1998：727-734.

完一辈子的欢爱，然后任凭李益与名门贵族小姐匹配婚姻，她也就心满意足地抛弃人间之事，遁入空门。但是连这一点的爱情要求也没有得到满足，李益尚未到家，他的母亲就已经替他订下了门当户对的亲事。李益一方面在严母面前不敢有任何反抗，另一方面也无法摆脱门阀等级制度的束缚，因而当他离开霍小玉后，他的情爱和许诺犹如流水一般，一去不复返了。

再如《长恨传》[①] 中的女主人公杨玉环，体态娇美，貌似天仙，能歌善舞，才智明慧，被唐明皇选为贵妃，受到专宠。杨贵妃也深爱唐明皇，他们学着民间风俗，在七月七日之夜，牛郎织女相会之时，并肩而立，仰天誓心："在天愿为比翼鸟，在地愿为连理枝"，"愿世世为夫妇"。从此他们沉湎于爱河，荒于国事，并且任用杨贵妃之堂兄杨国忠为宰相，执掌朝政，致使朝野怨怒，使安禄山反叛有了可乘之机。当叛军入京，唐明皇携贵妃逃奔西蜀，途经马嵬坡，迫于六军压力，诛杀杨国忠，缢死杨贵妃。造成杨贵妃爱情悲剧的原因是什么呢？是根深蒂固的世俗观念，认为红颜祸水，把杨贵妃当成了天宝之乱的罪魁祸首，所以唐明皇不赐杨贵妃之死，就无法安定六军之心、平定安史之乱。小说的作者虽然也有这种看法，在故事的结尾处写有"欲惩尤物，窒乱阶，垂于将来者也"的话，但是纵观全篇，同情超过鞭挞，百分之九十的文字写唐明皇与杨贵妃缠绵悱恻的爱情，不仅写了他们在人间真挚的情爱，而且还写杨贵妃死后成为蓬莱仙子，唐明皇在道士的帮助下，驾临仙岛寻觅贵妃。他们相逢相诉死生永隔的思念之情，大大冲淡了"红颜祸水"的观念。如果单从人的情欲上讲，李、杨两人笃爱，是无可非议的；然而他们是国君、皇贵妃，花费在爱情上的时间和精力大大超过了政务。又由于杨贵妃深受宠爱，她的姊妹兄弟都受到皇帝封赏，爵位显贵。特别是杨国忠，资质甚低，又高居

---

① 陈鸿. 长恨传 [M] //李格非，吴志达. 唐五代传奇集. 郑州：中州古籍出版社，1997：115-121.

## 第四章 古代小说中的女性文化研究

宰相之位，飞扬跋扈，这就使群臣对他产生妒恨，也产生了对皇帝的不满。早有叛心的安禄山以清君侧为名，兵犯京城。人们就自然地把罪责推到杨贵妃的身上，用她的死作为平定安史叛乱的代价，对于荒疏朝政的唐明皇也是个惩处。说到底，杨贵妃是天宝年间政治斗争的牺牲品。

又如《莺莺传》①中的主人公崔莺莺，是个大家闺秀，擅长诗文，容貌艳丽，光辉动人；在答谢张生救护之恩的家宴上，见张生一表人才，风度儒雅，便产生了爱慕之心。张生也迷恋上莺莺，弄得茶饭不思，精神恍惚，以书传情。由于莺莺从小深受封建礼教的熏陶，虽然她也回了一首题为《明月三五夜》的情诗，诗里含有相会的时间和地点，但当张生真的贸然前来赴约时，她表面上又"端服严容"，大数张生举动轻浮，不符合"礼"；而她内心深处的爱情火焰越烧越旺，没过几天，在一个夜深人静的晚上，让侍女红娘"敛衾携枕而至"，与张生欢爱。"朝隐而出，暮隐而入"，如此数月之久，其母一无所知。莺莺把礼教作为理智，把爱情变为热情，当她得知张生要进京参加科举考试时，临别赠语是："开始擅自结合，最后被您抛弃，本当如此。我不敢怨恨。假如您能始于擅自结合，最后也不抛弃我，这就是您的恩惠了。"后来张生没有考中，留在京城，莺莺在给他的回信中，表示："生死相守的盟约，永远不变"。并随这封情书，寄上她最心爱的玉环一枚，以示她对他的爱情像玉一样坚韧不变，像环一样周而复始；同时还寄上她最珍贵的青丝一缕、斑竹茶碾子（小小饰物）一个，以示她思念之泪留在斑竹上，愁思萦绕如丝如缕。然而她虽然有被"始乱终弃"的心理准备，但是绝对没有意料到张生竟如此负心绝情，不但将写给他的情书遍示他人，还对朋友大谈绝代佳人是祸害，并引古论今，来证明莺莺是个妖孽，"不祸害自身，就一定祸害他人"，他

---

① 元稹．莺莺传［M］//李格非，吴志达．唐五代传奇集．郑州：中州古籍出版社，1997：133-145．

摆出一副大彻大悟的样子说:"我的德行不足以战胜妖孽,因此只好克制感情",来弥补"始乱"的过失。就这样,莺莺随着爱情之梦的破灭,没了热情,理智占据了她的心田,逼迫自己嫁给了别人。后来无论张生以什么为借口想见莺莺,都被她拒绝,终不肯相见。造成莺莺爱情悲剧的原因已很清楚,那就是封建礼教。

以上三种爱情悲剧有相同之处,那就是:第一,三位女主人公对爱情都很执着,都敢于大胆地追求属于自己的幸福爱情;第二,她们都是被抛弃者,即爱情悲剧的受害者;第三,她们都有倾国倾城之貌,沉鱼落雁之容,都是文化素质很高的女性;第四,她们都是作者着意塑造和满怀同情的人。其悲剧不同之处主要有两个方面:其一,三个女主人公的身份地位不一样。一个是沦落风尘的妓女,一个是母仪天下的皇妃,一个是高门望族的大家闺秀。其二,三位女性虽然都是被她们所爱的人遗弃,但原因不同。李益的负心是迫于门阀制度的等级观念和母命的压力,断绝与霍小玉的往来,放弃了爱情;唐明皇的负心是迫于六军兵变的压力,在爱情与皇位的选择上,他用抛弃爱情、赐死杨贵妃作为保住皇位的代价;张生的负心是迫于封建礼教的压力,用遗弃深深热恋着他的莺莺,作为他"始乱""补过"的代价。如果说唐明皇和李益是被动负心,那么张生则是主动做了负心之人。

以爱情喜剧为主题的小说,其意义主要是歌颂青年男女勇于冲破一切阻碍,顽强地追求幸福自由的爱情婚姻。如孟棨《本事诗》[①] 中的《崔护》,写书生崔护与农夫之女偶然相遇,一见钟情,当崔护再次造访农夫之女,恰值农夫之女外出,崔护留诗而去。农夫之女见诗不见人,思念成疾,数日而死。崔护得知死信,跑去拥抱尸体大哭不已。由于他们真情相

---

[①] 孟棨. 本事诗 [M] //吴组缃. 历代小说选. 选注本. 北京:中国青年出版社,1982:485-490.

<<< 第四章 古代小说中的女性文化研究

聚，女子又苏醒过来，其父立即为他们举行婚礼。又如陈玄祐的《离魂记》①，写张倩娘为了逃避父母的包办婚姻，追求自由的爱情，竟然使自己的灵魂离开躯体，与心爱之人王宙私奔千里之外相结合，生下二子而后返回，迫使其父母承认他们的婚姻。再如薛调的《无双传》②，写青梅竹马的刘无双与王仙客十分相爱，王仙客之母恳求其弟刘无双之父给他们订婚，然而在王母死后，先是刘父嫌贫爱富，毁婚赖婚；继而遭遇战乱，因刘父做过伪官，连同其妻被处死刑，无双没入宫廷为宫女。王仙客自知与刘无双相会无期，在绝望之中不惜一切代价，寻觅侠客古押衙，厚赠缯彩宝玉，深交为友。在古押衙的鼎力帮助下，经过曲折而艰难的过程，终于有情人成为眷属。

在这类作品里，最具有代表性的是白行简的《李娃传》③，写李娃与荥阳生圆满的爱情婚姻故事。小说主人公李娃是长安一位名妓，与她来往者多是贵戚豪族，没有万金不能动其志。她的美色使初到京城的富贵子弟荥阳生倾倒。一年多的时间，荥阳生将父亲为他准备的两年科考费用全部花光，连奴仆马匹也都变卖干净。李娃对荥阳生虽然感情很深，但因鸨母相逼，无奈认同老鸨的设计将他甩掉，致使荥阳生沦落街头成为丧铺店的歌手，后被其父发现，以辱家门之罪，鞭打昏死，抛至荒野，虽被丧铺的伙计救活，但满身疮疥，不能再做歌手，就沦为乞丐；衣衫褴褛，声音凄切。李娃再也顾不得鸨母的反对，将荥阳生接到自己的住所，用自己的私房钱赎了自身，精心护理心爱之人，使他恢复了健康，又出资为他购置书

---

① 陈玄祐. 离魂记 [M] //李格非，吴志达. 唐五代传奇集：上册. 郑州：中州古籍出版社，1997：53-54.
② 薛调. 无双传 [M] //李格非，吴志达. 唐五代传奇集：上册. 郑州：中州古籍出版社，1997：165-172.
③ 白行简. 李娃传 [M] //李格非，吴志达. 唐五代传奇集：上册. 郑州：中州古籍出版社，1997：102-110.

籍，鼓励他专心苦读，终于使他高中甲科，得到了官职。李娃也被明媒正娶，成为合法的妻子，得到了荥阳公的承认，后又被皇上封为汧国夫人。

  李娃与荥阳生的美满结合，是付出重大代价和经过严峻考验的。荥阳生原本是个官宦子弟，又很有才华，然而当他爱上了李娃，不仅搭上所有用于参加科举考试的资财和奴仆马匹，还搭上了自己的前程。特别是当他受骗沦为丧铺的歌手和沿街乞讨的乞丐后，他虽然怨恨过，但他对李娃的爱情没有变。当他高中状元并被授予成都府参军职位后，他丝毫没有考虑李娃的妓女出身对他在官场上会有什么不好的影响，而是苦苦哀求李娃与他一起赴任，做他的妻室。李娃与霍小玉同是京城的名妓，但她们的经历、思想性格和为人处事都大不一样。霍小玉涉世未深，思想单纯，性格刚烈，对人真诚热情而没有任何防备。李娃虽然年龄只有二十，但她接触过上层社会的各色人物，特别是那些纨绔子弟，十分了解那些人的品性，与他们交往都是为了赚钱，逢场作戏而已，所以她对荥阳生开始虽然有爱慕之情，但是不了解荥阳生对自己是动了真情还是来寻开心，因此服从了鸨母的欺骗之计。当她目睹了荥阳生因为自己而沦为乞丐，亲耳听到了他那悲悲切切的乞讨声，这时埋藏在李娃心底的爱情火焰燃烧了起来。她不顾荥阳生肮脏不堪的身躯，不顾自己名妓的地位，不顾风雪交加的寒冷天气，冲到街上一把将荥阳生抱在怀中，脱下绣花短袄给他披上，搀扶他进入自己的卧室。李娃为了帮助荥阳生恢复地位，成就功名，毫不犹豫地放弃华贵的生活，并倾囊而出所有的积蓄为荥阳生置办一切，像女娲一样补好了他头顶上的那块"天"。

  唐代小说中的爱情悲剧和爱情喜剧在创作手法上是截然不同的。爱情悲剧采用的是现实主义表现手法，它所反映的基本上是社会生活的现实情况，而爱情喜剧大多采取的是浪漫主义的表现手法，它所反映的一般属于现实生活中不存在的，但又是人们希望发生的事情，是理想的体现。

<<< 第四章 古代小说中的女性文化研究

以侠义为题材，是唐代小说另一大特色。而描写女侠故事又是侠义小说中的突出之处。如《聂隐娘传》① 小说中的聂隐娘是唐德宗贞元（785年）年间魏博节度使的大将聂锋的女儿，十岁时被师父带入深山学习武艺，五年后学成而归。学武期间，先是跟随师父行侠仗义，斩杀那些作恶多端的人；后来独自行动，除掉了许多"无故害人"的大官僚，因此她养成了疾恶如仇的性格，武功、侠义备于一身。婚姻亦是自己做主，嫁给了一位以磨镜为生的少年。魏博节度使用重金聘她为护卫，并派她行刺陈许节度使；当聂隐娘发现陈许节度使比魏博节度使人品好，就反过来保护陈许节度使，杀死了魏博节度使派来的第二个杀手精精儿，又用巧计战胜了第三个杀手空空儿，使魏博节度使不敢再来侵犯。后来陈许节度使升了官职，聂隐娘不愿受官场束缚，就浪迹江湖，过悠闲自得的生活去了。又如《红线传》② 小说中的主人公红线，是潞州（今山西上党区）节度使的侍女，文韬武略，样样精通。当她看到主人因魏博节度使要吞并潞州而不能抗御由此产生的愁苦情绪时，主动请命，要了一匹快马，一夜之间，来回七百里，从魏博节度使的枕边取走了盛有他生辰八字和北斗星神名的金盒子，还拔下了侍女们的簪子、耳环，把她们的衣服系在一起，却没有惊醒任何人。第二天，潞州节度使继续采取先发制人的策略，派使者带着那只金盒子和一封书信去见魏博节度使，恰逢魏府一片混乱，正在搜寻金盒子。魏博节度使见到书信和金盒子后，方知潞州节度使有能人相助，自己势力不及，立即打消了吞并潞州的念头，解散了招募来的用于侵略的三千名勇士。从此双方相安无事。红线没有接受主人丰厚的奖赏和提升，而是不告而别，过她的自由生活去了。再如《谢小娥传》小说中的主人公

---

① 裴铏. 聂隐娘传［M］//李格非，吴志达. 唐五代传奇集. 郑州：中州古籍出版社，1997：646-648.
② 袁郊. 红线传［M］//李格非，吴志达. 唐五代传奇集. 郑州：中州古籍出版社，1997：549-554.

谢小娥凭借自己的智慧和武力除掉了杀死她父亲和丈夫、抢劫财宝的江洋大盗申春、申兰及其同伙几十人，为人民为社会除掉了祸害。郡守非常赞赏她的英勇行为，豪门大族都争着要娶她为夫人，但她不愿享受世间荣华富贵，遁入空门，出家做了尼姑。

三位杰出的侠义女子有两个共同的特征：一是她们都有强烈的正义感，都有超人的武艺和智慧；二是她们都具有自尊、自重、自由独立的个性，她们都喜欢功成而身退，名显而迹隐。她们不留恋荣华富贵，而崇尚自由自在的生活。

唐代为什么会出现大量歌颂女侠客的小说呢？第一，与整个社会崇侠和尚侠的风气有关。崇侠、尚侠之风早在先秦两汉时期就兴起了，到了唐代此风有增无减，形成了侠文化。许多文人喜欢在他们的作品里称赞侠客的信守诺言、惩恶扬善的侠义行为。如李白在《侠客行》诗中写道："三杯吐然诺，五岳倒为轻。眼花耳热后，意气素霓生。"杜甫在《遣怀》诗中称赞道："白刃仇不义，黄金倾有无。杀人红尘里，报答在斯须。"第二，唐代的社会生活比较崇尚自由和个性解放。特别是女性的解放，引起了文人们的关注，因而具有侠义胸怀和行为的女人就成了他们笔下歌颂的对象。第三，由于安史之乱，唐代的社会时局越来越动荡不安，藩镇割据势力越来越大，以强凌弱，相互攻击不已，给人民带来了巨大灾难。人们无法改变现状，只能希望出现一些主持正义、具有超常武艺的侠客拯救百姓于水火之中，特别是女侠客更具传奇色彩，因而兴起了一批以歌颂女侠行侠仗义为主题的小说作品。

## 第三节　宋元时期小说中的女性文化

宋元时期的女性与唐前及唐代女性相比较,就其思想观念、为人处世的方式及对婚姻爱情的态度等方面,既有相同之处,亦有很大的差异,这主要是由时代和社会环境所造成的。小说中的女性虽然不像史书中所记载的女性那样客观,但就其形象塑造,远比史书中所展现的靓丽得多,这是因为作者创造的结果。不同时期、不同境遇、不同阶层、不同信仰的作者,会采用不同的体裁和题材及不同的艺术形式,撰写出各自不同的小说,塑造出各式各样的思想性格之女性形象。

宋元时期的小说,从体裁上分为三大类:一是传奇小说,二是笔记小说(又称文言小说),三是话本小说;从题材上主要分为四大类:讲史"多托往事"[1] 小说、神怪小说、世情(琐事)小说、侠义公案小说。无论哪种体裁和题材的小说,其中都塑造了大量的女性形象。为了分析方便,本文将按不同体裁进行研究。

### 一、传奇类

宋元传奇小说继承发展了唐传奇,其特点主要有三:第一,内容上以历史故事为题材,"多托往事",特别是以女性为主人公的小说更突出,如佚名的《梅妃传》、秦醇的《赵飞燕别传》等,代表作者是乐史,他有

---

[1] 鲁迅.中国小说史略[M].上海:上海古籍出版社,2004.

两部关于女性的作品，一部是《杨太真外传》①上、下卷。这部小说是以唐明皇和杨贵妃历史事件为线索，参考了唐代白居易诗《长恨歌》和陈鸿小说《长恨传》，进行虚实结合创作，增添了许多细节描写，构成了一篇较长的悲剧故事。上卷主写唐明皇如何宠幸杨贵妃及其哥杨国忠和三位姐姐的故事，下篇主写杨贵妃被赐死及唐明皇如何寻觅杨贵妃神灵的故事。在作者铺张扬厉的描写下，杨贵妃在不同环境下展现了三种不同的形象：在她极为得宠时，一个貌美如花，盖世无双，能歌善舞，善解圣意，又有点恃宠而骄的形象跃然纸上。当她面临死亡之时，虽有"泣涕呜咽"，但没有哀求赖死，而是坦然面对，有"愿大家好住，妾诚负国恩，死而无憾"之话语，展现出她懂得皇上处境、识大局的靓丽形象。死后唐明皇请杨通幽道士采用仙术，在蓬莱玉妃太真院见到了贵妃，贵妃深情款款，为"寻旧好"，将当年赐给她的金钗钿盒折其半，授使者，请他献给明皇；还讲述当年七月七日"牵牛织女相见之夕，上凭肩而望，因仰天感牛女事，密相誓心：'愿世世为夫妇'"唯二人知晓的密语，最后表示："或为天，或为人，决再相见，好合如旧"，又呈现出杨玉环生死不渝的挚爱痴情形象。李杨的爱情故事，自唐代文人白居易、陈鸿发其端，宋代乐史继其后，元代王伯成、白朴推其广，清代洪升创其大，杨玉环的形象越发伟奇，成了人人敬仰的"慷慨捐生""为国捐躯"②的巾帼英雄。

另一部小说《绿珠传》③，也是唐前文人笔下流传的故事，主人公绿珠是西晋末年富甲一方的石崇宠姬，美艳超群，权臣赵王亲信孙秀百般索

---

① 乐史.杨太真外传［M］//章培恒，安平秋，马樟根.古代文史名著选译丛书.成都：巴蜀书社，1990.
② 长生殿选译［M］//章培恒，安平秋，马樟根.古代文史名著选译丛书.成都：巴蜀书社，1994.
③ 乐史.绿珠传［M］//章培恒，安平秋，马樟根.古代文史名著选译丛书.成都：巴蜀书社，1990.

要绿珠，石崇不予，孙秀恼羞成怒，在赵王面前诋毁石崇，石崇获灭族之罪。石崇在捕捉他的兵卒快到时，对绿珠说："我为你获罪了。"绿珠哭着回答："愿效死于君前！"说完，不顾石崇竭力阻止，她毫不犹豫地坠楼身亡。随后，石崇也被斩首。作者称赞"绿珠之坠楼，侍儿之有贞节者也"。之后作者又讲出了绿珠坠楼的原因，是"感主恩"，才"愤不顾身，其志烈懔懔，诚足使后人仰慕歌咏也！"接着讥讽那些"有享厚禄，盗高位，亡仁义之行，怀反复之情，暮三朝四，唯利是务，节操反不若一妇人，岂不愧哉！"然后交代写作之目的："今为此传，非徒述美丽，窒祸源，且欲惩戒辜恩背义之类也！"这篇近两千字的传记小说，实写绿珠的文字并不多，结构漫散，内容博杂，但在笔端深处赋予着作者针砭现实、憎恶与同情之义。

乐史在"托往事"的两篇小说中，塑造的两位女主人公有三个共同特点：其一，皆有羞花闭月之美貌；其二，皆具能歌善舞之才艺；其三，皆以惨死为结局。作者写出了造成她们悲剧的原因，皆是有权有势有钱的男人们相互倾轧争夺的结果，她们成了牺牲品，批驳了"红颜祸水"的谬论。

第二，在人物塑造上，大力歌颂社会底层的女性，特别是妓女。无论唐代还是宋元时期描写妓女的爱情小说，大都是男子轻然诺、违约负心，女子痴情，以悲惨为结局。究其男子负心原因大概有三种：一是封建礼教，不符合父母之命、媒妁之言；二是受门第等级观念束缚；三是男子贪慕虚荣。女子在悲剧面前采取各种不同的形式对待，主要由其思想性格决定。如秦醇的传奇小说《谭意歌传》[1]，女主人公谭意歌，原本良家女，自幼父母双亡，辗转沦落为娼妓，她不仅相貌出众，还聪明敏慧，懂音

---

[1] 秦醇. 谭意歌传[M]//章培恒，安平秋，马樟根. 古代文史名著选译丛书. 成都：巴蜀书社，1990.

*159*

律，擅长诗文，深博转运使周公和刘宰相等达官贵人的喜爱，在她的请求下，刘宰相批准了她解除妓女户籍，与才貌双全的潭州茶官张正字一见钟情，结为连理，海誓山盟，将自己所有财物全都交给了心爱之人。两年后，张正字调动官职，临别时，谭意歌清醒地说道："以卑贱配高贵，确实不是好姻缘，更何况你家还未有正妻，堂上又有年老的双亲，今天分手，肯定没有相会的日子了。"张正字回答说："我们海誓山盟，清晰得像日月，假若谁违背了它，神灵不可欺骗！"谭意歌最后告诉他："我怀了你的骨肉已有几个月了，千万要想着他。"从此，谭意歌闭门不出，不断给张正字写信、寄诗。张正字迫于父母之命，娶了门当户对的孙氏为妻。谭意歌得知后，虽然写信指责他背叛誓言，并告诉他儿子已三岁，但是她没有自弃消沉，而是更加勤奋地治理家务，抚育儿子。三年后，张正字的妻子过世，在朋友的指责下，他来到长沙，百般请求谭意歌的原谅，按照谭意歌的要求，举行纳彩、问名等正规仪式的婚礼，而后举家回到京城，她又生有一子，考中了进士，谭意歌成为命妇。这个故事，有唐代传奇《莺莺传》《霍小玉传》《李娃传》的一些影子，但就人物形象而言，谭意歌身份类似霍小玉和李娃，但她经过自己的努力，消除妓籍成为良民；就其聪明才华，她较莺莺更胜一筹；就其欢喜结局，却与李娃相似。她最不同于前三人的性格特征，是自强自立，把幸福希望完全寄托在独立自主、奋发图强、辛勤努力之上，是一个有新意识的觉醒女性的形象。

如果将命运完全交给她所钟情的男人，一味幻想等待，那只能是个悲剧。如柳师尹小说《王幼玉记》[①]中的王幼玉，她是衡阳城的名妓，能歌善舞，容貌绝佳，无数达官显贵为之倾倒，但她只用甜言蜜语搪塞，从未"以身许之"，她的愿望是"从良人，留事舅姑，主祭祀"。后来她遇到了

---

[①] 柳师尹.王幼玉记[M]//章培恒,安平秋,马樟根.古代文史名著选译丛书.成都：巴蜀书社,1990.

富有才俊的柳富，二人一见钟情，当即行夫妇之事，焚香共盟。第二天柳富迫于父母之命回归。王幼玉日夜思念，期盼他如约到来。而柳富却"以亲年老，家又多故，不得如约"。王幼玉郁闷忧思而死，死前还给柳富留下他最喜爱的长发和指甲，其幽灵还奔往京城，向柳富告别，并告之转生之处。王幼玉如此执着痴情，但最终一无所获，柳富在客观上是个忘恩负义之人！

如果说王幼玉属于至死不悔的软弱型女子，那么无名氏《王魁传》[①]中的妓女王桂英却是个以死复仇刚烈型的女子。王桂英与落第书生王魁相见甚欢，为他提供食宿和纸笔及四时之服，供他备考，一年之后又提供进京赶考路费。王魁非常感激，他们在望海神庙的神像前发毒誓："誓不相负！若生离异，神当殛之。"不料王魁高中状元后马上变心，心思："吾科名若此，即登显要，今被一娼玷辱。"遂背盟誓。王桂英先是为他"擢第为龙首"大喜，而后得知他负心背誓即生大恨，决心"以死报之！"她先用剃刀刺死自己，求神灵以兵护佑，而后杀死了负心汉王魁，凸现了王桂英不甘受欺凌的强烈反抗精神。这个故事很有影响，有许多剧种都对其进行了改编，显示了人们对王魁负心的憎恶，对王桂英的遭遇深表同情。

封建社会中的妓女大多是生活上不得已之人，她们长期强颜欢笑，在老鸨的逼迫下受尽各种凌辱，她们也见识了各色人种的嘴脸，她们的爱恨情仇要比一般的女性更加鲜明。如无名氏《李师师外传》[②]中的名妓李师师，是一位"色艺双绝"、有胆识、爱憎分明的高雅女子，她虽然天天赚着有钱人的钱，但却看不起他们，只将他们当作钱的奴才。宋徽宗是个文化素养很高的皇帝，他品评李师师是"一种幽姿逸韵，要在色容之外耳"

---

[①] 无名氏. 王魁传 [M]//章培恒，安平秋，马樟根. 古代文史名著选译丛书. 成都：巴蜀书社，1990.

[②] 无名氏. 李师师外传 [M]//章培恒，安平秋，马樟根. 古代文史名著选译丛书. 成都：巴蜀书社，1990.

的佳人，宫中百位妃嫔若"改艳妆，服玄素，令此娃杂处其中，迥然自别"。宋徽宗特别宠爱李师师，送给她无数金银珠宝等物，她从不贪恋荣华富贵，而且为大义慷慨解囊。当金兵进攻河北、形势危急时，李师师忙把皇帝前前后后赏赐的金银宝物集中起来，全部捐献给官府作为征战的军饷；为了躲避骚扰，请求皇帝恩准她到城北的慈云观做女道士。金兵占领汴京后，金国皇帝点名要李师师，在卖国贼张邦昌等人的努力下抓到了她，献给了金兵。李师师先是破口怒斥卖国贼的罪责，而后拔下金簪猛刺自己的咽喉，未死，又把簪子折断吞了下去才死。作者称赞她："观其晚节，烈烈有侠士风，不可谓非庸中佼佼者也。"李师师的形象凸现出三义精神，即在关键时刻舍财救危的侠义精神，在强敌和卖国者面前临危不惧的民族大义精神，在即将得到金国皇帝的宠爱前至死不从的忠义精神。

　　第三，传奇小说的语言风格主要有两大特色：（一）叙事语言比较浅显通俗。如《杨太真外传》中唐明皇与安禄山的一段对话："时安禄山为范阳节度，恩遇最深，上呼之为儿。尝于便殿与贵妃同宴乐。禄山每就坐，不拜上而拜贵妃，上顾而问之：'胡不拜我而拜妃子？意者何也？'禄山奏云：'胡家不知其父，只知其母。'上笑而赦之。"由于语言浅显，一个君臣玩笑嬉戏的场面活灵活现地展现出来。再如《谭意歌传》中的谭意歌刚刚被卖，踏入官妓丁婉卿家门时，"大号泣曰：'我孤苦一身，流落万里，势力微弱，年龄幼小。无人怜救，不得从良人。'"在浅显语言的表述下，一位年方十岁的幼女极为可怜的形象展现在了读者面前。除长篇传奇较为突出外，传奇小说在叙述短小故事上亦如此。如宋代周密的《癸辛杂识别集·借尸还魂》[①]："建康有陈道人，常与仵作行人往来，饮酒甚狎。仵问道人将何为？因曰：'吾欲得一十七八健壮男子尸。'"忽有

---

① 周密. 癸辛杂识别集·借尸还魂 [M]//宋元笔记小说大观：第六册. 上海：上海古籍出版社，2001：5691-5902.

刘太尉鞭死小童,仵舆致之。道人作汤,浴其尸,加自己之衣巾,作趺坐于一榻上。道人亦结趺其前,至明,道人尸化而童尸生矣。"一个借尸还魂的活动场面展现在读者面前。再如元代陶宗仪的《南村辍耕录·孔掾史》[①]:"孔某者,皇庆癸丑间,为江浙省掾史。身躯短小,仅与堂上公案相等。凡呈署牒文,必用低凳阁足令高。脱欢丞相以其先圣子孙,而且才学优长,甚礼遇之。"短短数语,使我们清晰地看到了一位身躯矮小、工作必借助小凳子才能完成的署员,但却深得丞相的尊重和信任的画面。

宋元传奇除叙述人物故事使用通俗语言,对事情的议论也使用较浅显的语言,如元代孔齐的《至正直记·要好看三字》[②]记载,先人尝曰:"人只为'要好看'三字,坏了一生。便如饮食,有鱼菜了,却云简薄,更置肉。衣服有阙损,搀修补足矣,却云不好看,更置新鲜。房舍仅可居处待宾,却云不好看,更欲装饰。所以虚费生物,都因此坏了。"

(二)作品中诗文词赋相间,骈散杂用。这一特色在唐传奇个别作品中微显,如元稹的《莺莺传》中就夹杂了诗词赋,而宋传奇将其发展扩大,成为标志性的特色。无论是《梅妃传》中的梅妃,还是《谭意歌传》中的谭意歌、《王魁传》中的王桂英和无名氏《苏小卿》中的苏小卿,皆能写诗作词,她们的爱憎情感在诗词中洋溢,表现出她们不仅模样姣好,还很有文采,这无形中提升了人物形象。另外,作品中往往出现四六文句、骈散杂用的现象。造成宋元传奇语言风格上的特点主要有两个原因:其一是客观上的,即文学发展趋势使然;其二是主观上的,即作者有意为之。唐传奇的兴起原因之一,是作者有意挑战科举制度,为了进入仕途,在考试前以好看的文章打动文坛前辈或达官贵人,得到他们的肯定和赞

---

[①] 陶宗仪.南村辍耕录·孔掾史[M]//宋元笔记小说大观:第六册.上海:上海古籍出版社,2001:6113-6532.
[②] 孔齐.至正直记·要好看三字[M]//宋元笔记小说大观:第六册.上海:上海古籍出版社,2001:6553-6671.

扬，使考官对他们有深刻的印象。此事宋代赵彦卫的《云麓漫钞》有清楚的记载："唐之举人，先藉当世显人以姓名达之主司，然后以所业投献。逾数日又投，谓之温卷。如《幽怪录》《传奇》等皆是也。盖此等文备众体，可以见史才、诗笔、议论。"[1] 因此作者在撰写传奇小说时也要展现自己的诗词赋之才华。这种现象在宋元传奇小说的创作上就成了一种重要的特色了。

## 二、笔记小说类

宋元笔记小说，继承了唐代笔记小说的格局，但在内容上又有所扩展，较为驳杂，既有记述前朝旧事，又有记述本朝时事，还有记述国家大事及典章制度，更有记述鬼神精怪之事；既有公案事件，又有行侠仗义故事，既有天文地理、科学技术，又有名物考证和习俗风情等，上至皇帝妃嫔、文武百官，下至农工商士，皆在其中。其写作的特点："多议论，多说教，重纪实，尚平易，少文采。"[2]

宋元笔记小说记述了大量的女性故事，主要有七种类型：

第一类，侠义型。如宋代洪迈的《夷坚甲志》[3] 卷第一，记述刘厢使的妻子为了解决孤老问题，决定修建孤老院，首先"尽散其奴婢从良"，而后拿出家中所有资财，但仍差许多；她为了赢得大众支持，不惜自残，以铁勺剜目，又举刀断筋脉，"流血被体"。这个自残义举，得到了神明护佑，不仅有物隔开了她的刀，还收睛入目；大众"皆骇而怜之，争施金帛"，孤老院于是建立起来了。这是为了别人幸福而勇于牺牲自我的侠义形象，显得高大靓丽。再如元代陶宗仪的《南村辍耕录》卷十一《女奴

---

[1] 赵彦卫. 云麓漫钞 [M]. 傅根清, 点校. 北京：中华书局，1996.
[2] 苗壮. 笔记小说史 [M]. 杭州：浙江古籍出版社，1998.
[3] 洪迈. 夷坚甲志 [M]. 北京：中华书局，1981.

义烈》篇,叙述至正年间,伟兀氏家奴十九岁朵那,在贼寇抢掠时,众侍婢皆逃跑,独她保护主母,当她看到贼寇将刀将要架在主母脖颈上时,急忙将自己的身体扑在主母身上,而后舍财保命,将她替主母掌管的钱财都给了贼寇,贼寇得到财宝后又想得到朵那,朵那说我一生只有一个主子,誓死不换主。贼寇惊异离去。朵那哭着跪拜主母说:"'弃主货,全主命,权也。妾受命主钥货,今失货而全身,非义也,请从此死。'遂自杀。"这样一位有情有义、有智有谋的侠女形象跃然纸上。又如宋代刘斧的《青琐高议·郑路女》①篇,叙述郑路携妻女赴任,途中遭遇盗贼,他们不劫财物,只抢貌美的郑女做老婆,郑路夫妇不肯听从,其女欣然愿行。当盗贼舟载郑女行至途中,郑女以好言语哄骗盗贼放松了警惕,并说服盗贼释放了和她一起来的两个婢女,然后纵身投江而死。她这充满智慧的侠义之举,不仅使父母脱困,还解救了两个婢女,最后以死拒贼,落个清白之身,因此"时人贤之"。

第二类,贤能型。这类女性不仅有善良的品德,懂得相夫教子,还能够胸怀大义。如宋代叶绍翁的《四朝闻见录》②卷五《戊集·周虎》篇,叙述周虎之母帮助守城御敌的故事。南宋开禧年间,周虎守和州,敌人大军铺天盖地而来,城内官民无以为食,城池险被攻破。周虎母亲拔下首饰妆奁等私房钱,购买食品慰劳守城作战的士兵,命令儿子与士卒同甘共苦,一起作战。士卒们深受感动,"遂以血战",敌军终于被打败,城池得以守住。皇上将守城功劳归功于周母,赐予"和国"封号。再如宋代

---

① 刘斧. 青琐高议·郑路女[M]//宋元笔记小说大观:第一册. 上海:上海古籍出版社,2001:995-1220.
② 叶绍翁. 四朝闻见录[M]//宋元笔记小说大观:第五册. 上海:上海古籍出版社,2001:4857-5008.

司马光的《涑水记闻》① 卷十记载张密学奎和张客省亢之母宋氏，不赞同丈夫从事黄白之术，趁丈夫外出之际，烧毁黄白之术的书籍及其烧炼工具；丈夫回来大怒，宋氏向他讲明利害，丈夫感其言而止。宋氏不爱金帛，买来数千卷书籍亲教二子读书；对二子结交的朋友亦有选择，后来"二子皆登进士第，仕至显官"。这是一位典型的贤妻良母之楷模，诠释了封建礼教规定的"从夫""相夫""教子"的真正含义。又如宋代罗大经的《鹤林玉露》② 丙编卷四《诚斋夫人》篇，叙述诚斋夫人罗氏一生节俭持家，身体力行，七十多岁了，每当天寒时节，她都在黎明时起床，亲自熬好一锅热粥给奴婢们食用。其子东山不理解母亲的做法，母亲说：奴婢也是人，清晨寒冷，让她们先暖肠胃，就能做好该做的事情。儿子还是认为母亲的行为是倒行逆施，她加以严厉怒斥。儿子东山在吴兴做郡守时，罗老夫人都八十多岁了，还在郡守的田园里种植苎类，亲自纺织制作衣裳。四子三女都是她自己喂养长大，首饰只戴银制的，衣服只用绸绢。东山的俸禄分以奉母，母亲却从不花费，最后将所积攒的钱券都给了为她治过病的医生。她的节俭行为深深感染了诚斋、东山父子，他们为官都以清廉为荣。诚斋在江东做漕守时，仅得到俸禄万缗，临归时还将其留在国库。"东山帅五羊，以俸禄七千缗代下户输租"；家中建筑就像个田舍翁。他病得快死时，都没有入殓下葬的衣物，幸亏朋友及时相送。官员们进入他的家门，"无非可敬可仰、可师可法者"，于是"命画工图之而去"。作者评议："诚斋、东山清介绝俗，固皆得之天姿，而妇道母仪所助亦以多矣。"贤能的女性还表现在慧眼识人，明辨是非，以国家为重。《鹤林玉

---

① 司马光.涑水记闻 [M] //宋元笔记小说大观：第一册.上海：上海古籍出版社，2001：773-952.
② 罗大经.鹤林玉露 [M] //宋元笔记小说大观：第五册.上海：上海古籍出版社，2001：5149-5384.

露》丙编卷二《蕲王夫人》，载蕲王夫人原本是京口娼妓，一次五更刚进入贺府，见一只猛虎蹲卧于柱下，她又惊又怕跑了出去，没有喊叫。后来众人陆续到来，她再往柱下看，却是个士卒，经问，得知他叫韩世忠，心思他一定不是凡人，经与母亲商议，将他邀至家中，酒肉款待，"资以金帛，约为夫妇"，充分表现出她非凡的识人能力；韩世忠作战英勇，果立殊功，被封为蕲王，成为中兴名将。他的妻子被封为"两国夫人"。至此，韩夫人应格外珍惜已有的荣耀和地位，但当她发现蕲王与黄天荡私会金国统帅金兀术，"几成擒矣"的局面，却给了贼帅"凿河遁去"的机会。韩夫人立即向朝廷举报，说世忠"失机纵敌"，乞求追加他的罪责。她这忘我而顾国家大义的举动，使全体朝臣"为之动色"，作者称她"明智英伟"。又如宋代司马光的《涑水记闻》卷九载章太傅之妻练夫人智识过人，且有大义。章太傅曾率军出征，有二将因故后到，要处斩他们。练夫人设酒宴搞了个美人计缠住章太傅，偷偷私放了两个将领，他们投奔了南唐。后来他们率兵攻打建州，此时太傅已死，夫人住在建州，二将为报当年的救命之恩，派人送了很多金银宝物，并送了两面白旗，说"他们屠城时，挂起白旗，避免伤亡"。练夫人却送回了金银宝物和两面白旗，说："君幸思旧恩，愿全此城之人。必欲屠之，吾家与众俱死耳，不愿独生。""二将感其言，遂止不屠。"这真是一位有远见、胸怀大义、为人楷模的伟大女性。

第三类，才华型。宋代张邦基的《墨庄漫录》[1]记载了一些女子才华出众的事，如卷三记载徐州一位营妓名马盼，她不仅文思敏捷，书法也了得，很受苏东坡赞肯。一次苏东坡写《黄楼赋》未毕，马盼效仿苏公书法，偷偷补上"山川开合"四字，"公见之大笑，略为润色，不复易之。"

---

[1] 张邦基. 墨庄漫录[M]//宋元笔记小说大观：第五册. 上海：上海古籍出版社，2001：4639-4726.

又如卷五载王荆公女和其婆母皆有诗才，王女见亲族中有以白罗系头的，作诗云："香罗如雪缕新裁，惹住乌云不放回。还似远山秋水际，夜来吹散一枝梅。"其婆见柳絮飞舞时节，作诗云："絮如柳陌三春雨，花落梨园一笛风，百尺玉楼帘半卷，夜深人在水晶宫。"婆媳两个诗作均精妙，打破了"女子无才便是德"的传统谬论。作者称赞："皆妇人有才思者，可喜也。"女子善作诗，不仅是才华的外在体现，还有激励丈夫之功用。宋代钱易的《南部新书》①就写了一则故事：郑羔妻刘氏善写诗，郑羔累举不第，心灰意冷，打算回家。其妻刘氏得知，立马给他寄了一首诗："良人的的有奇才，何事年年被放回？如今妾面羞君面，君若来时近夜来。"郑羔见诗，立即返回，没多久就高中登第了。可见妻子的讽勉之诗作用之大。

第四类，贞节型。贞节，从字面上讲，就是坚贞的气节操守，应该说这是人人该具有的品德。封建社会儒家思想针对女性赋予了不失身、不改嫁的道德情操，并成了一种高尚的礼教。这虽然是一种男女社会地位极为不平等的条规，但在封建社会的大多女子皆遵循，并成为一种深入骨髓的习惯风尚。宋元时期的笔记小说中记载了很多此类故事，如宋代文莹的《玉壶清话》②卷五载昭州周谓在朝中做官，不断平定贼寇，深得宋太祖赏识。他二十六年没有回家，又没有音讯，妻子莫荃艰难地照顾公婆；荃父劝她改嫁，她哭着说："吾夫岂碌碌久困者耶？食贫守死俟之！"莫荃更加勤奋劳作，养蚕织布，勤俭自营，逐渐"生计渐盛"，儿子逐渐长大，她买书请先生教学，建筑新房屋，为公婆选择风水宝地，用最体面的礼仪安葬公婆；还给丈夫开拓了数百顷肥沃田地，"水竹别墅，亭阁相

---

① 钱易.南部新书［M］//宋元笔记小说大观：第一册.上海：上海古籍出版社，2001：285-392.
② 文莹.玉壶新话［M］//宋元笔记小说大观：第二册.上海：上海古籍出版社，2001：1447-1530.

望。"当丈夫回来时他们俱已皓首,"劝夫偕老于家焉。"她的守节行为被朝野世人关注,朱翰林为她作《莫节妇传》,作者说此传"大为人伦之劝"。又如元代陶宗仪的《南村辍耕录》记载了七位贞节烈妇:前四位皆为宋朝宫中女子,即安定夫人陈氏、安康夫人朱氏及两个小姬,她们在国破家亡之际,不愿北上敌国,一同"沐浴整衣焚香",自缢身亡。朱夫人衣中留了一首四言诗:"既不辱国,幸免辱身。世食宋禄,羞为北臣。妾辈之死,守于一贞。"此四位女子是为国家荣辱而死,足见忠烈之义!第五位是临海民妇王氏,相貌美好,被敌寇掠至军中,千夫长杀死她的丈夫和公婆,然后要占有她,她誓死不从,但念丈夫、公婆尚未埋葬,就假意应承,以为丈夫和公婆服期月结束后,再侍君。千夫答应了她的请求,当敌军回军经过上风岭,王氏咬破手指,用血写了八句诗于崖壁上,最后两句:"回首故山看渐远,存亡两字实哀哉",然后跳崖身亡。第六位是贾尚书之儿媳韩希孟,岳州破时,韩氏被敌军卒所掠,献给了主将,她自知必不得免,乘间投水而死,在她裙内遗留一首五言长诗,最后两句"愿魂化精卫,填海使成岭"。第七位是岳州徐君宝妻子,亦是与韩希孟一同被掠至杭州的,因她相貌好,主将几次想侵犯她,她都用巧计脱身,后来主将大怒,要强行占有她,她说让我拜祭吾先夫,然后做君之妇。主将喜应。她严妆焚香,再拜默祝,向南饮泣,在壁上题《满庭芳》一阕,随之投大池而死,词之结语:"从今后,断魂千里,夜夜岳阳楼"。作者感叹:"噫!使宋之公卿将相贞守一节若此数妇者,则岂有卖降覆国之祸哉!"

第五类,智慧型。宋元小说中记载了一批智慧女性,有的表现在发明创造上,如元代陶宗仪的《南村辍耕录》卷二十四《黄道婆》篇,记载元代初年,一位名黄道婆的妇人从崖州到内地来,先教人们制作弹棉纺织之工具,再教如何"错纱配色,综线挈花"之技法,因此织成做被褥带帨等布料上面的各种花纹图案，光纤灿烂，就像用手画上去的一样。原本当地比较贫穷，有了这样的工艺，制作出的布料被卖到外地，人们逐渐富裕起来。大家都很感谢这位造福之人。她死后，当地百姓自发给她风光大葬，还给她立祠，逢年过节祭祀她。有的女性智战恶魔，如《南村辍耕录》卷六《鬼赃》篇，载陕西村庄有位妇人，舍食与道士一点儿都不吝啬，道士受了感动，得知她家被妖孽所扰，于是作法烧死了几个成精作恶的猕猴，却跑了一只。道士预测二十年后她家还会有妖难，就送给她一把铁简，告诉她："至时，以铁简投诸火。"果然，随着日月流逝，她的女儿长大而且很美，一天，有位妖王带着很多随从至妇人家借宿，要看她家的宝物铁简。此妇为了不使真物失去，早就做了一样的仿品展给人看，真品悬腰间，于是她就殷勤地献上了假铁简。妖王要她女儿侍候饮酒，妇人以病辞。妖王大怒，欲强行奸女，妇人立即解下铁简扔进酒灶火内，"既而电掣雷轰，烟火满室，须臾平息，击死猕猴数十只，其一最钜，疑即向之逃者。"她将猴妖携带的金银宝玉，都献给了官府。这个故事充分展示出村妇贤德、智慧的品德。又如宋代刘斧的《青琐高议》卷之二载李文国女嫁状元袁道为妻，她很有智谋。袁道性情耿直，因劝谏皇帝废王皇后之事，被贬为琼州司马，面对瘴烟恶劣环境，百般惆怅。妻子为他谋划，以千金贿赂新宠内臣继忠，果然奏效。皇帝允许他回京为官，不久又恢复了宰相之位。

第六类，神仙鬼怪型。神仙鬼怪故事，在宋前历朝历代小说中均有，宋初李昉编纂的《太平广记》[1]五百卷中近两百余卷是写神仙鬼怪故事的，其中有十五卷标明是记述《女仙》的故事。较之历代，宋元笔记小说记述神鬼怪异故事有增无减，而且印上了时代烙印，即"以鬼事而展现

---

[1] 李昉. 太平广记[M]. 北京：中华书局，1961.

  <<< 第四章 古代小说中的女性文化研究

人情世态的新阶段"①。记载鬼神怪异作品较多的，如北宋徐铉的《稽神录》、吴淑的《江淮异人录》、南宋洪迈的《夷坚志》等。在这类小说中关于女性的故事可分为三种：

  第一种，以神仙之体，主动降临人间。如宋代郭彖的《睽车志》② 卷三，载临安程迥家突然飞来一位五六寸高的美妇人，自言是"玉真娘子"，降临此处，"非为祸祟，苟能事我，亦甚善"。程家于是为她建立神龛，"香火奉之，颇能预言，休咎皆验"；好事者皆来求观，凡输入百钱者为其启龛，得到求问结果。从此，程氏家变得很有名。一年后，小美女神仙突然飞走，不知去向。这位小美女神仙降临人间，首先使自己得到了人间的香火供奉，使人世间知晓了神仙的作用，另外，亦给程家带来了财富。应该说这位小美女神仙的形象是正面的。再如宋代张邦基的《墨庄漫录》卷十载：汴州富人吴生与侄子带着钱物乘船前往钱塘，到了晋陵，船暂停望亭堰下，明月风高，吴生没有睡意，端坐在船舷上，突然一位身穿绯衣披发手持刃炬的女人从林中跑了出来，后面跟着一位头戴玉凤冠、身穿蛟绡文锦衣服十八九岁的女子，她们都奔向吴生而来，快到岸边时，后者女子命令穿绯衣女子赶快离开，穿绯衣女子无奈灭了刃炬哭着拜别离去。年轻女子登上船坐在吴生对面，告诉他：穿绯衣女子是你的宿敌，今日是前来索命的，已寻找了数十年，幸亏有我在此，你才保得性命。吴生听后，吓得浑身打战。女子立即将金缕衣给他披在肩上，告诉他自己是金华神，因为从前在人世时曾经"与君为姻好"，暗中得知他有难，故来相救。吴生心中猜疑，不知这女子是人是鬼，于是拿出剑镜让她看。女子说："此剑镜耳，精与鬼则惧"，神仙不惧；接着讲述了精与鬼怕其之缘

---

 ① 林辰. 神怪小说史 [M]. 杭州：浙江古籍出版社，1998.
 ② 郭彖. 睽车志 [M] //宋元笔记小说大观：第四册. 上海：上海古籍出版社，2001：4073-4124.

由。还告诉他今后十年游华山时候，要多搞些朱粉撒在路边的梧桐树下，以防精怪；即使这样，最好终结此行程。最后留诗一首，挥泪而别。真是一个痴情女神。吴生在小说中只是个被保护的对象，还是个不知感恩只顾猜忌自私、没有任何情感的小男人。女子则表现得非常大度，对他的猜忌，不仅不恼怒，还耐心地讲解剑镜对神仙不起作用而对鬼怪有作用的缘由；还深情地告诉他如何保护好自己，最后含泪留下七言情诗。两相对比，神女形象显得高大靓丽，而吴生形象则是矮小卑微。

  第二种，死后为鬼，依然行人间事。如宋代洪迈的《夷坚志》己卷第二《许家女郎》载：尤溪濮六"亡赖放荡"，多次盗窃父母财物典当，父亲强行让他到财主家劳作，他又盗窃财主家东西，父亲将其驱逐家门，逃到野外，夜间看见一位美丽女子，于是上前问说："谁家小娘子怎么在这里呢？"女子告诉他自己不是人是鬼。濮六说：你说话声音清亮，月光下有影，怎么与一般说的鬼大不相同？女鬼进一步说明自己是鬼之实，并劝其速回家中。濮六告诉他不能回去的原因。女鬼可怜他，拿出三匹尅丝、花绫、木棉之物，告诉他去变卖，能够抵偿盗窃父母之物。濮六一边接物感谢，一边要轻薄她，女鬼忽然不见。濮六开始害怕，第二天去卖三匹货，一下子被女鬼父亲许七郎认出是女儿的陪葬之物，呼集都保开棺查验，棺柩没有破损迹象，但陪葬物果然少了三匹，只剩七匹，然而女鬼尸身不见了踪影。这是一位善良好施但又像是得了道尸化的仙鬼。再如《夷坚志》卷第三《睢佑卿妻》载海州钜平人睢佑卿娶房秀才女为妻，聪慧美丽，夫妇甚恩爱，不久妻染时疫而亡，丈夫万分悲伤。睢佑卿与仆人外出，途中疲惫寒冷，借宿路边庄舍，一位美丽少妇热情款待，酒肴满桌，二人对饮食时，佑卿认出是已故妻子，但未敢发声，酒过数巡，亡妻说："与吾夫相别累月，痛念不曾忘。"睢佑卿十分高兴，不记其死，欢乐如平生，缱绻情浓，昼夜迷恋十余天，亡妻无奈凄惨地告诉他："已别嫁良人了，君不宜处此"。睢佑卿恍然大悟，但仍与亡妻亲亲热热地共被熟睡。然而当他醒来时身卧山林之中，没有任何房屋。这位故事中的女性生前与丈夫恩爱如胶似漆，死后为鬼亦恋前夫，行为举止与生前无异，最终在万般无奈之下，因要遵守鬼界"良人"妻的规则，痛心与故夫诀别，真是一位有情有义又有原则的女性。

第三种，女精怪与世间男子结下情缘。如宋代刘斧的《青琐高议别集·西池春游——侯生春游遇狐怪》篇，载二十八岁、尚未娶妻的文人侯诚叔与友人春游西池，遇上了狐精变化的美妇，两人互生爱意，并以诗致情，在狐妇邀约下，两人通夜欢好。由于狐妇家族的干预，两人被迫分离。后来诚叔见前来送信的婢女青子貌好，就强行与她性交，狐妇得知，竟将青子卖至海外，历经周折他们终成眷属。七年后，一位孙姓道士见诚叔面色和身体有异样，告诉他已被妖怪所惑，不久就会死掉。诚叔心事重重，被狐妇问出情由，于是拿出自制中药让他服用，一个月后诚叔神清气爽。忽一日，诚叔要买一妾，被狐妇拒绝。不久，诚叔投奔南阳甚富的舅家，并高兴地娶了大族郝氏为妻，致书与狐妇断绝关系。狐妇极为愤慨，斥责他是负心忘义之人。后狐妇使诚叔倾家荡产。一年后郝氏病故，诚叔也丢了官职，"风埃满面，衣冠褴褛"；最后狐妇乘坐漂亮牛车见他可怜，给了他五缗钱。这是一个痴心女子负心汉的故事。狐妇虽然是异类，但她完全按照人类妻子真心实意地爱护诚叔，诚叔对她总是三心二意，强奸婢女青子，狐妇只是暗地处理青子而没有与他计较，后来他又要买妾，虽被当面拒绝，但狐妇并没有生他的气，直到诚叔彻底抛弃她，她才致书斥责；然而在诚叔破败不堪时，还施舍他五缗钱，可见狐妇对他的深厚情感。又如宋代李献民的《西蜀异遇》[①] 载，眉州丹棱县令之子李达道读书

---

① 李献民. 西蜀异遇[M]//章培恒，安平秋，马樟根. 古代文史名著选译丛书. 成都：巴蜀书社，1990.

期间，与狐精变化成的美女宋媛相遇相恋的故事，其间被灌口神君涉施符咒干预，还被现身说法的孔昌宗苦劝阻止，但始终没能终止李达道与宋媛的相恋关系，因为李达道不仅爱她"标韵潇洒"的俊俏容颜，还深爱她的诗词才学，连状元郎杨彪都求索诗词。李达道父母见阻止无效，不得不承认他们的关系，宋媛还治好了婆母的急性心痛病，并生有一子，与李达道的学友相见，大方得体。两年后，宋媛突然向李达道诀别，说是"冥数已尽，当与子别"，临行前叮嘱他："可力学问，亲师友，义荣宗族，以显父母，则尽人子之道，愿勿以妾为意。"这位女主人公狐精宋媛与唐传奇《任氏传》中的狐精任氏相较，虽然都有貌美善良、对爱情执着的一面，但是宋媛有超群的写诗作词之才华，以她的聪明才智得到了公婆的接纳，赢得了亲朋好友的赞赏，最后预感到情缘已尽，从容处理各方面事情，特别是对心爱之人的叮嘱与诀别，都是井井有条而又以精怪的形式离开。唐传奇中的任氏为狐精的身份并未公开，而宋媛的狐精身份是公开的，因此她要与人类心怡之人相恋并以夫妻关系彰显于众，这是需要多么大的勇气和魄力。作者在宋媛身上注入了反对偏见、追求自由的新女性意识。这篇小说，许多学者将其选入传奇类别。

第七类，悍妒型。宋元笔记小说中记载了一批悍妒妇人，大致表现为三个方面：一是暴虐丈夫。如宋代朱彧的《萍洲可谈》[①] 卷三《沈括妻妒暴》篇载："沈括存中，入翰苑，出塞垣，为闻人。晚娶张氏，悍虐，存中不能制，时被棰骂，捽须堕地，儿女号泣而拾之，须上有血肉者，又相与号恸，张终不恕。"这样一位有名望的大文豪，竟然遭受恶妻如此虐待。按理说，这样家庭的妇人应该懂得三从四德的妇道，为什么张氏竟敢如此猖狂粗暴、肆无忌惮地虐待丈夫？这是值得研究其缘由的。二是虐待婢

---

[①] 朱彧. 萍洲可谈 [M]//宋元笔记小说大观：第二册. 上海：上海古籍出版社，2001：2275-2346.

妾，如同书卷中《胡宗甫妻》篇载："胡宗甫妻张氏，极妒。……有小婢云英行酒，与主人相顾而笑，张见而嫌之。婢亦觉，是夕，自缢于厕。家人惊告，张饮嚼自如。"再如宋代郭彖的《睽车志》卷三载："盐官马大夫中行妻子悍妒，一婢免乳即沉其子，杂糠谷为粥，乘热以食，婢竟以血癖而殂，乃取死子同坎瘗之。"三是虐待其庶子。如元代孔齐的《至正直记》卷一《脱欢恶妻》篇，载"脱欢生庶子庆舍。（脱欢死后）脱欢之妻既逐其子并妇，复以妇配驱奴之无妻者。妇曰：'我大夫之子妇也，义不受辱。'奴曰：'我奴也，娘子是主人也，我不敢受。'各相拒。久之，脱欢之妻痛挞其妇及奴，且令之曰：'弗从吾言，有死而已。'于是迫妇与奴困于一室，令其成配，却于窗隙中窥之，验其奸污之状，然后释其罪。"

这些恶妇的行为得到了各种报应，沈括悍妻张氏突得暴病而死；胡宗甫妒妻张氏在云英魂魄的诅咒下，胡宗甫和三个儿子都在很短的时间内先后死去，她晚年凄惨，宛转哀鸣，流涕无语；马中行妒妇后来"为厉鬼所凭，自言坐血池中，受无量苦"；脱欢恶妇遭到了作者愤慨地谴责："恶丑彰露"，"为百世之恨"！对于脱欢没早处置其妻提出了严厉批评："向使知其妻之悍"，"当决意去之，以绝后患，何其愚之甚也！"

## 三、话本类

话本，指用口语写成的小说，是唐宋时期说书人的说唱底本。这种文体是由唐代变文发展而来的。章培恒先生在《中国文学史新著》① 第四编第二章第三节《唐代的话本》中指出："作为一种独立的民间艺术，他在唐代城市已经相当盛行，这从当事人一些零星的记载中可以确知。在敦煌文献中还保存着少量唐代的话本……在这批唐代话本中，艺术上比较有特

---

① 章培恒，骆玉明. 中国文学史新著 [M]. 上海：复旦大学出版社，上海文艺出版社，2007.

色的有《庐山远公话》《叶净能诗》等，另有一篇演述韩擒虎故事的，标题已失，通常被称为《韩擒虎话本》。"宋元话本留存于世的很少，大约有十几种，大都是经明人搜集整理出来的。反映与女性有关的主要有两大题材：一是婚姻问题，代表作品如《快嘴李翠莲》①。该作品叙述李员外之女李翠莲，"姿容出众，女红针指，书史百家，无所不通"，但心直嘴快，"凡向人前，说成篇，道成溜，问一答十，问十答百"。其经父母之命、媒妁之言，嫁给张员外之次子张狼为妻，但最终以悲剧结束。原本有嘴快毛病的李翠莲经媒婆介绍找到了一个门当户对的好婆家，正像她说的："男成双，女成对，大家欢喜要吉利。人人说道好女婿，有财、有宝、有富贵；又聪明，又伶俐，双六、象棋通六艺；吟得诗，做得对，经商买卖诸般会"。但在嫁娶过程中，她处处用火炮似的快嘴伤害与她接触的所有人：父亲叮嘱她嫁到婆家改掉快嘴多话的毛病，结果被她一长串自夸性的口溜顶了回去，其父气得起身去打，被母亲拦阻；上轿前又将哥嫂顺溜似的数了一通，哥嫂忍着气不与她计较；对于媒婆从父亲打赏开始，就数落一番，媒婆忍气叮嘱："小娘子，你到公婆门首，千万不要开口。"在她下轿前按着风俗礼数，媒婆先喂她一口饭说："小娘子开口接饭"，她一听大怒骂了起来："老泼狗，老泼狗，教我闭口又开口……莫怪我今骂得丑，真是白面老母狗！"接亲先生见此相劝，也被她连珠炮似的骂了一通。媒婆见她如此刁蛮无礼，不管她下轿和拜堂等事宜就走了。接亲先生主持拜堂事宜，又被她快溜责数一通，公婆听得大怒，说她是个"没规矩、没家法、长舌顽皮村妇！"众亲眷无不失惊。接亲先生相劝继续举行婚礼，当新郎新娘进入洞房，先生按照礼俗，一面唱说吉祥话，一面向床上撒五谷，尚未结束，翠莲摸着面杖，夹腰打了两面杖，接着开口大骂，

---

① 铁名.快嘴李翠莲［M］//吴组缃.历代小说选：第二册.北京：中国青年出版社，1991：1-23.

一直将先生赶出门去。先生也被气得走了。张狼无可奈何，进入洞房，脱衣待要上床，翠莲大喝一声，数落一大通，先是不许上床，因怕公婆责骂，后又允许上床，但规定他不许则声，张狼果然一夜不敢则声。第二天婆婆催儿子叫媳妇起床，结果翠莲又是一大通顺溜回嘴，气得婆婆半晌无语，忍气吞声。大伯张虎、大嫂施氏也被她四言八句地数落一通。第三天，娘家母亲接她回门，婆婆耐不过只好告诉亲家母翠莲的不是："打先生，骂媒人，触夫主，毁公婆。"翠莲被休回家，父母及兄嫂都埋怨她嘴快的不是，她又是顺溜地无理搅三分，最后选择出家。这个故事由喜转悲的缘由是很清楚的，从时代背景来说，一个天生心直口快、无所顾忌、不受束缚、追求自由的年轻女子，挑战封建社会的三从四德，对抗封建规范，其自然不被具有传统氛围的婆家、娘家所容。如果从社会高度上讲，李翠莲的言行洋溢着反抗夫权、反抗一切束缚、自主人生的反封建思想；但从作者有意和过分夸张描写她以自我为中心，顶撞、对抗所有与她接触的人及动手打人的粗暴行为看，丈夫在她面前是一个敢怒不敢言的懦夫，她却是一个飞扬跋扈、可恨可憎、不可理喻的女性，应该说婚姻悲剧是她一手造成的。再如《简帖和尚》[①] 小说，讲了两个家庭的婚姻故事，开篇叙述咸阳县文人宇文绶一连三番科举考试不中，其妻王氏很有才华，作词写诗讥讽他，特别是诗中最后两句："君面从今羞妾面，此番归后夜间来"，深深刺痛了他，他发誓："试不中，定是不归。"到得来年一举成名，为了赌气只住西安不回家。妻子得知他高中故意不回家，就写了一首词和四句诗，用"良人得意正年少，今夜醉眠何处楼"诗意，催他回家。宇文绶还是较劲，写了一首词讲状元游街场景，最后让送词的当直王吉转告妻子："不到夜，我不归来。"然而午休做梦，梦见妻子写诗不理睬他，

---

① 佚名. 简帖和尚 [M] //吴组缃. 历代小说选：第二册. 北京：中国青年出版社，1991：151-169.

他情急醒来，也不再顾及誓约，立即回家，此后夫妻十分恩爱。小说的正文篇叙述一对原本美满的夫妻因中淫僧离间之计，分离复合的故事。故事女主人公杨氏生得貌美如花，被从门前经过的淫僧看中，淫僧就使了个离间计，即让一个名僧儿，替他转送杨氏丈夫左班殿直皇甫松一封书信和两件女人用的首饰，再三叮嘱："只送与小娘子，不教把与你"。丈夫殿直一见怒火燃胸，先是逼打小娘子杨氏和婢女迎儿，见她们不招，接着叫来四个巡军，将她们锁到官府，又将送书信的僧儿锁来。三头对质，各说各的，府尹软硬兼施，杨氏也不认诬招供；最后府尹根据殿直的要求，判官休。杨氏见丈夫休弃了自己，孤苦无依，哭着要跳河寻死，被自称姑姑的人救下，数日后姑姑与淫僧使用苦肉计，杨氏无奈就嫁给了淫僧。大年初一，殿直到大相国寺烧香，恰遇淫僧与杨氏，他一眼认出淫僧就是转送书信和物件的僧儿描述的那个男人，杨氏见到前夫百感交集，不由得热泪流出。淫僧得意忘形就将欺骗她的计谋和过程讲了一遍，杨氏一把揪住淫僧和他理论，淫僧怕别人知晓就想掐死她，这时殿直和一个行者过来，救下杨氏，将淫僧送进开封府。府尹核实了奸骗案情，打了淫僧一百棍杖，解送左司理院，核罪判处死刑；假姑姑也得到了应有的处分；勘正了奸骗案，蒙冤者杨氏得以昭雪，殿直与杨氏再成夫妻。在这个故事中，杨氏是个被欺凌宰割、无独立人格、无社会地位的软弱者，验证了夫为妻纲之规则，在当时社会婚姻中她是具有代表性的。开篇的女主人公王氏与丈夫宇文绶的关系友爱和谐，在家庭地位上，他们夫妻是平等自由的，才华上他们写诗作词不分伯仲。如果从故事情节上看，王氏似乎占主导地位，宇文绶倒像被牵着走，但王氏诗词里之含义是积极的，相夫励志且收放适度，因此王氏的形象是靓丽的。

二是爱情问题。男女爱情是小说中一个永恒的主题，话本小说亦如

<<< 第四章 古代小说中的女性文化研究

此，如《碾玉观音》①叙述绍兴年间三镇节度使咸安郡王府中的绣工秀秀与雕玉匠崔宁相爱的悲剧故事。女主人公貌美手巧，因家里穷，被卖进咸安郡王府内做绣娘，因她为郡王绣了极好的团花战袍，郡王很高兴。郡王将崔宁雕刻的精美南海观音造像献给了皇上，龙颜大喜，郡王脱口许他们做夫妻。秀秀见崔宁一表人才，认真起来，在府中起火后她提着一帕子金珠财宝在府门外遇见崔宁，主动与他私逃并做了夫妻，然后辗转到了潭州，后被郡王遣郭排军追回，崔宁将私逃责任全推给了秀秀，结果秀秀被处死，崔宁得到轻罚，发遣至建康府居住。秀秀的鬼魂追随同往，他们在建康府开了个玉器制作店，并接来秀秀父母同住。不久，皇帝因喜爱的玉观音破了个铃铛，下诏让崔宁修补，并破例允许他们在京城开店居住，后被打杀秀秀的郭排军碰上，郭排军见秀秀依然在柜上帮助崔宁料理生意，遂将此事禀报了郡王，郡王听说秀秀仍在世上，又派郭排军捉拿秀秀，结果轿子抬到郡王府时，轿中不见了秀秀，只有一桶水泼在郭排军身上，郡王恼怒，重重打了郭排军五十军棒。至此，秀秀如实告诉了崔宁自己已被打杀，现在是鬼身，父母亦投河做了鬼，考虑世上无法生存，又不肯与崔宁分开，于是推崔宁倒地，一同赴黄泉做了鬼夫妻。在这个爱情悲剧中，女主人公秀秀敢爱敢恨，大胆泼辣，对于爱情主动追求，百折不挠，生死如一；而男主人公崔宁却是个胆小怕事、又想吃又怕烫、没有担当、极为自私的男人，他既是爱情悲剧的受害者，也是悲剧制造的帮凶。

再如《乐小舍拼生觅偶》②叙述一对两小无猜的情人经过曲折情节终成眷属的故事。在此故事中男女主人公乐和与喜顺从小一起读书，互生爱慕之情，私下约为夫妇，他们分开后到了谈婚论嫁年龄，乐和向父母和娘

---

① 碾玉观音[M]//吴组缃.历代小说选：第二册.北京：中国青年出版社，1991：104-126.
② 乐小舍拼生觅偶[M]//吴组缃.历代小说选：第二册.北京：中国青年出版社，1991：170-184.

舅谈起婚事目标，长辈们一致认为乐家虽然祖上七代为官，但当下却是个开杂货铺的，而喜顺的父亲是个将士郎，门不当户不对，绝无可能。乐和认准了喜顺，其余人都不考虑，他为了娶喜顺为妻，绞尽脑汁，以各种形式接近喜顺，拿着情诗去潮王庙中请愿，请老者掐算，糊裱一个写有"亲妻喜顺娘生位"的牌子，每三日必对食，夜间睡觉必放枕边呼唤三声；八月十五观潮日，喜顺不慎被巨浪卷入水中，乐和不顾性命，跳入水中去救喜顺，结果两人皆沉入水底，被海王神护佑，他们被喜家人救起时，两人紧紧搂抱在一起，无论如何也分不开他们，直到喜公说出"情愿将小女配与令郎"，他们才松开对方手，缓慢地苏醒。成婚后，乐和住到喜家，刻苦读书，连科及第。女主人公喜顺在故事中正面描写的文字不多，大多是通过乐和痴迷的各种举动透视出来的，她那如花的美貌，绰约的姿态，特别是对爱情的深挚，一一跃然纸上。从她小时与乐和一起读书，被称作"喜乐和顺"，"天生一对"，内心欢喜，便私下"约为夫妇"起，到游湖偶遇，"以目传情，彼此意会"，再到巨浪来袭，众人都急忙后退，她因"出神在小舍人身上……反向前几步"，结果被波浪卷入水中，当她在水宫中见到乐和，十分欢喜，他们"脸对脸，胸对胸，交股叠肩"紧紧相抱，可以看出喜顺是个心中有数、沉默寡言的女子，同时也表现了她外柔内刚的性格特征。

还有《勘皮靴单证二郎神》[①] 中的韩玉翘是刚被选入宫的妙龄女子，被称作韩夫人，"体欺皓雪之容光，脸夺芙蓉之娇艳"，只因皇上专宠安妃，她得不到"雨露之恩"，"渐渐香消玉减"，相思成病；皇帝下诏让杨戬太尉将她领到府中养病，病愈再进宫。韩夫人远离宫闱，眼不见心不烦，渐渐容颜焕发，她的情恋对象不再是皇上了，而是开始羡慕评书中说

---

① 勘皮靴单证二郎神 [M] //吴组缃. 历代小说选：第二册. 北京：中国青年出版社，1991：58-85.

的唐朝那位境遇和她相似的韩夫人，因红叶题诗，寻找到了宫外备试的文人于佑，结成恩爱夫妻。带着这样的愿望，她到寺庙祈祷，当她望见"丰神俊雅、明眸皓齿"的二郎神尊像时，一见钟情，低声说："若是氏儿前程远大，只愿将来嫁得一个丈夫，恰似尊神模样一般，也足称生平之愿。"当她回到杨府，心心念念，只想着二郎神模样，于是到花园人静处焚香，再次祈祷嫁一个二郎神模样的丈夫，激动的心情伴着热泪，"拜了又祝，祝了又拜"，正在"痴心妄想"之时，二郎神模样的人现身了，韩夫人诚惶诚恐地表明心愿，不仅献上玉体，与其"云雨绸缪"，还将皇上遗赐的围腰玉带送给了他，认准他就是自己心目中要找的丈夫。没承想，这位有着二郎神模样的人却是一个会妖法的骗子庙祝孙神通，因为他听到韩夫人求夫的祈祷，便扮成二郎神的模样，进行淫污骗物。当骗局勘破后，皇上御批：孙神通凌迟处死，韩夫人"永不许入内，就着杨太尉做主，另行改嫁良民为婚"。后来韩玉翘"了却相思债，得遂平生之愿"，"嫁得一个在京开官店的远方客人"，"尽老百年而终"。这篇小说的题材属公案类，而这场公案是由韩夫人相思引起的，所以韩夫人是故事的主角。她是以悲剧开始，在后宫争宠时她是弱者，不敌安妃，以致生病玉减，被临时安置在杨太尉府养病；而以喜剧结束：嫁得一个开官店的丈夫，答应她永住京城，终老百年。孙神通"淫污天眷，奸骗宝物"的罪恶行径之所以得逞，有他使用妖法奸诈的一面，更有韩玉翘相思之情的成全，她不仅心中倾心爱恋杨二郎神貌，还在焚香祈祷时低声说出自己隐秘心愿。按理说，韩夫人被选入宫就已是皇家人，不管被召幸与否，都无资格再有选配爱人之想头，但她的思想却像身体一样逃出了宫廷，摆脱了宫规的束缚，远离了宫中弥漫着"千般凄苦，万种愁思"之境地，认为自己已是个自由之身了，而且抛掉了权力荣耀之观念，一心只想找一个像杨二郎一样风神俊雅的如意郎君，在这样的心态下，她就顺理成章地被孙神通欺骗得手了。由此我

*181*

们看到了韩玉翘美丽单纯的一面，更看到了她对爱情火一般炙热的内心世界。

总体上话本所展现的女性，形象是美丽的，性格是坚强的，才华是出众的，命运大多是坎坷的。

## 第四节　明代时期小说中的女性文化

明代处于封建社会的后期，封建制度各个方面都表现出它的腐朽性。虽然明初统治者采取了一系列政治、经济、军事诸方面的改革，使阶级矛盾和民族矛盾得到了一定缓解，社会经济出现了繁荣景象，统治基础有了一定的巩固，但是终究没有改变封建社会趋向衰老的客观规律。

明代是女性受压迫最深的时期，她们既要遵守儒家倡导的三从四德，又要接受统治者对她们精神上软硬兼施的折磨。洪武元年（1368年）朱元璋颁布诏令："民间寡妇三十以前夫亡守制，五十以后不改节者旌表门闾，除免本家差役。"① 在统治者大力提倡下，广大女性积极响应，她们不仅严格守寡，还有许多人采取各种方式进行殉夫，以示贞烈节操。肉体上，她们要遭受缠足的痛苦折磨，在这样的社会环境下，明代前期小说中的女性没有太令人关注的，因为这个时期"整个文学创作，无论诗文、戏曲还是白话小说，均处于衰退的过程中"②。

明代中后期随着思想的解放，城市商业经济的繁荣，市民阶层不断壮大，倭寇的入侵，部分女性的觉醒，文坛上的文学革命，使通俗文学得到

---

① 申时行. 明会典：卷七十九［M］. 北京：中华书局，1989.
② 章培恒. 明代文言短篇小说选译·序［M］. 成都：巴蜀书社，1991.

了空前发展，一批有影响的长篇通俗小说问世了，以《三国演义》《水浒传》《西游记》《金瓶梅》四大奇书为主要标志，充分彰显了小说创作上的题材广泛、艺术上的高度成熟。紧随长篇通俗小说蓬勃发展的，是话本小说和拟话本小说的诞生和发展，代表作家和代表作品是冯梦龙的"三言"和凌濛初的"二拍"。

冯梦龙虽然出身于书香门第，才高八斗，但科场困顿，仕途失意，这促使他把主要精力投在俗文学的编写上，成绩斐然，所著长篇通俗小说有《三遂平妖传》和《东周列国志》，民歌有《山歌》集和《桂枝儿》集，笑话有《笑府》集等。最有影响力的是冯梦龙的"三言"①，即《喻世明言》《警世通言》《醒世恒言》（以下简称"三言"），三部共计一百二十篇的白话短篇小说。"三言"作品虽然大多是改编历朝历代的前人作品，但由于冯梦龙深受革命家李贽思想的影响，因此每部小说都融入了当时社会时代的特色，特别是在反映女性的爱情和婚姻问题上打破了宋明理学"存天理、灭人欲"的思想条框，更多地从人性觉醒的角度出发，书写她们要求独立、平等、自由、自主的爱情婚姻，贯穿了李贽提出的"好货好色"人的正常欲望，较为突出的主要有四点：

第一，小说中女性比较遵从心动的感觉，勇于打破封建观念，不再将门第高低、荣华富贵放在首位，开始注重个人的优劣。如《醒世恒言》第十四卷《闹樊楼多情周胜仙》中的女主人公周胜仙是曹门里周大郎之女，生得花容月貌，在春末夏初之际，游览金明池，与开樊楼酒店的范二郎相遇，两人一见钟情，但是两家门不当户不对，遭到周大郎强烈反对，骂她是"辱门败户的小贱人"。周胜仙急火攻心，立即没了气，周大郎马

---

① 冯梦龙"三言"，即《〈喻世明言〉新注全本》陈曦钟校（北京十月文艺出版社1994年10月出版）、《警世通言》严敦易校注（人民文学出版社1956年1月出版）、《醒世恒言》华斋校点（春风文艺出版社1993年5月出版）。

上买棺埋掉,当夜被盗墓贼朱真开棺盗财并奸污了周胜仙尸身。周胜仙因得了阳和之气又醒了过来,朱真连人带物一同带回了家。周胜仙一心想着范二郎,乘朱真外出之际偷偷去樊楼酒店寻找范二郎;范二郎以为她是鬼,就将她打杀。经过官府勘察,确认周胜仙死而复生,范二郎被当作杀人犯下了大狱。周胜仙二度死后仍然想着范二郎,于是连续三个夜间入梦与范二郎狱中相会,了却生前心愿。他们"枕席之间,欢情无限",最后周胜仙告诉范二郎,她已拜求五道将军帮忙,恕你无罪。果然,朱真被处以斩刑,范二郎无罪释放。此后范二郎不忘周胜仙之深情,逢年过节都要祭祀。这个故事说明,父母择婚按门第,是虚荣;闺女选择论相貌,是幸福;周大郎虽然阻断了周胜仙与范二郎的阳间婚姻,但没有阻断女儿的爱意真情,终于实现了她以身相许的心志。

再如同书第三卷《卖油郎独占花魁》中的女主人公王美娘,原本姓莘,名瑶琴,是好人家的女儿,由于战乱,辗转被卖入王九妈家做妓女,百般反抗,无济于事,在刘四妈的劝导下,抱着寻觅一个靠得住、"知心着意"的情郎之愿望,接受了现实,每天风花雪月,成为头牌"花魁娘子"。她终日应酬王孙公子、富室豪家,但没有一个知疼知热、温存体贴的。卖油郎秦重偶然看见了花魁娘子,被她的美色夺了魂魄,痴心妄想要搂抱她睡一夜,于是千辛万苦,节俭度日,卖了一年多时间的麻油,凑够了一夜嫖名妓花魁娘子十两银子的费用,没承想花魁娘子整日陪同俞太尉在游船上赏雪,好不容易回来,却是酩酊大醉,醉眼蒙眬,看见屋内等候者穿着朴实,触动了等级观念,说道:他"不是有名的子弟,接了他,被人笑话"。她心中不悦,又连饮了十来杯酒,"酒后之酒,醉中之醉",和衣倒在床上便睡。秦重不在意花魁娘子的言语举动,觉得陪在她身边就值十两银子了。花魁娘子半夜醒来呕吐,秦重害怕弄污被子,就用自己的袍袖罩在她嘴上接呕吐物,然后又将怀抱着的热香浓茶递与她饮。花魁娘子又向里睡去，秦重脱下道袍卷放床侧，依然拥抱依偎她。花魁娘子天明醒来，得知夜里呕酒、吃茶，都是秦重小心照顾，甚是过意不去，似乎等级观念、贵贱身份被抛开了，心里被打动了：竟"有这般识趣的人！"当她得知秦重所付的十两银子挣得不易，且自己也没有招待他，特别是听到秦重说要早点离开是怕别人看见玷污她的芳名，这处处为她考虑的话语，更令她觉得他是忠厚老实、知情识趣难得的好人，于是取出二十两银子强行送给秦重为酬一宵之情。不久花魁娘子遭受福州吴太守之子吴八公子的摧残凌辱，几乎丧命，恰巧又是秦重搭救。至此，那些荣华富贵、等级观念，在花魁娘子心目中已荡然无存了。在现实中她看清了那些有钱有势之辈，对自己只是一味地买笑追欢，没有半点怜香惜玉的真心，只有地位低下的卖油郎秦重是个可以托付终身的"志诚君子"，便毅然决然地提出要嫁他为妻，"举案齐眉，白头奉侍"。当秦重提出赎身千金费用无处筹措，花魁娘子回答："赎身之费，一毫不费你心"，早已备好；秦重担心她住惯了高堂大厦，享用了锦衣玉食，今后在自家如何过活？花魁娘子回答："布衣蔬食，死而无怨！"将自己私房钱三千余金一并交与秦重收用，以示其真诚之意。

第二，她们自主婚姻，主动寻求爱人，选择佳偶，特别注重才貌双全的男性。如《喻世明言》第二十三卷《张舜美灯宵得丽女》篇中写了两个男女自由选择婚配的故事，两个故事男主人公都是才貌双全者，两个女主人公选择配偶的标准，均是才貌双全，不管男士身份地位如何，便大胆以身相许。首个故事写霍员外第八房美妾与张生欢爱私奔，结为夫妇的故事。故事中的女主人公嫁给了年老多病的霍员外，婚姻对她来说像个坟墓，每天焚香祈祷："愿遇一良人，成其夫妇"，因此在元宵节看灯之际，她将一个写有情诗并有约会日期的香囊帕子丢在灯火旺盛的前明寺的大殿上，正巧被居住在汴梁京城的贵公子张生捡得。张生被诗情打动，叹赏之际和了一首诗并将香囊帕子带在身上，按照女子香囊上的约定，在第二年元宵灯节来到相约地点，两人因互不相识，张生就大声吟诵了一首寻红绡香囊极具文采的诗，女子在车中听见很受感动，心喜去年遗物寻人的事成了，撩开车帘张望张生，"见生容貌皎洁，仪度闲雅"，非常满意，先后四次主动向张生示好：第一次"令侍女金花者通达情款"；第二次，女子装扮成尼姑招手示意张生到乾明寺去；第三次，女子见到张生的和诗，脱口而说："'真我夫也！'于是与生就枕"；第四次，女子提出私奔之意："情愿生死相随"。在老尼姑的帮助下，他们成功逃到苏州平江，偕老百年。同卷的第二个故事中的女主人公刘素香在上元佳节遇见一个清俊标致的秀士张舜美，芳心大动，便主动丢给他一个表示爱情的同心结，同心结上有一首示爱意的《如梦令》词，词后不仅写有自家地址，还写了幽会时机（父母兄嫂外出）和日期。张舜美喜出望外，按时赴约，女子不问其身世来历，直接"吹灭银灯，解衣就枕"。欢爱之后，张舜美自觉科考未中，是个"白面书生"，没有什么资本可报答她的，很赧颜。刘素香抚摸他的背，温情地说："我因爱子胸中锦绣，非徒你囊里金珠。"张舜美称谢不已。刘素香为了他们长久在一起，提出私奔远方，张舜美大喜。二人经过数年磨难，终成眷属。后来张舜美科考高中，"官至天官侍郎，子孙贵盛。"

再如《醒世恒言》第十一卷《苏小妹三难新郎》中的女主人公苏小妹是个才女，聪明绝世无双，能从诗词中识人前程，所作诗词胜过父（苏洵）兄（苏轼）。她"立心要妙选天下才子，与之为配"。父亲苏洵遵从她的意愿。先有宰相王安石想为其子定亲，便以文示意；苏小妹在文卷上批点："新奇藻丽，是其所长；含蓄雍容，是其所短。取巍科则有余，享大年则不足。"苏洵见此忙更换了评语，又告之其女相貌欠佳。王宰相才作罢。继其后众才子慕名纷沓而来，苏洵将所有递交的文字均由小妹自

*186*

阅，小妹选中了秦观文字，批语："今日聪明秀才，他年风流学士。可惜二苏同时，不然横行一世。"父兄均赞同，当日婚配。在双双拜堂成就百年姻眷后，小妹却将秦观拒之洞房门外，出了三道考题和三个严规。第一题是绝句一首，要秦观和一首，要合了出题之意；第二题四句诗，藏着四个古人；第三题是七字对。三条严规：三试俱中，饮三杯玉盏美酒，进入洞房；两试中了，一试不中，喝银盏中的清茶，等待来夜再试；一试中了，两试不中，饮瓦盏淡水，罚在外厢读书三个月。秦观顺利完成了前两道题，第三道琢磨好久对不出，还是苏轼帮忙提醒才过关。可见苏小妹择婿对才华的要求之严。

第三，有些女性为了追求和保护自己的真爱，勇于付出一切；有的女子勇于抛开沉重的礼义廉耻之世俗观念，争夺所爱。如《警世通言》第二十九卷《宿香亭张浩遇莺莺》中的女主人公李莺莺，她自幼爱上了邻居清俊少年才子张浩，年十五于牡丹盛开之际，与婢女悄悄溜进张家花园，以赏花为名实想见张浩，张浩在宿香亭蓦然举首看见了遐思已久的出世娇姿佳人莺莺，两人互诉爱慕之情，各送定情之物，莺莺还请张浩在定情紫罗绣带上题诗一首。不久，莺莺邀约与张浩私会并以身相许，私订终身。此后，张浩遣媒作伐，李父以莺莺年龄尚小拒绝；随之莺莺随父调任守河朔而离开西洛。张浩已到"当立"之年（三十岁），家人都为他婚事着急，由叔父做主与他订了"家业富盛""累世仕宦"的孙姓女子为妻，张浩畏惧叔父的暴躁性情，不敢抗拒，也不敢明言与莺莺私订终身之事，只好遵从叔父之意，筹办与孙氏的婚礼，择日成婚。这时，莺莺之父任满归来，莺莺得知张浩被迫即将聘娶孙氏女之事，便挺身而出，为维护自己的爱情做出了六个大胆举动：一是向父亲说明与张浩私订终身之事，得到了父母的首肯；二是请求官府主张正义，写状子，言明自己以"无媒之谤"而"有私奔之名"的司马相如和卓文君结合为榜样，不想"委身于庸俗";三是说明她与张浩"以私许之偕老"之事;四是状告张浩违背前约;五是乞求官府"律设大法,礼顺人情";六是为了证实他们私约之情,拿出当年张浩赠给她的"香罗帕并花笺上二诗"为证据。龙图阁待制陈公判决:"判和与李氏为婚"。由于李莺莺不顾一切地争取,最终争得了幸福,保住了所爱。李莺莺与唐传奇中的崔莺莺相比较,其结果天壤之别。究其原因,客观上两位女主角在主动付出上是一致的,皆在未有父母之命下以身相许,私订终身,得到了一时间的甜蜜爱情,在与所爱之人分别后发生的事情本质上是一致的,都是违背盟誓,当然也是有主客观缘由的:李莺莺的张浩是因惧怕叔父而被动地与孙氏订婚,这是客观的封建婚姻之障碍;而崔莺莺的张生则是主动毁约,认为"大凡天之所命尤物也,不妖其身,必妖于人。使崔氏子遇合富贵,乘宠娇,不为云,不为雨,为蛟为螭,吾不知其所变化矣"。更可恶的是将莺莺归并祸国殃民一类:"昔殷之辛,周之幽,据百万之国,其势甚厚。然而一女子败之。溃其众,屠其身,至今为天下僇笑";最后说出他违誓放弃的理由:"予之德不足以胜妖孽,是用忍情。"应该说这位张生是爱情中的无耻小人与叛徒,是爱情悲剧的制造者。

还有的女子以生命为代价。如《警世通言》第三十二卷《杜十娘怒沉百宝箱》中的女主人公杜十娘,她生得娇香雅艳,是京城中艳压群芳的名妓,多少王孙公子情迷于她,而她却偏偏喜欢上了俊俏温性的李甲,二人海誓山盟,终身相伴。在老鸨紧逼下,杜十娘见李甲在十日内拿不出赎身钱三百两银子,便拿出一百五十两银子私房钱给李甲,好友柳遇春被杜十娘的真情实意所打动,替他筹款一百五十两。两人终于如愿以偿,跳出了老鸨的魔掌,自由自在地奔向江南李甲的家乡。没承想中途李甲被富商孙富千金买回头的说教所动摇,竟然将杜十娘卖给了孙富,杜十娘向往自由、追求真爱的梦想被打得粉碎,又一次即将掉入被人践踏蹂躏的深渊。

杜十娘至此，才看清李甲贪财好色、没有担当、有眼无珠、负心薄幸的真面目，她向往的真爱成了泡影，她不想苟活于世，毅然决然抱起价值万金的百宝箱投入江中。

再如《警世通言》卷三十四《王娇鸾百年长恨》中的女主人公王娇鸾，她不仅相貌娇美，还精通文墨，她与俊俏美少年周廷章邂逅中，多次以诗传情，于是两人产生了深深爱意，虽然有曹姨为媒证，但未经双方父母同意，便私下苟合为夫妻长达一年之久。后来，周廷章因父病王娇鸾劝他回家探望，行前王娇鸾问明了他居住之处及真实姓氏。没承想父母为他与魏同知家定了亲，要为他完婚。开始时周廷章"有不愿之意，后访得魏女美色无双，且魏同知十万之富，妆奁甚丰。慕才贪色，遂忘前盟"。婚后夫妻恩爱，将王娇鸾忘得一干二净。王娇鸾日夜思念，废寝忘食，多方寻觅，苦等了三年，虽然闻知周已同别女结婚，仍不死心，于是让家人孙久带着书信问个明白。周廷章不仅让书童转告王娇鸾他结婚的实情，还将当初信物和合同婚书退还给她，以绝其念。王娇鸾得知真情，哭了三天三夜，然后写了绝命诗和《长恨歌》及合同婚书，一并装入一个袋子，通过父亲官用通道寄给了周廷章所在的吴江县府，而后自缢身亡。县府判周廷章"调戏官家子女""停妻再娶""因奸致死"三大罪状，按着婚书上所发誓愿，活活被乱棍打死。王娇鸾本是官宦之女，从小就受三从四德和礼义廉耻的教育和熏陶，她深知没有父母之命私自苟合，是严重违反礼教礼法的，是为人大忌。那么，她为什么要冒天下之大不韪呢？因为她要追求所爱，追求理想佳偶。其实她对此也很慎重，在以身相许前，她做了三件事：一是请曹姨做证人；二是双方立下合同婚书；三是双方均发了毒誓。之后，她才与周廷章苟合。她用贞节得到了心目中的所爱，以命诠释了她的真情。

第四，有些女性有较强的性欲，一旦遇到时机便会抛弃一切束缚，赤裸裸地追求所爱。如《喻世明言》第一卷《蒋兴哥重会珍珠衫》中的女主人公王三巧，长得"娇姿艳质"，嫁给一表人才的商人蒋兴哥为妻，人人羡慕他们是"一对玉人，良工琢就，男欢女爱，比别个夫妻更胜十分"。当蒋兴哥去广东打理生意后，王三巧虽然日日祈盼丈夫归来，但当她遇见一个外地来的俊俏商人陈大郎，在卖珠子薛婆穿针引线撺掇和引诱下，性欲之门大开，春心荡漾，竟在自己家中曾与丈夫欢爱五年的床上与陈大郎颠鸾倒凤起来。如果说刚开始是被薛婆蒙骗被迫与陈大郎云雨的，但当陈大郎向她讲清楚自家身份和如何与薛婆联手算计她时，王三巧一没有恼怒，二没有反抗，而是又与陈大郎"狂荡起来"，这说明她将廉耻和妇德及与丈夫的恩爱统统抛在脑后了，满脑子只有本能上的性欲了。半年后陈大郎为了生意要离开，王三巧割舍不下，要收拾细软和他私奔，陈大郎顾忌蒋兴哥回来的后果，没有同意，答应她明年再来。王三巧仍在性欲支配下将丈夫蒋家祖传之宝珍珠衫送给陈大郎，一来为他解暑（清凉透骨），二来"穿了此衫，就如奴家贴体一般"。至此，王三巧没有任何理性意识了，只存自然属性的性欲了。使人费解的是，她的丈夫蒋兴哥也是年轻貌美的帅哥，也是位行商之人，也是个富家之子，而且是初婚，婚后两人也是"行坐不离，梦魂作伴"，十分恩爱的，为什么陈大郎一来，王三巧竟然忘记与丈夫的恩爱了呢？那么执着陈大郎呢？那只有一个原因，"陈大郎是走过风月场的人，……曲尽其趣，弄得妇人魂不附体。"说明陈大郎更懂妇人生理上的追求，更说明王三巧为了性欲勇于抛弃一切。再如《醒世恒言》第二十三卷《金海陵纵欲亡身》中的昭妃阿里虎为了争宠固淫，竟与亲生女儿重节大打出手，大骂出口，母骂女"淫种！夺我口食！"女骂母："老贱不知礼义，不识羞耻，……求快于心。……你这老贱只徒利己，不怕害人，造下无边恶孽。"两人"扭做一团，结做一块"。真是淫欲面前无人性！别说她们身上无丝毫礼义廉耻，就连做人的基本道德也荡然无存。应该说这是女性觉醒的反动！当然这完全是海陵王无度淫乱造成的。同篇故事中的定哥，大家闺秀，节度使乌带妻子，二品夫人，竟然与清俊文雅的尚书右丞完颜迪古私通，因为在她眼中丈夫乌带是个俗人："丑陋鄙猥，粗浊蠢恶，取憎讨厌，龌龊不洁"，很不愿意见到他；她渴望得到一个"清标秀丽，倜傥脱洒，儒雅文墨，识重知轻"的趣人相伴。因此在侍婢贵哥和女待诏穿针引线下，她毫无顾忌地邀约完颜迪古于府中幽会。自此，她的欲望膨胀起来，又与府中一个二十上下、生像"干净活脱"的家奴阎乞儿私通，唯独"见了乌带就似眼中钉一般"，后来在完颜迪古的授意下，定哥竟指令家奴将乌带活活勒死，名正言顺地嫁给了她的"有趣人"完颜迪古。完颜迪古即了大位，先封她为娘子、贵妃，又许以为后；海陵王宠幸很多，性欲满满的定哥不堪忍受寂寞，又与阎乞儿私通，被贵哥告发，完颜迪古先缢死了定哥，又诛杀了阎乞儿。这是女人恣欲纵淫的后果。

除了上述四个方面，还有些作品写女子为了志向忍辱负重的节烈行为，如《醒世恒言》中第十九卷《白玉娘忍苦成夫》故事中的女主人公白玉娘，她为了心爱丈夫的前程，甘愿吃尽各种苦头，受尽各种折磨，初心不改，终使丈夫前程似锦，她也被封为一品夫人。再如同书第三十六卷《蔡瑞红忍辱报仇》中的女主人公蔡瑞红为了报灭门家仇，忍辱负重，经历苦辣酸甜，当家仇得报时，她不顾辛苦得到的美好生活而自裁身亡。

另外，"三言"作品中还写了一些生活在社会底层妓女们的故事，主要歌颂她们有情有义美好的品德。如《警世通言》第十卷《钱舍人题诗燕子楼》中的妓女关盼盼，她为报答武宁节度使张建封对她的专宠之恩，在张建封病故后"落发为尼，诵佛经资公冥福，尽此一世"。再如同书第二十四卷《玉堂春落难逢夫》中的妓女玉堂春，她为了情郎王景隆的前程，在他穷途末路时，不仅赠送给他二百两银子作为装束盘缠，还采用暗度陈仓之计欺骗王八、老鸨，将金银首饰器皿值钱的物件全都偷偷赠给了王景隆，让他回家考取功名，而她自己一面与王八、老鸨斗争，争取人身自由；一面与诓骗她的歹人周旋，为情郎守身如玉。还如同书第三十一卷《赵春儿重旺曹家庄》中的妓女赵春儿为报答曹可成赎身之恩，省吃俭用，帮助败家子曹可成谋求官职，恢复家业，重振曹家声望。作者称她是"真女中丈夫也！"

凌濛初的"二拍"，即《初刻拍案惊奇》和《二刻拍案惊奇》（以下简称"二拍"），是明代后期继冯梦龙"三言"之后问世的两部短篇白话小说集。"二拍"在创作倾向上与"三言"大体相同，在艺术上两者亦在伯仲之间。所不同的是："二拍"的创作力度大大超过了"三言"。现存七十八篇作品，基本上都是凌氏个人创作的，虽然有一些作品取材于唐、宋、元、明的小说戏曲史料，但都经过精心加工，实属新创之作。因此，在"二拍"的作品里突出表现出浓厚的时代气息和鲜明的思想倾向。

"二拍"最突出的题材之一，是女性的故事。主要有三大方面的内容：第一个，是女性的爱情、婚姻。这类内容在"二拍"中占首位，有在同堂读书中产生的爱情，如《初刻拍案惊奇》卷二十九《通闺闼坚心灯火 闹囹圄捷报旗铃》中的罗惜惜十岁左右入学堂读书，认识了张幼谦，两人年貌相当，同堂四五年，相亲相爱，在别人"同日生的，合该做夫妻"的戏言下，他们"便信杀道是真，私下密自相认，又各写了一张券约，发誓必同心到老"。后来虽被父母一度反对，但由于罗惜惜的顽强，最终还是与心爱之人张幼谦结为夫妇。又如《二刻拍案惊奇》卷六《李将军错认舅 刘氏女诡从夫》中的刘翠翠十余岁时被送入学堂读书，与同学金定产生了恋情，互赠情诗。金生作诗云："十二栏杆七宝台，春风到处艳阳开。东园桃树西园柳，何不移来一处栽？"刘翠翠和韵一首，诗云："平生最恨祝英台，怀抱为何不肯开？我愿东君勤用意，早移花树向阳栽。"后来他们如愿以偿,结为恩爱夫妻。后由于战乱,刘翠翠被李将军掠走,强逼为妾。金定寻妻,刘翠翠虽然不敢公开相认,以兄妹相称,但内心的情感始终未变,偷着赋诗道:"一自乡关动战锋,旧愁新恨几重重。肠虽已断情难断,生不相从死亦从!……"果然金定死后两月,刘翠翠也从于地下,做了一对鬼夫妻。再如《二刻拍案惊奇》卷十七《同窗友认假作真 女秀才移花接木》中的闻蜚娥,其自小习得一身武艺,一向装作男子,到学堂读书,改名胜杰,表字俊卿,经考做了秀才,与两位男同学魏撰之和杜子中做了知心朋友。由于魏、杜二人都与她情投意合,因而她拿不定主意与哪个订婚,于是暗自射箭卜婚。结果最先被杜生拾得,虽然随之出现了一些小插曲,但最终闻蜚娥还是与杜生结为夫妻。以上均属于青梅竹马式的恋情。在女性的恋情上,还有不少是一见钟情的,如《初刻拍案惊奇》卷三十四《闻人生野战翠浮庵 静观尼昼锦黄沙弄》中的小尼姑静观,她在船上偶遇书生闻人生,二人一见钟情,立即欢爱起来,后来静观与闻人生私奔,结为合法夫妻。又如《二刻拍案惊奇》卷九《莽儿郎惊散新莺燕 㑳梅香认合玉蟾蜍》中的杨素梅凭窗而立,恰被在墙外散步的书生凤来仪望见,两人均被对方的美貌所吸引,经侍女龙香传话递书,先是互赠情物,后订佳期相会,然而好事多磨,就在他们幽会正要欢爱时,被凤来仪的两位朋友搅散,此后再无约会之机,就在两人满怀遗憾而真情至死不渝时,双方家长都给他们订下了门当户对的亲事,杨素梅做好了以死殉情的准备,凤来仪亦有了应婚之变的计划,就在千钧一发之际,龙香考证出即将成婚的配偶正是他们自己,二人在惊喜交加中拜了天地。"二拍"还写了一些女性鬼神的恋情。如《二刻拍案惊奇》卷三十《瘗遗骸王玉英配夫 偿聘金韩秀才赎子》中的王玉英,是二百多年前死的女鬼,因感激秀才韩庆云收掩她的遗骸,便现身自荐,以"妾蒙君葬埋,便有夫妻之情"为由,提出"愿奉君枕席,幸勿为疑"。韩生"见此美妇，虽然明说是鬼，然行步有影，衣衫有缝，济济楚楚，绝无鬼息"，便动了心，欣然留与同宿，交感之际，一如人道，毫无所异。"二拍"还写了一些女性婚外恋的故事，如《初刻拍案惊奇》卷三十二《乔兑换胡子宣淫　显报施卧师入定》中的铁熔之妻狄氏，生得"姿容美艳，名冠一城"。当她得知丈夫看上了好友胡生之妻门氏，不但没有半点醋意，而且想办法使铁生接近门氏，结果铁生还没有勾搭上门氏，狄氏倒先看中了胡生，无论堂堂的相貌，还是"风流身份，温柔性格"都远胜过铁生，而胡生也很中意狄氏。他们便乘铁生酒醉之际，放情欢爱。狄氏为了与胡生安安稳稳地享受快乐，抓住了铁生喜酒好色的弱点，出资让胡生寻觅名妓绊住铁生，使他日夜不归，狄氏与胡生则毫无顾忌地在家中畅情作乐。后来胡生和狄氏相继病死，铁生如愿以偿，娶门氏为妻。在此之前，门氏在服侍胡生养病之时，就与铁生如胶似漆地欢爱了。"二拍"还写了一些女性宣淫的故事，如《二刻拍案惊奇》卷三十四《任君用恣乐深闺　杨太尉戏宫馆客》写杨太尉四位姬妾及侍婢，乘杨太尉外出之机，主动约会馆客任君用，先是轮番与他取乐，后来众美欢爱一处。整整快活了一个多月，被突然而归的杨太尉发现，阉割了任君用，从此众美也失去了宣淫欢乐。

　　第二个，女性的才能。"二拍"展示女性才能是多方面的，但主要是两方面，一是帮助男性治家立业，如《初刻拍案惊奇》卷八《乌将军一饭必酬　陈大郎三人重会》中的杨氏孤孀无子，首先将父母双亡的侄子王生抚养至十八岁，然后出资让他外出经商。王生带着婶母给他的千金东西，从苏州购货，准备到南京做生意。没想到货船行至黄天荡内遭到一伙劫匪抢劫，金银货物全被抢走，王生无奈向亲友借了几两银做盘费，才得回家。婶母杨氏没有半句批评，反而安慰他，又给他凑了千两银子，再次让他贩到远处经商，结果又在孟河路遇到上次抢劫的那伙强盗，又被抢劫一光。杨氏仍是没有半点埋怨,只是安慰,坚信"侄儿必有发迹之日"。过了几时,杨氏又凑了千金,鼓励侄子再次外出做生意,见他害怕,劝说道:"我的儿,大胆天下去得,小心寸步难行。……"第三次又在吴江口遭遇强盗,王生苦苦哀求,哭诉资本来得不易,情愿一死,决不再空手回去见婶娘了。这个强盗是个有义气的,见他可怜,就把抢劫别人的一只苎麻货船给了他。王生见是打捆的苎麻,不敢原样销售,运回家准备拆散重新包装,没想到在苎麻的夹层中有许多白金,计算起来共有五千余两,以此做了本钱,不上几年,遂成大富之家。再如《初刻拍案惊奇》卷十五《卫朝奉狠心盘贵产 陈秀才巧计赚原房》中的马氏,看到丈夫陈秀才逐日呼朋引类、宿娼嫖妓,将一个大家私折腾得所剩无几,每每苦劝,仍是不改,又欠下卫朝奉三百多两银的债务,利高无比,没过多久,本利共合银六百多两;最后无奈,将花费一千二三百银两造成的住房抵偿了卫朝奉的债务。至此,陈秀才悔恨不已,终日眉头不展。马氏见丈夫有了洗心革面之心、痛改前非之意,就拿出自家的私房钱,"约有千余金之物",交给丈夫。陈秀才得到这笔钱不仅赎回住房,还"将余财十分作家,竟成富室"。二是帮助丈夫雪恨,替父、夫报仇。如《初刻拍案惊奇》卷二十七《顾阿秀喜舍檀那物 崔俊臣巧会芙蓉屏》中的王氏,当她随丈夫崔俊臣赴任的途中,遭恶船家顾阿秀兄弟的暗算,崔俊臣被抛水中,王氏被恶船家逼做儿媳,准备上岸成亲。王氏假意应承,用勤奋料理家务来麻痹恶船家,使得他们不再有任何防范。八月十五中秋之夜,"恶船家会聚了合船亲属、水手人等","个个吃得酩酊大醉,东倒西歪,船家也在船里宿了",王氏见有逃脱之机,急忙将船靠岸,只身逃走,在尼姑庵出了家,法名慧圆。一年后,恶船家顾阿秀兄弟为了答谢尼姑庵院主的斋饭,送了一幅名芙蓉的纸画。王氏见到纸画,一眼就认出是丈夫的真迹,于是立即提笔,在纸画上题了一首右调《临江仙》词,内含他们夫妇遭变的伤情。

正是由于这首词，他们夫妇的冤情得以昭雪，恶船家受到法律制裁。又如《初刻拍案惊奇》卷十九《李公佐巧解梦中言　谢小娥智擒船上盗》中的谢小娥，十四岁时刚与段居贞完婚，全家就惨遭灭顶之灾，父、夫均被江洋大盗杀害，她自己也被抛入水中，后被渔夫救起，以梦中父、夫谜语为线索，根据李公佐巧解的强盗姓名，女扮男装，经过两年多的努力，终于手刃了仇人申兰，活捉了申春，为父、夫报了仇，也为百姓除了害。作者称赞她是一个"又能报仇、又能守志"的"绝奇"女人。

　　第三个，女性的侠义行为。女侠客行侠仗义的故事在唐宋传奇中比较突出，但是大多作品主要是写她们行侠仗义的外在行为，而"二拍"则注意表现她们的内心情感和人格魅力。重点写了三类人物：一类是具有侠情的妓女。如《二刻拍案惊奇》卷十二《硬勘案大儒争闲气　甘受刑侠女著芳名》中的严蕊，是台州著名的歌妓，"行事最有义气，待人常是真心。所以人见了的，没一个不失魂落魄在她身上。"台州太守唐与正"见严蕊如此十全可喜，尽有眷顾之意，只为官箴拘束，不敢胡为。但是良辰佳节，或宾客席上，必定召她来侑酒"，彼此诗词唱和，十分相投。后来朱晦庵与唐与正有了矛盾，想借唐与正与妓女严蕊的往来，治他个嫖妓通奸罪，以达到打击唐与正之目的，于是就将严蕊下狱，进行严刑逼供。严蕊只说："循分供唱，吟诗侑酒是有的，曾无一毫他事。"三番五次拷问，严蕊都是这样的说法。"狱官着实可怜他"，好言劝导："上司加你刑罚，不过要你招认，你何不早招认了？……女人家犯淫，极重不过是杖罪，况且已经杖断过了，罪无重科。何苦舍着身子，熬这等苦楚？"严蕊回答："身为贱妓，纵是与太守为奸，料然不到得死罪，招认了，有何大害？但天下事，真则是真，假则是假，岂可自惜微躯，信口妄言，以污士大夫！今日宁可置我死地，要我诬人，断然不成的！"由于严蕊立心正直，侠情义胆，唐与正"官爵安然无事"，而"朱晦庵此番竟不曾奈何得唐仲友，落得动了好些唇舌"。二类是具有侠识的"骗妇"。如《初刻拍案惊奇》卷十六《张溜儿熟布迷魂局 陆蕙娘立决到头缘》中的陆蕙娘，本是大骗子张溜儿的妻子，由于她长得貌美，张溜儿以"表妹寡居"的说法，骗得不少有钱财的人上当，往往都是在洞房花烛夜让陆蕙娘装害羞，不与人家同床。第二天张溜儿纠合一伙棍徒，以图赖奸骗良家女子的罪名打将进去，"连人和箱笼尽抢将去。那些被赚之人，客中怕吃官司，只得忍气吞声，明受火囤。"陆蕙娘是个有见识有侠情的女子，因多次劝阻丈夫而不听，只好等待时机，心内有数："只要将计就计，倘然遇着知音，愿将此身许他，随他私奔了罢。"张溜儿又用同样的骗局引得进京赶考的书生沈灿若上当，在成婚的夜晚，陆蕙娘见沈灿若人品高尚，气度非凡，又通过交谈，得知他是个有根基之人，就把骗局和盘托出，让他"连夜便搬往别处好朋友家谨密所在"，并"自媒以从官人"。沈灿若依其言，立即搬往何澄家中，不仅保住了财产，也保住了前程，两月后考中"传胪三甲"。三类是剑侠女子。《初刻拍案惊奇》卷四《程元玉店肆代偿钱 十一娘云冈纵谭侠》中共写了十位侠女，前九位基本上是唐宋之际武侠小说中的人物，最后一位韦十一娘是作者创作出来的人物，也是该篇小说着重塑造的女主人公。韦十一娘是位武功极高的剑侠，作品里虽然也写了她与两位女弟子应程元玉的请求而表演的精妙绝伦的剑术，但主要篇幅是写她内在的修养。通过在文、阶道上的酒店中韦十一娘为了报答程元玉代付饭钱的恩德而向他提出"公去前面，当有小小惊恐"的警告以及后面程元玉果遭强盗打劫的证实，写出了她料事如神的预见性；通过韦十一娘与程元玉关于剑术发展史的问答，写出了她纵观古今的学问；通过韦十一娘对历代侠客行为的品评和剑术所诛的五个标准，写出了她非同凡响的是非观和疾恶如仇的爱憎情感；通过韦十一娘教弟子"挟弓矢，尽人力"而不用剑术猎取雉兔以充口腹的言行，写出了她及弟子们的剑侠风采和公私分明的处事态度;通过群盗送还程元玉被抢的行李仆马和拒收谢金以及畏惧韦十一娘的言语心态,写出了韦十一娘威震江湖的侠威;通过韦十一娘的侍女青霞和缥云的如意婚嫁,写出了韦十一娘十分通情达理的为人。总之,韦十一娘是一位既有高度的理性认识,又有丰富的实践经验的女剑侠。这正是该篇小说与以往武侠小说不同的升华之处。

"二拍"犹如一面多棱镜,折射出各种不同身份的人的态度和做法,从而使我们清楚地看到了传统的女性文化在明代后期有了深刻变化。为了清楚起见,笔者将从以下五个角度加以分析论述:

一是作者。凌濛初编撰"二拍",虽然有各种各样的缘由,但是"聊舒胸中磊块"①,应该是直接原因之一。作者心中的"磊块"是什么呢?从他作品中反应的思想情绪看,那就是对世势的不平,有对科举制度方面的,有对官吏以权谋私方面的,有对僧尼不守清规戒律方面的,特别是对女性受歧视、压抑的境遇鸣不平。他在作品里以第一人称直接登场发议论,大胆表露自己的观点:

"天下事有好些不平的所在!假如男人死了,女人再嫁,便道是失了节,玷了名,污了身子,是个行不得的事,万口訾议。及至男人家丧了妻子,却又凭他续弦再娶,置妾买婢,做出若干的勾当,把死的丢在脑后不提起了,并没有人道他薄幸负心,做一场说话。就是生前房室之中,女人少有外情,便是老大的丑事,人世羞言。及至男人家撇了妻子,贪淫好色,宿娼养妓,无所不为,总有议论不是的,不为十分大害。所以女子愈加可怜,男人愈加放肆,这些也是伏不得女娘们心里的所在。"

---

① 凌濛初.二刻拍案惊奇·小引[M].沈阳:春风文艺出版社,1993.

在他主张男女平等的思想支配下，"二拍"写了大量反封建礼教的生动有趣的故事，使女人在这些作品里生活得自由自在，不受封建礼教束缚，施展她们各种各样的才华。需要指出的是，大概因为作者刻意追求男女平等的问题，不仅要在观念上、地位上使他们平等，还要在生理上、情欲上也使他们平等，矫女子失节论之正，因此在少数作品里写了一些妇女在性生活上十分随便，甚至达到宣淫的地步。当然，用今天的观点看，这是应该否定的。由于作者在当时无法回避男子三妻四妾和恣意宿娼嫖妓的社会现实，而他又极力主张男女平等，因而他在作品里写出一些多美与一男相欢的故事，而且她们互不吃醋，以此使男女在性爱生活上取得平等地位。如《初刻拍案惊奇》卷三十四中的秀才闻人生在他的情人静观的引荐下，与翠浮庵的众尼姑轮番快乐，而"静观恬然不来兜揽，让她们欢畅，众尼无不感激静观"。再如《二刻拍案惊奇》卷三十四中杨太尉的四位倍受宠爱的姬妾及众丫头，与任君用"合伙喧哄"，共同欢爱。这种为女性撑腰的作品，为男女不平等的社会地位鸣不平、为妇女争自由的进步作家，在明以前是不多见的。虽然在唐宋传奇、宋元话本中，有不少是以女性爱情、婚姻为题材的作品，但是更多的是描述女性悲惨的现状，最大的限度是给予同情，看不到对封建礼教和封建婚姻制度有任何否定和批判。有的还从维护封建礼教的立场出发，对违背封建礼教的行为给予惩处。如唐传奇《莺莺传》，作者元稹以自己的爱情生活为素材，塑造出一位不遵礼守法的女性，那就是遭受"始乱终弃"的崔莺莺。作者对于欺骗莺莺纯真爱情的张生，则是大加称赞："时人多许张善补过者。"作者还在小说末尾写了撰此小说的目的："予常于朋会之中，往往及此意者，夫使知者不为，为之者不惑。"又如《长恨传》作者在谈及撰写杨贵妃的爱情悲剧的目的是："意者不但感其事，亦欲惩尤物，窒乱阶，垂于将来者也。"

二是未婚女子。"二拍"中凡是作者着意塑造的未婚女子，大多是貌美如仙，能诗会文，聪明伶俐，具有强烈的民主意识。在婚姻问题上，她们不再被动地接受父母之命、媒妁之言的婚配，而是大胆地、积极主动地选择自己心爱之人。更值得称赞的是，她们坚持婚姻一定要以爱情做基础。如《初刻拍案惊奇》卷二十九中的罗惜惜，自幼在学堂里与男同学张幼谦相爱，私订终身。年岁稍长，父母不再允许她去学堂读书，二人从此分别。罗惜惜十分想念张幼谦，就主动密遣丫鬟蚕英送给张幼谦象征"团圆之意"的十枚金钱和相思豆一粒。张母得知他们的私情，就遣卖花的杨妈做媒向罗家提亲。罗父嫌张家清贫，提出"若他要来求我家小姐，除非会及第做官，便与他人"。张幼谦信以为真，就在他科考之时，罗父把惜惜许配给巨富的辛家公子。罗惜惜不顾辛家之聘，一心想着张幼谦，为了与他幽会，把自己的两个金指环送给了杨妈，求她传话与张郎约会之事，并亲自设计约会的办法。他们相见之时，"也不顾丫鬟蚕英在场，大家搂抱定了"，蚕英会意走开。两人云雨过后，惜惜说："若他日再把此身伴别人，犬豕不如矣！"她说此话的用意，并不是要保持女性的贞操，而是因为她觉得没有爱情的婚姻，是无法忍受的，因此她打算以死抗婚。历经磨难，最后他们终于如愿以偿，结为夫妇。再如《二刻拍案惊奇》卷六中的刘翠翠、卷九中的杨素梅、卷十七中的女秀才闻俊卿、景小姐，都是自己当家做主，选择如意郎君，结为夫妇。唐传奇是写女性问题最多的小说，特别是写青春少女恋情的作品影响比较大，如《霍小玉传》《李娃传》《莺莺传》等。作品中的女主人公，虽然对爱情也都敢于大胆追求，但是她们的结局并不像"二拍"中的女子那样幸运，霍小玉和崔莺莺都是被她们所爱之人遗弃，因为她们无法逾越封建礼教和封建婚姻制度的鸿沟。李娃的爱情婚姻虽然是个喜剧性的结局，但是她付出了极大代价，最为突出的是放弃了其名妓的地位，主动套上了封建礼教的枷锁，经过千辛万苦的努力,使偏离封建轨道的叛儿荥阳生恢复了名誉,并且帮助他"上登甲科","策名第一",被授予"成都府参军"之职。荥阳公很感激李娃,"命媒婚通二性之好,备六礼以迎之",接纳这位曾红满京城的妓女为"秦晋之偶"。由于李娃"妇道甚修",大受朝廷奖赏,被封为"汧国夫人",成为有"节行"的妇女典范。如果从个人角度讲,一个处于社会底层的"娼荡之姬",一跃升为诰命夫人,犹如野鸡变成了金凤凰,这是成功至极;但是,如果从女性解放,打破封建礼教绳索束缚的意义上论,李娃是个极为失败者。这使我们进一步看到了"二拍"里的女性在婚姻上的自主权。

三是已婚妇女。作者出于反对封建礼教礼法和媒妁之言、父母之命的包办婚姻制度的缘故,在"二拍"中塑造了一批具有反抗性格的已婚妇女形象。她们当中有不满公婆严规而离家出走的,如《初刻拍案惊奇》卷二中的姚滴珠,"年方十六,生得如花似玉,……凭媒说合,嫁与屯溪潘甲为妻"。婚后不久,潘父逼迫潘甲出外经商。姚滴珠独自一个,深感凄惶,有情无绪。公婆看见媳妇这般模样就急躁大骂她是"想甚情人,害相思病了"。姚滴珠起得稍迟了些,也遭到公婆不堪入耳的毒骂。姚滴珠原本在娘家娇养过度,哪里受过这样的虐待,便连夜逃走,本打算逃回娘家理论,没想到乘筏渡溪时被坏人汪锡拐卖。后来几经周折,才被救回来。作者把姚滴珠婚姻的不幸,首先归罪于媒妁之言,其次是父母之命:

看来世间听不得的最是媒人的口。他要说了穷,石崇也无立锥之地。他要说了富,范丹也有万顷之财。正是:富贵随口定,美丑趁心生。再无一句实话的。那屯溪潘氏虽是个旧姓人家,却是个破落户,家道艰难,外靠男子出外营生,内要女人亲操井臼,吃不得闲饭过日子。这个潘甲虽是个人物,也有几分像样,已自弃儒为商。况且公婆甚是狠戾,动不动出口骂詈,毫没些好歹。滴珠父母误听媒人之言,道他是好人家,把一块心头的肉嫁了过来。

　　有的已婚妇女的婚姻没有爱情，导致她不守妇道而造成悲剧。如《初刻拍案惊奇》卷二十六中的杜氏，嫁井庆为妻，因为她"生得有些姿色，颇慕风情，嫌着丈夫粗蠢"，因此她与丈夫"不甚相投"，不仅"每日寻是寻非的激聒"，还动不动不告而别回娘家。一次她在回娘家的途中遇雨躲进寺院内，看见寺内小和尚智圆生得眉清目秀，风流可喜，便产生了爱慕之情。在智圆的殷勤款待下，杜氏竟滞留在寺院内偷情取乐。由于老和尚大觉争风吃醋，杜氏被杀害。再如《二刻拍案惊奇》卷三十八中的徐德之妻莫大姐，"生得大有容色"，爱上了"年少风流"的杨二郎，徐德访知此事，劝告妻子说："你做的事，外边哪一个不说的？你瞒咱则甚？咱叫你今后仔细些罢了。"莫大姐一门心思在杨二郎身上，不仅不听丈夫的劝告，反而乘徐德外出公干之际，又一次与杨二郎幽会欢爱，并订私奔之计。徐德归来，"看见莫大姐神思缭乱，心不在焉的光景，又访杨二郎仍来走动，恨着道：'等我一时撞着了，怕不斫他做两段！'"莫大姐已坠入爱情之河而不能自拔，于是乘机将家中细软全部卷光，打算与杨二郎私奔，没想到约会有误，被她表哥郁盛拐骗，劫夺财物，将她卖入妓院。杨二郎被徐德指控，以拐骗罪身入囹圄。后来真相大白，在邻里劝说下，"徐德立了婚书让与杨二郎为妻，莫大姐称心如意。"这样敢于反抗"三从四德"、故意违反"七出"中的"淫泆"条规的女性，在唐宋传奇和宋元话本中实为罕见。宋元话本《快嘴李翠莲记》中的女主人公李翠莲，由于她"从小生来志气广""口如刀快"的个性，不堪忍受来自各方面封建礼教的束缚和摆布，加以反击，结果不被封建社会所容，先被婆家休弃，后又被娘家所逼，出家做了尼姑。

　　四是丈夫。"二拍"中的丈夫绝大多数没有了"夫为妻纲"的地位和权势，他们对妻子的贞节操守也不大在意。如上述莫大姐的婚外恋，丈夫徐德知道后，并没有依"七出"中的"淫泆"礼法将她休弃，也没有摆出唯我是尊的大丈夫的架子对她进行打骂，而是带着恳求口吻劝她"今后仔细些罢了"。莫大姐不听从丈夫的恳求和劝告，继续与情人往来，徐德对妻子仍没有任何处罚，只是说些要惩治杨二郎的话来吓唬妻子，而且见妻子"恍恍惚惚"的样子，害怕她生出病来，允许她去庙里以烧香为名，实则让她到"外面去散散心"，真是体贴入微。再如《初刻拍案惊奇》卷六中的贾秀才，才智过人；妻子巫氏"姿容绝世，素性贞淑"。夫妻"如鱼似水，你敬我爱"。淫荡之徒卜良对巫氏美貌垂涎三尺，通过观音庵赵尼姑所设计的圈套，奸污了巫氏。巫氏只想一死了之。贾秀才得知此事，对妻子没有半句埋怨，唯恐妻子想不开寻短见，十分体贴地劝慰她说："不要短见，此非娘子自肯失身。这里所遭不幸，娘子立志自明。今若轻身一死，有许多不便。"巫氏向丈夫提出："若要奴身不死，除非妖尼、奸贼多死得在我眼里，还可忍耻偷生。"贾秀才为了哄妻子不寻短见，当即想出一妙计，恳求妻子说："娘子，你要明你心事，报你冤仇，须一一从我。若不肯依我，仇也报不成，心事也不得明白。"巫氏听说此计还要让她先做鱼饵，引得奸人中计，表示："计虽好，只是羞人。今要报仇，说不得了。"夫妻计议已定。赵尼姑暗道中了计谋，并无一点疑心，千欢万喜地去给卜良传信与巫氏再次幽会。巫氏把握时机，一口咬下卜良"五七分一段舌头来。卜良慌了，望外急走"。贾秀才用汗巾包了仇人舌头，立即带剑赶到观音庵，先杀死赵尼姑，后又杀死帮凶的小尼，并将卜良的舌头放入小尼口中，然后回家等候佳音。街上众人见二尼被杀，又见卜良满牙关多是血迹，口里含糊，就把他扭送到官府。官府依情断案，当场击毙卜良。贾秀才夫妇暗暗称快。"那巫娘子见贾秀才干事决断，贾秀才见巫娘子立志坚贞，越相敬重。"再如《初刻拍案惊奇》卷二中的潘甲之妻姚滴珠因不能忍受公婆的虐待而离家出走，被在渡口撑筏子绰号"雪里蛆"的汪锡母子哄骗,被卖给大财主吴大郎为外室,两年后被熟人发现,经官府判还原夫。潘甲没有丝毫嫌弃之意,"领了姚滴珠仍旧聚"。再如《二刻拍案惊奇》卷二十八中的李方哥,以卖酒为生。其妻陈氏,"生得十分妖媚,丰采动人",被巨万富翁程朝奉看中,愿出十绽银子与她欢聚一次。李方哥十分高兴,与陈氏商量。陈氏虽然开始没有坚决反对,但也有点不愿意拿自己身子做交易,说:"你男子汉见了这个东西,就舍得老婆养汉了?"李方哥道:"不是舍得,难得财主家倒了运来想我们。我们拼忍着一时羞耻,一生受用不尽了。而今总是混账的世界,我们又不是甚么阀阅人家,就守着清白,也没人来替你造牌坊,落得和同了些。""陈氏见说,算来也不打紧的,当下应承了。"没想到程朝奉因事耽搁未能按时赴约,陈氏被淫僧杀害。唐宋传奇中塑造出来的男性,大多是封建礼教的捍卫者,他们可以为所欲为,却容不得女性因真情流露而出现的"越轨"行为。如《步飞烟》中的河南府功曹参军武公业,发现爱妾步飞烟夜间偷偷与邻人赵象幽会,怒不可遏,将飞烟"缚之大柱,鞭楚血流",活活打死。飞烟死而无悔:"生得相亲,死亦何恨!"时人以封建礼教为标准,对于武公业的暴戾行为没有任何指责,对于步飞烟的婚外恋,认为其罪是不可饶恕的,对于她的死只是给予了小小的同情:"察其心,亦可悲矣!"

五是父母。"二拍"中的父母大多较为开明,特别是对女儿的婚姻更加尊重她们自己的意愿,淡化了父母之命、媒妁之言的成分。如《二刻拍案惊奇》卷十七中的闻参将,对于女儿的婚事完全听凭她自己做主,不加任何干涉。当他得知女儿闻蜚娥用射鸦卜婚的形式私订终身以及后来在京城与未婚夫同床欢爱之事时,不但没有丝毫恼怒,反而欢喜道:"这才是郎才女貌,配得不枉了!"并催促道:"你快改了妆,趁他今日荣归吉日,我送你过门去吧!"闻参将对女婿也不摆长辈的架子,十分谦逊地说:

"小女娇痴慕学,得承高贤不弃,今幸结此良缘,兼葭倚玉,惶恐,惶恐!"又如同卷故事中的景少卿之女景小姐,由于父母双亡依着外婆家住。外公是个富员外,十分开明,关于景小姐的婚姻问题,他常对外孙女道:"凭你自家看得中意的,实对我说,我就主婚。"景小姐千挑万选,好不容易遇上了女扮男妆的闻俊卿,见其少年英俊,极为如意。富员外听说外孙女看中了闻俊卿,立即亲自出马说亲,不管闻俊卿以什么为借口推托,都被富员外挡回,终于迫使闻俊卿答应此婚事,留下定情物。再如《二刻拍案惊奇》卷六中刘翠翠的父母,得知女儿的心上人是贫穷家的孩子金定,便破除世俗观念,不讲门当户对,立即寻找媒妈去金家提亲。反倒是金家父母自度两家贫富悬殊,三番两次推辞。"刘家父母爱女过甚,心下只要成事,见媒妈说了金家自揣家贫,不能下礼,便道:'自古道:婚姻论财,夷虏之道。我家只要许得女婿好,那在财礼!但是一件,他家既然不足,我女到他家里,只怕难过日子,除非招入我们家里,做个赘婿,这才使得。'"金家见说,"千欢万喜,应允不迭。"刘翠翠与金定称心如意地结为夫妇。儿女的婚姻由儿女做主,父母或是欣然首肯,或是曲意相从,这是"二拍"小说中最突出之处,也是女性文化发生演变的重要标志。唐宋传奇中以婚姻、爱情为主题的作品,也塑造了一些反抗封建礼教、自由恋爱的青年男女人物形象,但他们大多是孤军奋战,得不到父母支持,所以一般以现实主义表现手法创作出来的爱情故事,都是悲剧。

综上所述,女性文化的演变不仅通过各类人物的言语行为表现出来,还由各类人物思想观念的变化传递出来;而各类人物思想观念的变化则又是由时代因素决定的,这就是:

第一,政治上的变革。首先是皇帝在继承皇位典礼上的变革。这个变革是因朱厚熜即帝位的问题引起的,为此朝廷展开了一场保守派与革新派的政治斗争。朱厚熜是明宪宗之孙、兴献王朱祐杬之子。明武宗无子,死后遗诏召朱厚熜嗣位。以大学士杨廷和为首的朝臣与皇太后联合起来，提出"援宋程颐议濮王礼以进"①的旧例，让朱厚熜改变皇侄的身份，"请如皇太子即位礼"，"考孝宗，改称兴献王皇叔父"。由此引发了"大礼议"。杨廷和认为："诚以典礼所系，不可坏之于圣朝，纲常所关，不可废于今日也"。议礼臣张璁见杨死抱住宋朝程颐、朱熹议濮旧例不放，反驳道："以经议礼，犹以律断狱，则凡历代故事，乃其积年判案耳，苟不别其异同，明是非，概欲以故事议礼而废经，犹以判案断狱而废律也"。明世宗朱厚熜支持张璁新派，打破所谓的"纲常"，"追尊父兴献王为兴献帝，祖母宪宗贵妃邵氏为皇太后，母妃为兴献后"。后又"定称孝宗为皇伯考，昭圣皇太后为皇伯母，献皇帝为皇考，章圣皇太后为圣母"。杨廷和失败后，其子杨慎又以坚持"正统"为名，极力谏阻皇上召革新派的桂萼、张璁为朝廷翰林学士，策划了一出"哭谏"的闹剧。世宗大为恼怒，严惩了策划者。至此，保守势力遭到了毁灭性打击。其次在政权管理体制上的改革。明万历初年，张居正在主掌内阁政务时，一改明祖建立的六部权制，实行内阁总揽制，目的是为推行政治经济综合改革，以达到富国强兵之目的。《明世宗实录》（卷二十）记载："明制，六部分莅天下事，内阁不得侵。至严嵩，始阴挠部权。迨张居正时，部权尽归内阁，逡巡请事如属吏，祖制由此变"。政治上改变"纲常"和变革"祖制"的两大改革，具有十分重大的意义。从社会发展角度讲，它加快了中国古代封建社会向旧民主社会转型的步伐；从封建统治上讲，它从根本上动摇了君权至尊的皇帝统治；从观念上讲，改变了墨守成规、一成不变的成见；从经济发展上讲，有利于经济体制的变革和经济模式的改变；从社会风尚上讲，无论衣食住行，还是婚丧嫁娶等方面，都出现了越礼越制的现象。

---

① 张廷玉. 明史[M]. 中华书局，标点. 北京：中华书局，1974：216.

<<< 第四章 古代小说中的女性文化研究

第二，经济上的变革。明初的经济主要是以发展农业为主，但对于工商业在抑制的同时也采取了一些有利于其发展的措施，如"将手工业工人从工奴制中解放出来，让他们'自由趁作'；降低商业税率，规定'三十取一，过者以违令论'（《明史》卷八十一《食货五》）等；特别是南北大运河的贯通，有力地促进了经济的交流和发展"①。到了明中期，朝廷进一步采取富民政策，如孝宗弘治元年，颁布了"减浙江银课，汰管理银场官"②的命令；弘治二年颁布了"收已故内臣赐田，给百姓"和"振畿内水灾，免税粮，给贫民麦种"③的命令；弘治三年，"命天下预备仓积粟"，"禁内府加派供御物料。……禁宗室、勋威奏请田土及受人投献"④。又如武宗正德十六年，颁发"罢威武团营，遣还各边军，革京城内外皇店，放豹房番僧及教坊司乐人。……释系囚，还四方所献妇女，停不急工役，收宣府行宫金宝还内库"⑤的命令。世宗嘉靖二十年，"诏行宽恤之政"⑥。嘉靖二十四年，"诏流民复业，予牛种，开垦闲田者给复十年"⑦。嘉靖二十七年，"诏抚按官采生沙金"⑧。在这些政策的鼓励下，经济得到了迅速发展，苏州、杭州、嘉兴、湖州等地的丝织业都已相当发达，出现了资本主义生产关系的萌芽。再如"南京的印刷业，江西景德镇的瓷业，都在全国占有中心地位；徽州的商人，则以资本雄厚和经营规模之大著称。大致可以说，到了明代中期，东南地区的手工业及商业经济的发展，已经明显超过了元末的水平。而且，其他地区的城市虽然发展程度

---

① 袁行霈.中国文学史：第四卷第七编[M].北京：高等教育出版社，1999：5.
② 张廷玉，等.明史·本纪第十五·孝宗[M].北京：中华书局，1974：184.
③ 张廷玉，等.明史·本纪第十五·孝宗[M].北京：中华书局，1974：185.
④ 张廷玉，等.明史·本纪第十五·孝宗[M].北京：中华书局，1974：185.
⑤ 张廷玉，等.明史·本纪第十五·孝宗[M].北京：中华书局，1974：212.
⑥ 张廷玉，等.明史·本纪第十七·世宗[M].北京：中华书局，1974：230.
⑦ 张廷玉，等.明史·本纪第十八·世宗[M].北京：中华书局，1974：236.
⑧ 张廷玉，等.明史·本纪第十八·世宗[M].北京：中华书局，1974：238.

不及东南地区，但也是在走向繁荣"①。由于商品经济大规模的发展，一方面使城市人口急剧增加，为市民文学的产生奠定了社会基础；另一方面使人们的人生观、价值观随之发生了很大变化，在生活上出现了尽情享乐、讲究品位、追求舒服等社会风气，而这种社会风气直接影响文学创作和文化情趣。在精神上人们也已厌倦了封建礼教那一套，喜欢寻求新的刺激，因此一大批符合市民情趣、具有新文化底蕴的文学作品应运而生了。"三言""二拍"正属于这类作品。

第三，思想上的变革。明代中期和后期相继出现了两位思想家，那就是王守仁和李贽，他们都是思想上的革新派代表人物。王守仁主张心说学，提出"求诸心"和"致良知"的学说。这一学说与宋明理学是背道而驰的，却与明世宗在"继统"还是"继嗣"的"大礼议"中张、桂"以情定礼"的改革主张相一致。他认为：

> "盖天下古今之人，其情一而已矣。先王制礼，皆因人情而为之节文，是以行之万世皆准，其或反之吾心而有所未安者，其非传记之讹阙，则必古今风气习俗之异宜者矣。此虽先王未之有，亦可以义起，三王之所以不相袭礼也。后世心学不讲，人失其情，难乎与之言礼。然良知之在人心，则万古如一日，苟顺吾心之良知以致之，则所谓不知是而为屦，我知其不为蒉"②。

王守仁的心学说在社会上引起了强烈反响，许多学子投在他的门下学习"绝学"，同时也遭到了背"人情"而守"天理"的保守派的杨廷和、

---

① 章培恒. 中国文学史 [M]. 上海：复旦大学出版社，1996：201.
② 王守仁. 王阳明全集：卷三十五 [M]. 吴光，等编校. 上海：上海古籍出版社，1992.

杨慎等人的激烈反对。《明史·儒林》载：

"原夫明初诸儒，皆朱子门人之支流余裔，师承有自，矩矱秩然。曹端、胡居仁笃践履，谨绳墨，守儒先之正传，无敢改错。学术之分，则自陈献章、王守仁始。宗献章者曰江门之学，孤行独诣，其传不远。宗守仁曰姚江之学，别立宗旨，显与朱子背驰，门徒遍天下，流传逾百年，其教大行，其弊滋甚"[1]。

王守仁学说的最大贡献，就是他以大无畏的精神，首次打破了程朱理学的思想桎梏，铸造了一把启迪人们心扉的钥匙，打开了长期禁锢人们心灵的宋明理学这把锈锁，使人们能够敢于依凭自己的心道去看问题，正视"人情"，注重"良知"，发现人生的自我价值。万历年间的李贽在王守仁心学说的基础上又提出"童心说"，即"真心"说，王守仁的心说，虽然否定了宋明理学派"存天理，灭人欲"的理论，但是并不反对孔孟之道。而李贽的"童心说"则彻底否定了孔孟之道，他认为：

"夫《六经》《论》《孟》，非其史官过为褒崇之词，则其臣子极为赞美之语。又不然，则其迂阔门徒、懵懂弟子，记忆师说，有头无尾，得后遗前，随其所见，笔之于书，后学不察，便谓出圣人之口也，决定目之为经矣，孰知其大半非圣人之言乎！纵出自圣人，要亦有为而发，不过因病发药，随时处方，以救此一等懵懂弟子，迂阔门徒云耳。药医假病，方难定执，是岂可遽，以为万世之至论乎？然则《六经》《论》《孟》，乃道学之口

---

[1] 张廷玉，等. 明史·儒林：卷二百八十二 [M]. 北京：中华书局，1974：7222.

实,假人之渊薮也,断断乎其不可以语于童心之言明矣"①。

李贽在《焚书》文中彻底揭露了那些口是心非、表里不一的道学伪君子的真面目:"周、程、张、朱者皆口谈道德而心存高官,志在巨富"②。他认为这些人皆"可诛也"③。李贽十分同情女性所遭受的不平等的社会待遇,反对男尊女卑的封建礼教礼法,主张男女平等,针对"妇人见短"④的世俗观点,提出了男女在才智上没有差别的进步观点,他说:"余窃谓欲见之长短者当如此,不可止以妇人之见为短也。故谓人有男女则可,谓见有男女,岂可乎?谓见有长短则可,谓男子之见长,女人之见短,又岂可乎?"⑤他还以邑姜、文母、薛涛为例,说明女子一样能够参与政务、写诗作文,猛烈地抨击了男尊女卑、女子无才便是德的孔孟之道和世俗观念。李贽的新思想、新观念,对于女性解放和女性文化的演变有着重大的影响。他的许多进步观点都被一些小说和戏曲作家所接受。凌濛初就是其中的一个,上述他在"二拍"中塑造的一大批不受封建礼教束缚,具有新文化因素的女性形象便是最好的例证。

## 第五节 清代小说中的女性文化

清代是中国封建社会最后的统治王朝,虽然出现了康乾盛世局面,但

---

① 李贽. 李贽全集注·焚书 [M]. 北京:社会科学文献出版社,2010.
② 李贽. 李贽焚书·续焚书 [M]. 北京:社会科学文献出版社,2010.
③ 李贽. 李贽焚书·续焚书 [M]. 北京:社会科学文献出版社,2010.
④ 李贽. 李贽焚书·续焚书 [M]. 北京:社会科学文献出版社,2010.
⑤ 李贽. 李贽焚书·续焚书 [M]. 北京:社会科学文献出版社,2010.

历史车轮已无力承载千疮百孔、腐朽没落的封建社会，因为世界上大多数国家早已迈入生产力发达的资本主义社会了，因此清王朝抵挡不住新思想、新观念、新科技的侵袭，更抵挡不住发达国家联合的侵略，终于在内忧外患中灭亡。

需要说明的是，小说的创作和出版在清代迎来了鼎盛时期，主要有两大文体，一是长篇通俗小说，二是文言小说。长篇通俗小说在创作上占主流地位。据相关书目著录，文言小说现存于世的有八九百种；通俗小说现存于世的有一千余种。

清代通俗小说反映女性正面形象的主要有四大类型：

第一种，相夫教子型。这种类型是历朝历代各种体裁小说亘古不变的题材，因为小说创作的题材来源于生活。相夫教子是封建社会赋予女性的责任和道德规范，是儒家思想"三从四德"的重要内容之一，因此统治者大力提倡，老百姓恪勤遵守，大多女性都自觉履行，承担起相夫教子的责任。

清代最具有代表性的小说，是"随缘下士编辑""寄旅散士批点"的《林兰香》[1]。《林兰香》的书名，是仿《金瓶梅》，暗含三位女子的姓名，其内容叙述一夫六妻的故事，其中排序第二的燕梦卿是德言工貌、仁义礼智的典范，她的一举一动、一言一行都闪烁着"礼"的光芒。她是御史燕玉之女，自幼许配泗国公支孙耿朗为妻，原本应为正室，但在即将完婚的前夕，其父燕玉蒙冤获罪，拟发边远充军，梦卿孝字当头，效法缇萦，退婚上疏，请求没身官奴，顶代父亲远窜之罪。皇上嘉赞其为孝女。三年后，燕玉冤案得以昭雪，梦卿亦被无罪释放，名门贵胄纷纷上门提亲，而燕梦卿坚守原来的婚约，要"从一而终"，不顾耿朗此时已有正室和侧

---

[1] 随缘下士.林兰香：六十四回[M].王植元，校点.沈阳：春风文艺出版社，1985.

室,仍嫁耿朗甘为侧室。皇上诏赐梦卿"孝女节妇"牌匾,燕梦卿不居高自傲,恪守二娘的本分地位,拒绝正室林云屏要让出的正楼大室,坚持居住偏楼东所,她为仁是举,为义是行,为礼是遵。她虽有才能,但甘心做大娘云屏的助手,尽心竭力地遵婆母命协助云屏打理家务,使得耿家上下内外焕然一新。她时常劝导丈夫耿朗疏远那些仕宦中的势力朋友,亲近道义上的贤达,结果避免了一场大闹勾栏院公案牵连的祸端。当那些势力朋友因罪被判刑发落时,竟无一人送行,梦卿又劝耿朗派人携带仪程前去相送,他们感谢不已。她的远见卓识和为人处世,深得丈夫耿朗和众妻妾的敬佩,各府的长辈们也都赞赏梦卿的"立心行事"风格,不仅言语上夸赞,还赠送婢女四人,使得燕梦卿在府中名声大振;虽然梦卿依然低头做事,但却遭到了四娘香儿和五娘彩云的嫉妒,她们在耿朗面前无中生有,搬弄是非;加之耿朗自幼娇生惯养,无拘无束,自尊自大,对于梦卿的规劝虽有利于行,但终归逆耳,心中慢慢地不耐烦了,因此耿朗与梦卿逐渐生分,产生"裁抑"之念,他整日与香儿、彩云饮酒作乐,戏谑狎游,结果酒色过度,一病不起,医药无效,气息奄奄,家人上下都唉声叹气,无计可施。燕梦卿不计较丈夫的猜忌,效法古人,偷偷"割指以疗夫疾",耿朗服后立即见效,大家不知就里,都以为出了神奇。后来还是婢女春畹发现梦卿左手小指包裹着,才晓得她割指的功效,但梦卿不许她声张。耿朗病好后,对梦卿仍是不理不睬。长辈们纷纷为她打抱不平,不理解她为何不去解释说明,她却说:"若必口巧舌能,就使辨得干净,然令丈夫怀羞,自己得志,亦非为妇之道。"她把丈夫视作"天",认为"妇人一生苦乐,皆仰承于夫","自家受苦事小,若是尊长不喜,丈夫不乐,姊妹有失,那事便大了",所以,她处处事事忍让,逆来顺受。梦卿虽然不再劝导丈夫,但她对丈夫的关心丝毫未减。当她得知耿朗被朝廷派往远方剿寇,她不顾身怀有孕和身体有病,一面帮助云屏料理行装,一面偷剪发丝做了一件贴身防护的软甲。耿朗在告别家宴上,和每位妻子都有言语嘱托,唯独对梦卿未言一字。梦卿在丈夫走后诞下一子,起名耿顺,产后身体十分虚弱,加上香儿、彩云的嫉妒讽刺;特别是耿朗屡立战功,因有软甲护体没受半点伤害,他在家书中除向母亲报功请安外,还做了四首七言绝句诗,每首诗中都隐藏一位妻子的名字,唯独没有梦卿的。梦卿当即昏迷,被救醒后,索纸笔,草书一绝,然后奄然而死。她的忠孝节义之遗风完全被婢女春畹继承,在相关长辈的允许下,她依然住在梦卿房间照顾幼小的耿顺。耿朗回来后得知一切真相,悔恨不已;为报梦卿割指治病、剪发制甲、生子嗣后之恩德,收梦卿化身的春畹做六娘,将亏欠梦卿的一股脑地补偿在春畹身上。在长辈的要求下,耿朗同意,春畹带着耿顺和自己生的女儿耿娘一起过继到大伯父耿忻家,由侧室成为正室,替大伯母棠夫人掌管家务。由于她秉承梦卿的遗志,上孝敬公婆,下抚养耿顺,中劝夫行义,于耿姓家族功劳最大,朝廷封她为泗国夫人,追封梦卿为泗国节孝夫人。

《林兰香》较为注重人物性格的刻画,耿朗先后有六位妻子,各具性情:大娘林云屏端庄厚重,才智平平,因人成事。二娘燕梦卿贤雅贞静,柔顺安详,琴棋书画无所不能,文韬武略样样精通,但是为人处世过于拘礼搬条,"故开口便无生气",事事"克己复礼",逆来顺受;在病重时依然没有忘记妇容妇道,每日坚持梳妆,保持原有的仪姿,直至死去,也是瞑目端坐。三娘宣爱娘"流丽多而端庄少",每日欢欢喜喜,笑中藏机,笑中释愁,笑中见智。四娘任香儿是个有心计又爱算计人的美人,聪明伶俐,善察人心,虽然居处四娘的位置,但却最得丈夫宠爱,她深知自己出身低微,父亲的杂职是花钱捐来的,与世代簪缨的耿府很不匹配;她的容貌虽然娇美,但与梦卿相比尚差一等,因此在她自卑、妒忌的心中又扭曲着生出虚华之心,她虽不会写算,但却不甘心大娘、二娘掌管耿府理财大权,便撺掇五娘彩云争夺理财大权;为了邀宠固爱,千方百计算计比她强的二娘和后来的六娘;她摸准了耿朗的好恶,以色媚之,又利用耿朗的多疑,竭尽挑拨离间之能事,使梦卿的种种优势变成劣势,终使其被丈夫疏远、冷淡、反目,而她却转劣为优,转败为胜,坐收"渔人之利"。五娘平彩云"流丽而不端庄",往往"口不应心,言不逮行",既不生害人之心,又没有成人之美意;她为人浅薄,见利忘义,成了香儿的帮凶。六娘田春畹是燕梦卿的贴身侍女,端庄美丽,处世圆滑老成,她"嘴里有,心里有,又伶俐,又乖滑,笑笑在脸上,恼恼在心里";对于丈夫的喜爱,她不骄不傲,把大娘、三娘视如主母,对四娘、五娘以礼待之,和谐相处,但存了一番戒备之心,不做得理不饶人的事,不逆来顺受,凡事点到为止,力求感悟。

再如晚清佚名小说《赵五娘》①,书叙述汉代东留地区村民赵五娘嫁给书生蔡伯喈为妻,未及两个月,蔡伯喈奉父母命进京赶考,高中状元,尚未回家报喜,就被牛丞相强招为婿,滞留京城。赵五娘极为孝顺,独自奉养公婆,恰逢连年干旱,颗粒无收,富户卖田产,穷人卖孩子。赵五娘变卖财物,哀求邻里,自己终日吃糠咽菜,想方设法弄些粮食与公婆食用。公婆年迈,整日思念儿子,忧病交加,相继去世。五娘为殡葬二老,起造坟台,先是剪掉青丝想卖点钱,但饥荒之年无人购买,她只好自力更生,用手挖坑,用麻裙兜土,汗淌如雨,双手血流。她的孝心感动了天庭,赐银十五两,又命众神帮她造坟,赵五娘才如愿以偿埋葬了公婆。蔡伯喈虽然过着锦衣玉食的生活,但很思念父母,在贤良的妻子牛小姐帮助下,丞相同意他接父母和五娘进京来住。就在此时,赵五娘跋山涉水一路乞讨前来寻夫。蔡伯喈得知父母亡故,立即辞官归家守孝。天子闻知此

---

① 杨德恩.赵五娘:十四回[M].上海:广益书局,1946.

事，授予蔡伯喈为中郎将，封赵五娘为陈留郡夫人，牛小姐为阿南郡夫人，她们所生四子，皆有才名；著名的女诗人蔡文姬即赵五娘所生。

这个故事取材于宋元时期的戏曲《赵五娘》，而又与明清戏曲中陈世美和秦香莲的故事相类似，但结局大不相同。赵五娘历尽千辛万苦，终究得到了善报，她不仅与丈夫团聚，还被封为郡夫人；蔡伯喈虽然金榜题名，又被丞相强招为婿，但他始终没有忘记家中年迈的父母和结发的糟糠之妻；因此故事是完美的结局。而陈世美忘恩负义，只贪恋荣华富贵和美艳的公主，不仅忘掉生养受苦的父母，还要杀妻灭子，所以落个身首异处的悲惨下场。两个故事的结局截然不同，皆由作者的观念和创作用意不同决定，《赵五娘》的故事是为了突出男女主人公的孝行奉义，秦香莲的故事是为了显示清官的铁面无私和刑法的严肃性，虽然也写了秦香莲辛勤奉养、安葬公婆的孝义行为，但主要笔墨是描述她带领一双儿女寻夫和告夫的过程；前者主要篇幅是描写赵五娘如何在大荒之年孝顺公婆和艰辛埋葬二老的事情，她的一言一行闪烁着孝义光芒，因此赵五娘的形象高大靓丽。如果从社会效益上看，秦香莲展现出更多的是人们的支持与同情；而赵五娘显现出更多的是人们的崇敬和称赞。

第二种，才华型。代表作品，如曹雪芹撰写的《红楼梦》[①]中金陵十二钗里面的贾元春、林黛玉、薛宝钗等人，皆相貌出众，才华超群。贾元春（金陵十二钗之一），是贾政之长女，自幼喜爱读书，亦教小弟宝玉读书，三四岁时已得元春口传教授了几本书，识了数千字。元春入宫后深得皇上宠爱，先封了个极显文采的"凤藻尚书"，后又加封"贤德妃"。皇帝恩准贵妃于来年正月十五日上元节省亲，贾府大办了起来，造了一个可供娱乐游赏的大园子，里面又建造了许多楼台亭阁。贾政为测试宝玉文

---

① 曹雪芹. 红楼梦 [M]. 张俊，等注释. 北京：北京师范大学出版社，1987.

采,让他给各景观起名。贾妃元春边观景边斧正宝玉的题名,如石牌坊上题的"天仙宝境"四个大字,改为"省亲别墅",十分低调又很显亲和力。她又题大园子总名为"大观园",正殿匾额为"顾恩思义",对联是:"天地起宏慈,赤子苍生同感戴;古今垂旷典,九州万国被恩荣。"又将"有凤来仪"改赐"潇湘馆","红香绿玉"改赐"怡红院","蘅芷清芬"改赐"蘅芜院","杏帘在望"改赐"浣葛山庄",正楼题"大观楼",等等;而后又题一首绝句诗:"衔山抱水建来精,多少工夫筑始成。天上人间诸景备,方园应锡'大观'名"。元春要试宝玉诗才,让他为"潇湘馆""蘅芜苑""怡红院""浣葛山庄"各赋一首五言律诗,宝玉只得答应,在宝钗、黛玉的帮助下完成。贾妃览罢,喜之不尽,称赞有加,因有"十里稻花香"诗句,命将"浣葛山庄"改为"稻香村"。可见贾妃元春的见识才华何等超卓。

  林黛玉(金陵十二钗之一),是书中女主人公,出身书香之家,自幼母亡,父亲将她寄养在外祖母贾府家里,她风姿秀丽,天资聪颖,博学多识,性情清高,多愁善感,独与宝玉情投意合。其才华居金陵十二钗之首,主要表现在诗作上,一是写诗富于新意。贾妃元春省亲在测试宝玉诗才时,她见宝玉构思太苦,"却自己吟成一律,写在纸条上,搓成个团子,掷向宝玉跟前。宝玉打开一看,觉得比自己作的三首高得十倍,遂忙恭楷誊完呈上。"贾妃览毕四首,虽称赞他"果然进益了",却指出黛玉替他作的《杏帘在望》,为四首之魁,还用诗中的"稻花香"字句换掉了"浣葛山庄"匾额,为"稻香村",说明诗句中的新意。二是作诗构思巧妙。黛玉在宝玉提议观赏菊花的聚会上,就以菊花为题赋诗,她以"潇湘妃子"为号,吟了三首,即《咏菊》:"无赖诗魔昏晓侵,绕篱欹石自沉音。毫端蕴秀临霜写,口角噙香对月吟。满纸自怜题素怨,片言谁解诉秋心?一从陶令评章后,千古高风说到今。"《问菊》:"欲讯秋情众莫知,喃喃负手扣东篱。孤标傲世偕谁隐,一样花开为底迟?圃露庭霜何寂寞,雁归蛩病可相思?莫言举世无谈者,解语何妨话片时。"《菊梦》:"篱畔秋酣一觉清,和云伴月不分明。登仙非慕庄生蝶,忆旧还寻陶令盟。睡去依依随雁断,惊回故故恼蛩鸣。醒时幽怨同谁诉,衰草寒烟无限情。"海棠诗社社长李纨在"众人看一首赞一首,彼此称赞不绝"下,笑着说:"等我从公评来,各人有各人的警句,今日公评:《咏菊》第一,《问菊》第二,《菊梦》第三,题目新,诗也新,立意更新了,只得要推潇湘妃子为魁了。"黛玉谦虚地说:"我那个也不好,到底伤于纤巧些。"李纨说:"巧的却好,不露堆砌生硬。"三是作诗才思敏捷。海棠诗社刚成立,大家急于名副其实,以白海棠为名,以门字为韵,作起诗来。海棠诗社社长李纨限时一炷香,没有完成,要受罚的。探春、宝钗、宝玉等都争分夺秒地思索运笔而作,只有黛玉待在一旁,宝玉见香烧到只剩一寸了,急得催促黛玉动笔,黛玉仍不理睬。李纨见香已烧尽,宣布说:"若看完了还不交卷,是必罚的。"当她品评完三首后,黛玉一挥而就,七言八句律诗立呈众人面前。宝玉喝彩叫好,众人也都道:"是这首为上。"社长李纨评论:"若论风流别致,自是这首;若论含蓄浑厚,终止蘅稿。"后来海棠社因无人经营,有名无实了。恰逢此时,林黛玉在桃花盛开之际,万物逢春之时,作了一首古风《桃花行》,情真意切,人花交融,诗中蕴藏着"哀音",只有走进黛玉心中之人宝玉看得出来,但他又装作不识。其他姐妹都被美丽诗句所打动,称赞不已,议定将"海棠社"改为"桃花社",推举黛玉做社主,说明黛玉的才华实至名归了。

薛宝钗(金陵十二钗之一)出身于皇商之家,王夫人之外甥女,薛姨妈之女,自幼丧父,长期居住贾府;美丽聪慧,端庄稳重,超然豁达,博学多才,是封建礼教下的淑女。她在作诗上也很有天赋。贾妃元春在自题自赋后,除试宝玉诗才,还让众姐妹也各题一首牌匾诗,宝钗为"凝晖钟瑞"匾额题诗:"芳园筑向帝城西,华日祥云笼罩奇。高柳喜迁莺出谷,修篁时待凤来仪。文风已著宸游夕,孝化应隆归省时。睿藻仙才盈彩笔,自惭何敢再为辞!"词句雅致,意向宏大,特别符合元春之心意,所以元春在品评众姐妹诗时,将其排在首位:"终是薛林二妹之作与众不同,非愚姐妹所及。"在应酬诗作上,她比较注意揣摩元春心意,当看到贾宝玉奉命作到第三首诗稿上,在"绿玉春游卷"一句中有"绿玉"二字,趁众人不注意,"推他道:贵人因不喜'红香绿玉'四字,才改了'怡红快绿',你这会子偏又用'绿玉'二字,岂不是有意和她分驰了?况且蕉叶之典故颇多,再想一个改了吧。"宝玉急得拭汗,却想不起用什么典故来。宝钗笑道:"你只把'绿玉'的'玉'字改作'蜡'字就是了。"并告诉他典故出处是韩愈的《咏芭蕉》头一句"冷烛无烟绿蜡干"。宝玉如梦初醒,感谢说:"姐姐真可谓'一字师'了!"写诗用典,可以提高诗的艺术魅力,这是写诗作词最好的技巧。可见宝钗才学渊源之处。她不仅在酬唱诗中拔得头筹,在海棠诗社第一次作诗比赛时,也获得了魁首。其诗:"珍重芳姿昼掩门,自携手瓮灌苔盆。胭脂洗出秋阶影,冰雪招来露砌魂。淡极始知花更艳,愁多焉得玉无痕。欲偿白帝宜清洁,不语婷婷日又昏。"这是一首很有格调的诗。社长李纨品评说:"这诗有身份","含蓄浑厚",被评为第一。宝钗对如何作诗也很有研究,对史湘云说:"诗题也不要过于新巧了。你看古人中,哪里有那些刁钻古怪的题目和那极险的韵?若题目过于新巧,韵过于险,再不得好诗,终是小家子气。诗固然怕说熟话,然亦不可过于求生,只要头一件立意清新,措辞就不俗了。"海棠社改为桃花社后,史湘云建议黛玉起社填词,众人纷纷响应,因处春季,"以柳絮为题,限各色小调。"宝钗认为,"柳絮原是一件轻薄无根的东西,以我的主意,偏要把他说好了,才不落俗套。"以《临江仙》为词牌,写道:"白玉堂前春解舞,东风卷得均匀。蜂围蝶阵乱纷纷,几曾随逝水，岂必委芳尘？万缕千丝终不改，任他随聚随分。韶华休笑本无根，好风凭借力，送我上青云。"众人看了，拍手叫绝："果然翻得好！""出人之上！"一致推称此首词为尊。宝钗作诗风格浑厚，作词词义翻新，可见她的才华何等出众！除此，诗社中其他成员，如李纨、探春、史湘云等也有写诗作词的才华。

再如李汝珍撰著的章回小说《镜花缘》[①]，较为突出地表彰了女性的才华，使她们通过自己的才华获得了与男子同等的社会地位，颠覆了"女子无才便是德"的世俗观念。小说的历史背景放在了女子称帝统治天下，建立周王朝的时期，首先大肆宣扬武则天如何实行女子以合法的身份参加朝廷科举考试政策和恩惠的，然后写以百花仙子为首的一百位花仙被贬人间，转世为才女，参加科举考试的故事。百花仙子托生到秀才唐敖家中，初名唐小山，后改名唐闺臣。唐敖因仕途不顺，产生了隐遁思想，跟随妻兄大商人林之洋出海经商游览，结识了一些仙子转世的才貌出众的妙龄女子，在他的启发引导下，都来参加武则天举行的女科举考试。百位才女遍及各地，经过县、郡、部、殿四级考试，分别得中一等"女学士之职"、二等"女博士之职"、三等"女儒士之职"，这不仅满足了武则天"求贤若渴"的愿望，还使她们的"父母、翁姑及丈夫"加官晋爵。这充分证实了女子有才亦能强国利家，使父母荣耀。她们才华的展示，除做出了四级优等科考试卷外，还体现在考中后多次的庆功聚会上，每个人都积极参与写诗、绘画、辨音、下棋、弹琴、猜灯谜、打马吊、行酒令、击双陆、蹴球、投壶等游艺活动上，充分彰显各自的才华，形成了才学才艺上百花齐放的绚丽景象。

第三种，侠义型。代表作品，如文康撰著的《儿女英雄传》[②]，主人

---

[①] 李汝珍.镇花缘［M］.张友鹤，校注.北京：人民文学出版社，1955.
[②] 文康.儿女英雄传［M］.尔弓，校释.济南：齐鲁书社，1990.

公何玉凤是位出身名门的女侠，她不仅有倾国倾城之貌，还具有绝世的智慧骁勇之才能，因其父被奸臣所害，她奉母避居山林，欲伺机报仇。她的仇家是朝廷权势极盛的纪献唐，不能一蹴而就须花费时日才能报仇，故改名为十三妹，往来市井间，在磨难中练就一副侠义心肠，做出了令人敬佩之事，主要表现在三个方面：第一，她有一副英雄的胸襟。父亲拒绝了纪献唐为次子的求婚，纪献唐恼羞成怒，以"刚愎任性，贻误军情"之罪进行诬陷，父亲立即被"革职拿问，陷在监牢，不上几日，一口气郁结而亡"。何玉凤凭借自己的高超武艺，割下纪献唐的首级为父报仇雪恨，是易如反掌之事，但她没有这样做，有三大考虑：一是考虑他是朝廷重臣，国家正在用他建功立业之时，不可因私人仇恨，坏国家大事；二是怕牵连九泉之下的父亲，使他落个复仇的不美之名；三是怕自己万一有个三长两短，母亲无人赡养，因此暂时隐忍，等待时机。第二，锄强扶弱。当她奉母远逃至二十八棵红柳树庄时，正赶上海马周三一伙强盗，凭借人多势众，以打赌为名，欺辱年过八旬的老英雄邓九公，正当邓九公气尽力竭，马上就要遭歹人毒手之时，十三妹一刀削断了周三的钢鞭，并将他打翻在地，拯救了老英雄的性命和一世英名，并帮助老人赢得了三万金。后来她偶然听到外号"傻狗"和"白脸狼儿"的骡夫密谋劫金害人之事，又动了不忍之心，先赶到被害人安骥的住所，警告他守好携带救父难的两千余两银子，并主动提出保护，一再叮嘱不要轻信两个骡夫的话，一定要等待自己处理其他事务后回来再走。安公子没有相信她的劝告，仍是跟着骡夫走了。十三妹赶回来时，不见了安公子，不计较他失约之过，根据预测，直奔为非作歹的能仁寺而来，此时正碰上凶僧手持尖刀对准安公子的胸窝，十三妹一阵砍杀，消灭了寺内所有的恶僧及帮凶，不仅搭救了安公子，还救护了先一步落难的张金凤一家，也为当地遭受欺凌的百姓根除了一大祸害。第三，仗义疏财。她得知安公子为救父难变卖了家产才凑够两千多两银子，距所需官项还差三千两银子，于是又动了扶危济困之心，并勾出了同病相怜之情，自己没钱，于是向邓九公借来三千金，送给安公子救父。作者评价她是"侠烈场中的领袖，脂粉队里的豪杰"，"变化不测的神龙"，"慈悲度人的菩萨"！除此，十三妹还谨记"救火须救灭"，"救人须救彻"的格言，她又有两大举动：其一，做红娘。鉴于无处可投的张金凤一家和孤单无援的安公子，又因为安、张两人是天生的一对，郎才配女貌，于是做起了红娘，使他们巧结良缘。其二，慷慨赠传家宝。十三妹为保他们一家四口行途平安，就将自家威震江湖的传家宝——弹弓交给安公子作为路上的护身符。果真见效，不仅沿路无人劫掠，还迎来送去，备酒备饭，资助盘费，提供护卫脚力。这是因为江湖上的绿林英雄都敬畏十三妹的武功和为人，见弹弓如见人，足见十三妹的侠烈英雄本色。

　　小说的后半部主写十三妹的儿女情长，具有浓厚的说教色彩。原本她性格犹如一团烈火，酷像一头凶猛的巨狮，自打她嫁给安骥后，判若两人，成了尊礼守节、循规蹈矩、极为贤淑的少奶奶。她的变化，是作者精心安排的，公爹安学海就是降服改造她的性情大师，他挥舞着孔孟之道、程朱理学的旗幡，引经据典，大段大段进行说教，终于使十三妹放下了除暴安良、杀富济贫的武器，脱下了侠客衣衫，一步一步迈入了封建礼教的彀中，成了又温柔又驯服的女性，好似一只软弱的小绵羊。如果从艺术角度看，前半部书中的十三妹人物形象，塑造得鲜明生动，富于性格化；后半部书中的何玉凤人物形象，显得苍白无力，充满概念化。鲁迅在《中国小说史略》中指出："十三妹未详，当纯出作者意造，缘欲使英雄儿女之概，备于一身，遂致性格失常，言动绝异，矫揉之态，触目皆是。"

　　再如题"古稀逸田叟"撰著的《女仙外史》一百回，女主人公唐赛儿，原本是天上月宫之主嫦娥，因受天狼星骚扰表奏于玉帝，玉帝因天狼星尚有帝福，贬其下凡转世为朱元璋第四子朱棣。嫦娥亦奉命至尘间，降生为山东济南府孝廉唐夔之女。她从小不爱女红,偏爱练武,她的乳娘是鲍道师化身,父母及丈夫先后过世,鲍乳娘使用缩地法带她到无门洞天拜见罗刹女之妹曼尼头陀,九天玄女授她天书七卷,又授剑法,并启奏天帝,赐玉玺一枚,称其为"月君";太清道祖授予她"炼骨""炼肌""炼神"三丸丹药,使她骨肉坚硬,千变万化。她在人世间主要做了两个方面行侠仗义的大事:第一,诛奸反正。明朝开国皇帝朱元璋第四子朱棣,骁勇善战,战功赫赫,被封为燕王,但他野心勃勃,欲夺帝位,借太祖宾天之际,洞察朝廷文臣迂阔、武将粗疏等情况,便以清君侧为名发兵,攻打京都。建文皇帝见大势已去,一面命皇后自杀,一面改换僧装,带着三名心腹从神龙观乘舟逃出宫去。燕王朱棣入宫后,大肆杀戮,以惨不忍睹的剜眼、割鼻、炮烙、剥皮、凌迟等酷刑,残害嫔妃、宫女、太监、侍卫及反抗诸大臣,然后登基称帝。唐赛儿聚集了众多有正义感的人们在山东起兵擒王,拜吕律为军师,打得敌军节节败退,众百姓执香叩接,高声称颂她是为民除害的活菩萨!后来又有剑侠公孙大娘、聂隐娘、鬼母天尊、绰燕儿等助力,不仅歼灭了日本派兵援燕的十万名倭寇,打死了新罗国异僧金刚禅,击破以妖术救燕的太宇夫人,还铲除了会邪术的奎道人等。唐赛儿一面率军与敌军作战,一面寻找建文帝,为了使社会秩序正常运转,她在济南建都,定官制,设科举,封文武,崇儒重农,轻徭薄赋,养老恤孤,济南大治。建文二十年,唐赛儿与众大臣议定燕王二十罪状,举全国义军讨伐燕王,正待攻取燕王迁都的北平城时,玉帝遣鬼母天尊剑取天狼星燕王之命,月君嫦娥也奉诏返回月宫。第二,灭灾救民。主要有两次,一次是唐赛儿刚刚出道不久,家乡闹蝗灾,蝗虫蜂拥而至,将还未成熟的庄稼吃得一干二净,老百姓颗粒无收,哀鸿遍野。她见此情景,设法取得粮食救济灾民,扑灭蝗虫。另一次是建文十年,会妖术的太宇夫人暗中使毒法,聚集螟、蚤、蝗、贼、蟊、蜡等毒虫齐聚山东,大肆毁灭庄稼。魔高一尺，道高一丈。月君早已识破太孛夫人的毒计，炼出三千根绣花针，尽皆诛之，大半庄稼未受损害；下诏减免税粮三分之一，还派遣使者到朝鲜、日本、琉球等国借饷弄粮，这些国家敬畏月君之威仪，纷纷纳贡，山东百姓平安地度过了灾年。

又如晚清唐云洲撰著的《七剑十三侠》[①]中的霓裳子、红衣娘、王凤姑、鲍三娘、孙大娘等侠女，她们满怀正义，斩奸除恶，凡遇上坏人作恶，不顾个人安危，一定要斩尽杀绝，救百姓于水火。风姿绝世的红衣娘子，当她听说兵部主事王守仁因得罪权奸，不仅被贬为贵州龙场驿丞，权奸还命刺客沿途刺杀他之事，就承担起暗中护送的任务。云阳生等剑侠得知此事，亦参与其中。在众侠客劝导下，王守仁以假死暂避权奸的谋害。红衣娘听说金山寺有古怪，是淫僧作恶场所，她假扮香客，进店寻访，果然发现寺内机关重重，经过两三层台阶、四五重门，进入地穴，又深入两层台石、八九个鹅颈弯，到了一个大殿，上面挂着一块匾额，写着"温柔乡"，俗名聚美堂，里面有八十多个打扮得妖娆的美娘子，经询问，得知她们都是来寺内烧香而被非非僧等强行留下做老婆的，都想回家，但距离地面有五个大殿、五个有机关的关隘，处处有会武的淫僧把守，姑娘们都是有心而无力。红衣娘进庙前已与云阳生等侠士约好，里应外合。当红衣娘听到外面的信炮声，便向众美女讲明了营救计划，她手握利刃，袖藏暗箭，带着她们冲出层层大殿，闯过机关重重的关隘，先后斩杀了托天僧、慧空僧、妙禅、天灵僧、云雁、觉空僧等武艺高强的淫僧，救出了八十三位女子，使她们得以与家人团聚；红衣娘却在过最后一个关隘时身中门箭，伤在内肾，不治而亡。在外面的众侠客一举歼灭了为首的非非僧和寺中的全部淫僧，为当地百姓除掉一大祸害。侠女霓裳子，途径赵王庄，正

---

① 唐云洲．七剑十三侠［M］//中国近代小说大系．南昌：江西人民出版社，1998．

赶上奸臣宁王人马打劫扫荡此地，尽管有徐鸣皋、鹞寄生、罗季芳、焦大鹏等众侠客竭力助阵，但敌不住贼军使用轰天大炮，正当炮兵要将火把点燃之际，众人"忽见那旁边一株大树上飞下一道光华，那点炮的脑袋向着炮门上直滚下去。众三军一齐大惊"。霓裳子手执宝剑，左右一挥，人头乱滚。她为了使大炮彻底失效，就地拔起一面旗来，将根上的铁钻子向着炮门内直插下去，用手中剑削平。管理炮台的主将波罗僧大怒，提起月牙铲恶狠狠地杀来，一见是霓裳子，啊呀一声，扭头便没命地跑。原来他曾伙同绿林大盗陈大刀、李金牛打劫一宗大镖买卖，恰遇路见不平的霓裳子，陈大刀、李金牛被杀死，波罗僧逃脱了，搭救了一班客商性命。所以波罗僧今日见了霓裳子，如同老鼠见到了猫。霓裳子堵住大炮，不仅扭转了战局，还挽救了赵王庄百姓。在霓裳子的建议下，轰天大炮被运至赵王庄前的南面土城，起到镇守作用，敌军不敢轻易来犯。

还如"古盐官伴佳逸史"撰著的《台湾巾帼英雄传初集》①，叙述两位胸怀民族正义感的女英雄，一位是台湾总兵孙秉忠的夫人张秀荣，她得知丈夫与倭寇作战中枪身亡，立誓消灭倭寇，招募旧部，聚集残兵，典卖家产，以助军资；将二子送至吴门胞妹处抚养，以绝后顾之忧；举义旗上书"为夫报仇"，招募女勇为亲兵，台湾妇女竞相报名，张夫人命五百名女勇前去台北呐喊诱敌，途设伏兵，一举大败倭寇。另一位是镇守台南的刘大将军之女刘小姐，她闻知张夫人举旗反倭之事，十分敬佩，与她义结金兰，共同商议在桃子园处会剿倭军，她们使用火攻计策，一举歼灭数千名倭兵。此后，在刘小姐建议下，她们又与台南的刘大将军合作，共同消灭倭寇，以洗国耻。

第四种，新思想型。在清代后期，许多文人因受西方国家思想的影

---

① 古盐官伴佳逸史. 台湾巾帼英雄传初集：十二回 [M]. 石印本. 上海：上海书局，1895.

响,在小说创作中融入了除旧立新的内容,特别是数千年来女性大多处于没有社会地位、没有自由、没有任何权益的境遇中,尤其是汉族女性自幼就要遭受缠足之苦,因此这些受压迫女性的解放就成为小说创作中的一个重要课题。代表作品,如"思绮斋藕隐"撰著的《中国新女豪》①,书叙述在重阳节之际,北京、天津的高等学堂三万余名学生集聚在北京京城开运动会,赛出男女各一名荣获最优等奖赏,男名任自立,女名黄人瑞,小字英娘,他们相互倾慕,任自立送英娘一只玉环,以示永好。不久,英娘受朝廷委派赴日本早稻田高等女学堂学习。英娘在日本学习期间,积极参加女权运动,与反对势力做斗争,成了学生运动领袖之一,担任妇女自治会会长,联合留日女学生联名上折子,强烈要求振兴女学及女子自治,反对政府大肆镇压。在皇上大婚的宴会上,来自外国的钦差小姐称赞英娘,并告诉已将妇女自治会的规则发表在《泰晤士报》上了,把原稿送呈皇后。皇后当晚祈求皇上革除恶习,皇上无奈,遂删旧律,准许英娘创办女工传习所,于是国内女工大兴。皇上命英娘出国考察,在柏林遇见了留学德国的任自立,他们建立了恋爱关系,随之先后回国。皇后传旨嘉奖,令英娘监督京城女工艺学堂,又赏其银两和礼服,准许她和任自立自由结婚。报纸上刊登上谕:删除一切男女不平等之法,更定新律,除政治、军役两端不许妇女干预外,其他皆与男子立于同等地位。女性的权益得到了完美体现。

  署名"思绮斋"的,还写了另一部反映晚清世态的小说《女子权》②,主人公袁贞娘在学校读书参加运动,遇见海军军官邓述禹,一见钟情,心意暗许。后来袁贞娘在游览黄鹤楼时又遇见了邓述禹,邓述禹也动了情思,赠给袁贞娘名片和题诗。由于贞娘学习成绩突出,被选送至北

---

① 思绮斋藕隐. 中国新女豪:十六回 [M]. 印刷本. 上海:上海集成图书公司,1907.
② 思绮斋. 女子权:十二回 [M]. 刊印本. 上海:作新社,1907.

京的大学校读书，临行前学校发现袁贞娘身上有邓述禹名片，怀疑她行止不端。贞娘一怒投江，被兵轮所救，恰逢邓述禹正在该轮上服役，二人再次相遇。轮船到了天津，船长将贞娘托付给了其妹黄之懿，黄之懿的丈夫是天津一家报馆的馆主，他听说贞娘学问好，请她撰写一篇关于女权的文章。原本试探她的文笔，没想到一经发表，产生了轰动效应。后来贞娘到北京读书，与同学一起集资创办了《国民报》，影响非常大，伊犁妇女受报纸宣扬的女权影响，闹起了暴动，《国民报》的主笔被拘禁，创办者贞娘怒走美国，请美国的华侨呈请清王朝开放女权。贞娘回国任宫廷翻译官，皇太后深受她的进步思想影响，朝廷下诏开放女权；贞娘也奉太后之命，与心仪的邓述禹结婚。贞娘在美国富孀的帮助下开办女工传习所，全国女子的生活都得到了保证和改善。这虽然不符合当时社会的现实状况，完全是作者虚构出来的故事与新景象，但却反映了一批维新人员的心愿，因此小说具有积极意义和价值。

再如"问渔女史"撰著的《侠义佳人》[①]小说，主要叙述青年女子孟迪民受西方妇女解放思想的影响，在上海创建晓光会，发展女子会员，办女校和女子工厂，提倡妇女独立。在孟迪民的宣传鼓动下，江阴县女子白慧琴在县里办了一所女校，开学不久就遇上了男校学生天天盯梢女学生之事，吓得女学生不敢上学，前来帮助办学的高剑飞和她的丈夫到县衙交涉，使盯梢者都受到处分，学校恢复了平静。后来学校的学员柳咏絮的姐姐柳飞琼自由恋爱，与留学生楚孟实结婚，三年后楚孟实喜新厌旧，纳了一名美妾，将柳飞琼送回湖南老家，没想到老家尚有一位凶悍无比的结发大老婆，容不下柳飞琼，先是打骂拘禁，后又卖给他人。柳飞琼偷偷写信求救，孟迪民知晓后，立即派人去湖南救出柳飞琼，诉诸法庭，迫使楚孟

---

[①] 问渔女史．侠义佳人：四十回［M］．刊印本．上海：商务印书馆，1911．

实对柳飞琼承担赡养义务。小说还描写了一位杭州女报馆主笔毛真新反对妓院这种残害妇女的场所,当她得知丈夫叫局吃花酒,马上跑去抓住丈夫的辫子将其拖了出来,因为她是一位积极提倡女权者。从该书倡导的妇女改革和妇女解放思想的强度和复杂性看,充分表达了中国妇女追求自由解放的强烈愿望和曲折不平的历程,也透视出了一位女作家对于妇女改革运动的亲身体验。

又如题"南武静观自得斋主人"著的晚清世情小说《中国之女铜像》①,叙述女主人公胡仿兰受在国外留学的弟弟胡象九之影响,从一些新思想的书报中吸收了新观点,从事妇女解放活动。胡仿兰从宣传放足开始,并以身作则,遭到公婆、丈夫的激烈反对;她不畏来自家庭的压力,继续革新活动,教导邻里妇女放足、读书。公婆恨之入骨,将其关进一个黑屋子里,使用招数逼迫胡仿兰吞食鸦片自尽。其弟胡象九从国外回来得知此事,到县衙告状,县衙因受了贿赂,置之不理,象九继续上诉。上方派人调查审理,弄清了案情,虽然被告者并没有被判罪,但最终也实现了仿兰最初的愿望,被告拿出财产的一半,作为胡仿兰办放足会和开女学堂的费用。

清代文言小说在反映女性方面的故事也很突出,与此前的白话小说相比较有几个突出的特点:

第一,小说标题突出女性。据不完全统计,以女性命名的小说有数十部(不包括小说集中的各篇),如无名氏的《王烈妇》、张明弼的《董小宛传》、杜濬的《陈小怜传》、黄永的《姗姗传》、刘钧的《杨娥传》、屈大均的《书叶氏女事》、陆次云的《圆圆传》、陈鼎的《邵飞飞传》、缪艮的《沈秀英传》、佚名的《女侠荆儿记》、佚名的《俞三姑传》、佚名的

---

① 南武静观自得斋主人. 中国之女铜像:二十回[M]. 刊印本. 上海:改良小说社,1909.

《玫瑰花女魁》、佚名的《贞烈婢黄翠花传》、秋星的《女侠翠云娘传》、赵古农的《十八娘传》、沈廷桂的《虞美人传》、贾茗的《女聊斋志异》、严蘅的《女世说》、李清的《女世说》、陈维崧的《妇人集》等等。

第二，小说更多地描写了妓女们的爱恨情仇。虽然自唐代开始有关妓女的故事就成了文人笔下热议的题材，但就作品的比重而言仍是少数，而到了清代，文言小说中有相当数量的作品是描写与妓女有关的故事。如题"珠泉居士"著的小说《雪鸿小记》①，主要记述秦淮妓女的逸事，不仅将妓女的身世经历写得一清二楚，还将她们的音容笑貌叙述得活灵活现，这与作者常常深入其中有极大的关系。

第三，小说推陈出新。作者以活跃在历代史书、笔记、小说中较为突出的、各阶层的、名扬千古的、脍炙人口的女子之故事为题材，从不同角度进行编辑成册。如贾茗的《女聊斋志异》②，将卓文君、王嫱、赵飞燕、崔莺莺、章台柳、李娃、红线、绿珠、杨太真等人的故事编辑在一起，突出了她们各自的才华。再如尤侗的《美人判》（一卷）③，叙述了不同时代的六位美女惨遭杀害的故事，并对她们作出判词。判词"吕雉杀戚夫人判""曹丕杀甄后判""孙秀杀绿珠判""韩擒虎杀张丽华判""陈元礼杀杨贵妃判""李益杀霍小玉判"，即为该小说的正篇，另附三则："俞生出妻判""张月兰从良判""林仲和调戏女子判"。小说采取夹叙夹议的手法，议语即为判词，抒发了作者对美人遭遇不幸的同情，同时谴责了那些残暴之人的恶行。

第四，小说突出描写鬼狐精怪变成美貌青年女子的故事。以鬼狐精怪故事为题材，在六朝时期就已盛行，代表作品是《搜神记》；伴随佛道宗

---

① 珠泉居士．雪鸿小记：二卷［M］//虫天子．香艳丛书．上海：国学扶轮社，1911．
② 贾茗．女聊斋志异：四卷［M］．校点本．济南：齐鲁书社，1985．
③ 尤侗．美人判：一卷［M］//虫天子．香艳丛书．上海：国学扶轮社，1911．

教的大兴盛，隋唐五代较为突出的作品，如唐牛僧孺的《玄怪录》、李德裕的《幽怪录》、皇甫氏的《原化记》，五代徐铉的《稽神录》、杜光庭的《仙传拾遗》和《墉城集仙录》，无名氏的《女仙传》。宋元时期最具代表性的作品，是李昉的《太平广记》和洪迈的《夷坚志》。明代较为突出的作品，是崔佑的《剪灯新话》、李昌祺的《剪灯馀话》、题"自好子"编辑的《剪灯丛话》、梅鼎作的《才鬼记》等。应该说，明代的志怪类与历朝志怪相比较，稍逊一筹。

清代又是志怪小说大复兴的时期，许多文言小说都涉猎此题材，较为突出的女性作品，如蒲松龄《聊斋志异》中的《梅女》《狐谐》《丑狐》《连锁》《辛十四娘》《小谢》，涨潮《虞初新志》中的《鬼母传》《看花述异记》《烈狐传》，王世祯《池北偶谈》中的《郑刺史祠》《蒲州女子》《蛟桥幻遇》，乐钧《耳食录》中的《夕芳》《长春苑主》《宓妃》《葆翠》，长白浩歌子尹庆兰的《萤窗异草》中的《玉镜夫人》《紫玉》《杨秋娥》，曾衍东《小豆棚》中的《鬼妻》《罗浮心》《深深》，娄东羽衣客《镜花水月》中的《梅痴》，东轩主人《述异记》中的《狐怪》，袁枚《子不语》中的《李生遇狐》，钱泳《履员丛话》中的《管库狐仙》，温汝适《咫闻录》中的《扬舟》，朱翊清《埋忧集》中的《狐母》《狐妖》，汤用中《翼駉稗编》中的《花神殉节》《彩凤》《素娥》，高继衍《蝶阶外史》中的《涿州狐》，陆长春《香饮楼宾谈》中的《湘潭狐》，邹弢《浇愁集》中的《亭亭》，王韬《淞隐漫录》中的《莲贞仙子》，袁枚《子不语》中的《子不语娘娘》，邦额《夜谭随录》中的《藕花》，等等。

以神鬼精怪女性为主人公的小说，主要描述她们与人类男士爱情婚姻的故事。这些故事的发生，有的较为直接，如《子不语》① 中的刘瑞与仙

---

① 袁枚. 子不语［M］//陆林. 清代笔记小说：言情卷. 合肥：黄山书社，1994：77-79.

女恋爱的故事。二十岁的刘瑞是固安乡村一个贩鸡者,一天赶着十余只鸡前往城中贩卖,将近城门时,忽然有位绝世妙龄女子向他走来,告诉他,自己是仙人,与他有三年缘分,并告诉他今天此去卖鸡必遇一人全买,可得八千四百文钱。其结果果如仙女所言。当他回到家中,那位仙女已在家等候,再次告诉他:"前缘早定。"于是两人立即成亲。在仙女指导下,刘瑞将原来矮小的房屋改建成宽敞的楼房三间。一年后生有一子,刘家家业达到了小康,刘瑞也不再贩鸡。正当刘瑞心满意足时,仙女忽然对他说:"今已三年,天定之数,我们缘分已尽。我走后你可续娶,嘱后妻要善待我儿,我会时常回来看望的,但你们是看不到我的。"她临走留下一寸余长的木偶,名叫子不语,嘱咐好好供奉,有求必应。果然"有问必答,有谋必利",当刘瑞赚得三千两银子时,仙女回来告诉刘瑞:"你的福量已足够。"于是带走了木偶子不语。他们的儿子很聪明,进入了县学。

有的很曲折,如《聊斋志异》①中的《连琐》篇,叙述年轻俊秀的连琐因病而亡,她的鬼魂于夜间在杨于畏宅边反复吟诵"玄夜凄风却倒吹,流萤惹草复沾帏"两句诗。杨于畏明知是女鬼但很希望见到她,即接此韵意续了两句"幽情苦绪何人见?翠袖单寒月上时"。女鬼连琐于当夜进入杨宅,杨生见其美丽,热情款待并问她身居何处。女鬼自述身世,十七岁暴病死亡,今已二十多岁了,说明吟诗"以寄幽恨",感谢杨生之续。杨于畏想与她欢好,她因怕损伤其寿命拒绝了。但是两人极为亲密,杨生为其画眉,与其谈论诗词,女鬼为杨生书写诗词。正当两人甜蜜之际,突然韩生等人造访,恶搞了一通,杨生极为无奈和愤怒。女鬼抱怨"君至恶宾,几吓煞妾",表示缘分已尽,不复再来。杨生一面悔恨,一面思念,正当他绝望之际,女鬼忽然又来,述说一恶奴鬼要逼她为侍妾。杨生大怒,持

---

① 蒲松龄. 聊斋志异 [M]. 北京:中华书局, 1962.

刀跟随女鬼前去报仇，正当他举刀刺向恶鬼时，反被恶鬼击中握刀手腕，危急时刻，王生忽至，两箭射死了恶鬼。为了感谢王生搭救之恩，女鬼将珍爱的陪葬宝刀赠送给他。过了数月，女鬼高兴地前来对杨生说："久蒙眷爱，妾受生人气，日食烟火，白骨顿有生意。但须生人精血，可以复活。"又告诉他说："交接后，君必有余（二十）日大病，然医药可愈。"杨生兴奋地与她欢好，而后又刺臂血滴在她肚脐上。事后杨生果病欲死，经过医药而愈。根据女鬼的嘱咐，百日开棺，女鬼果然复活，两人正式结为恩爱夫妇。有的半途而废，主要有两种情况：其一，缘分已尽。如钮琇《觚賸》中的《蛟桥幻遇》[①]篇，叙述女仙何淑贞与许郎前世姻缘的故事。女仙何淑贞主动上门对许郎说："我从仙宫来，与你有夙缘，现在要与你偿还。"许郎说："我已有了很美的妻子。"她回答："你的妻子再美也比不上我。"就这样，女仙在他家待了一个月，然后离开；过了十天，有婢女来接许郎至仙源，何淑贞与他欢爱了两昼夜，然后缘尽而别。其二，男子变心，始乱终弃。如和邦额《夜谭随录》[②]中的《白萍》篇，叙述女主人公余白萍，年十七岁，非常美丽，与延平学子林澹人相逢于城北余氏废园中，相谈甚洽，然后两人在林生寝处饮酒谈情，情不自禁地坠入爱河，随即枕席欢好。在余白萍鼓励下，林生第二次科考中了第九名，名声大噪，听信友人符生建议，与鬼仙余白萍断绝往来，娶貌美如花的符生之妹为妻。婚后第三天，符、林两家举办宴会之际，余白萍前来指责林生是负心汉，在场的人都感惊愕。半个月后，林生被召到余园，余白萍又狠狠地责骂他比李益、王魁更加薄情负心！鉴于他尚有祖上阴德享用，"以柳枝鞭之数十，更以溪沙傅其阴"，结果林生的生殖器"缩似僵蚕"，

---

① 钮琇著. 觚賸：蛟桥幻遇［M］//陆林. 清代笔记小说. 合肥：黄山书社，1994：46-49.
② 和邦额著. 夜谭随录［M］//陆林. 清代笔记小说. 合肥：黄山书社，1994：80-85.

其妻失欢，有了外遇，林家绝嗣。又如《聊斋志异》中的《丑狐》，叙长沙人穆生十分贫穷，一天晚上来了一位狐仙，衣服华丽而容貌黑丑，穆生开始很厌恶，当丑狐拿出元宝给他，便立即改变态度高兴地与她欢好。在丑狐不断地施舍下，穆生家中从房屋到设备及被子衣服均焕然一新，丑狐送给他的钱逐渐减少，穆生马上就厌恶了丑狐，还请术士前来惩治。丑狐不仅将术士耳朵割掉一只，还带来一个动物将穆生的脚趾咬掉两个，而且逼令穆生偿还送给他的钱财，最后穆生又变成了一个穷光蛋。也有不少是有始有终的，如《萤窗异草》中的《青眉》篇中的狐仙青眉与皮匠竺十八的恋情，再如《小豆棚》中的女鬼娟娟与书生张如瞻间的爱情，又如《影谈》中的《弄玉》篇的狐仙与萧师颖的爱情，等等。

  这个时期神鬼精怪女性与人类女性相比较，有同有异，她们主要有四个方面的特点：第一，她们凡遇到心仪的男士，都积极主动，热情大方地表达自己的爱慕之情，一般不受任何礼节束缚。特别可贵的是，有的精怪女性提出男女相爱与结合，不是由缘分决定的，而是情之使然。这种观念十分新颖，颠覆了以往的缘分观。缘分观总是给男女结合找借口，使人们感到是无奈之举；而情分却没有任何客观理由。如《耳食录》中的《葆翠》[①]篇中的女鬼葆翠，她与某生相恋而结合，某生认为是他们的缘分，葆翠则说是情分而不是缘分，因为"情之所结，……山川不能间，死生不能隔，天帝明神不能禁也"。她不回避本身是鬼，要求某生大张旗鼓地迎娶她进门，不愿意过偷偷摸摸的生活。她与某生在一起生活数年，家里遇到灾难都是葆翠解决，全家人都称呼她为女神。为了某生家接续香火，葆翠极力劝导某生纳妾，先后生下二子，某生病死，葆翠随即离开了。第二，有些女性很有才华，和人类大家闺秀一样会写诗作词。如《子不语》

---

① 乐钧.耳食录：葆翠［M］//陆林.清代笔记小说.合肥：黄山书社，1994：157-160.

中的《李生遇狐》篇中的李生"工词律、善拳棒，皆狐所教"。再如《萤窗异草》中的《杨秋娥》，女主人公杨秋娥，前世为狐精，被犬咬死托生人类杨家为女，但她的魂灵仍是狐，不断与狐族相聚。她工书能诗，一次在途中遗诗于朱生，朱生慕其美貌而悦其诗，痴念不已，无心读书，祈祷狐仙帮助。果有狐精相帮，为使女子前世狐精的父母对朱生满意，先替他准备了一首诗，狐精之母手指屏间花，令他赋一首七言诗，朱生照抄狐精的诗，狐精母亲和杨女都很满意，即刻答应了朱生的求婚。第三，有些女性具有侠义心肠。如《聊斋志异》中的《辛十四娘》篇，狐仙辛十四娘自从与广平冯生结为夫妇，有情有义，先后为丈夫做了五件事：一是操持家务，为冯生一家提供生活费用；二是劝导丈夫远离小人；三是冯生被楚公子陷害，被判斩首罪刑，她立即指使婢女假扮妓女乘皇上到大同之际接近皇上，诉说冯生的冤情，终于求得皇上改判冯生无罪；四是当她要离开时，事先为冯生培养了一位貌美贤惠的后任妻子接替她；五是给冯生一家留下了足够的生活费。从以上五个方面足见辛十四娘的侠情胸怀。又如《梅女》篇，主要叙述被冤枉致死的梅女鬼报答施恩于她的封云亭之侠义故事。第四，她们没有嫉妒之心，允许或帮助丈夫接受别人，这与人类女性有着最大的区别。如《夜谭随录》中的《藕花》篇，叙述商丘宋文学先与藕花精相恋，藕花精又让婢女菱花精与宋文学相爱，"三人如形影之随，不离跬步。""宋自得二芳，精神发越，形气清爽，读书一过，辄能默诵。"又如乐钧《耳食录》中的《李齐娘》，桃源罗敬之客居岳州，有两个漂亮女子与他先后相恋交欢，第三天夜里两美同来，告诉他：我们和你都订了百年婚约，虽然阴阳两隔，我们姐妹怎忍你一人独处！你实在觉得和我们相处不安，那你就娶李太守之女李齐娘为妻。原本李太守在任时就想嫁女与罗敬之，但因事错过，在二女鬼提议下，罗敬之点名要娶李齐娘为妻。在他们新婚之夜，两女鬼前来，见他们夫妇欢爱，一面叹息一面

*233*

祝贺。罗敬之邀请她们一同就寝,但二女鬼未寝而离开,从此不再来。原来两个女鬼生前姓崔,先后由父母做主与罗敬之有婚约,不料均未举行婚礼而亡。第五,有不少女性生有聪明伶俐的子嗣。如《小豆棚》中的《深深》篇,花精谢深深与鲁举人相爱结合,生有一子,十分聪慧,十二岁入县学读书,被称为神童。再如《埋忧集》[①] 中的《狐母》篇,猎户达基之父在山中狩猎,遇上一位年轻美丽的女子,达基父心疑此女非狐即鬼,然而非常喜爱,于是采用鼻血禁锢法,使狐精不能逃脱,回家后结为夫妇,生子达基,其子长大后做了盛京武官参领。又如程麟《此中人语》[②] 中的《画中人》篇,书生陶冰叔与画中美人相爱,后结合,一年后生下一子,十分聪慧,二十多岁高中进士,官至太守。

---

① 朱翊清. 埋忧集 [M] //陆林. 清代笔记小说类编. 合肥:黄山书社,1994:339.
② 程麟. 此中人语 [M] //陆林. 清代笔记小说类编. 合肥:黄山书社,1994:502-503.

第五章

# 古代小说中的典故文化

古代小说含有丰富多彩的典故。典故，即古书中的故事和词语。它含有丰富的、富有哲理的、能启迪人们才智的政治经验和生活经验及其文化之内涵，一般在作品中使用典故，可使作品含蓄洗练，增色生辉。历朝历代文人墨客无论写诗作词，还是著书立说，或进行小说、戏曲的创作，总爱引用典故。古代小说作品中存有大量的典故，就其价值及范围，是多方面的。

## 第一节 史书引用小说中的典故（举例）

第一例，《梁书·王暕列传》载："暕年数岁，而风神警拔，有成人之度。时文宪作宰，宾客盈门，见暕相谓曰：'公才公望，复在此矣。'弱冠，选尚淮南长公主，拜驸马都尉，除员外散骑侍郎，不拜，改授晋安王文学，迁庐陵王友、祕书丞……天监元年，领骁骑将军，入为侍中。出为宁朔将军、中军长史……迁尚书右仆射，寻加侍中。复迁左仆射……有四子……并通显。"① "公才公望"是个典故，出自南朝宋刘义庆《世说新语·品藻》门类，其载："会稽虞㬭，元皇时与桓宣武同侠，其人有才理胜望。王丞相尝谓㬭曰：'孔愉有公才而无公望，丁潭有公望而无公才，兼之者其在卿乎？'"

第二例，《南史·刘歊传》载："歊字士光……奉母兄以孝悌称……性重兴乐，尤爱山水，登危履崄，必尽幽遐，人莫能及，皆叹其有济胜之具。常欲避人世，以母老不忍违。每随兄霁、杳从宦。"②"济胜之具"的典故，出自刘义庆《世说新语·栖逸》门类，其载："许掾好游山水，而体便登陟。时人云：'许非徒有胜情，实有济胜之具。'"

第三例，《新唐书·王珪传》载："时珪与玄龄、李靖、温彦博、戴胄、魏征同辅政，帝以珪善人物，且知言，因谓曰：'卿标鉴通晤，为朕言玄龄等材，且自谓孰与诸子贤？'对曰：'孜孜奉国，知无不为，臣不如玄龄；兼资文武，出将入相，臣不如靖；敷奏详明，出纳惟允，臣不如彦博；济繁治剧，众务必举，臣不如胄；以谏诤为心，耻君不及尧、舜，臣不如征。至激浊扬清，疾恶好善，臣于数子，有一日之长。'"③"一日之长"的词语，最早出自《论语·先进》文内，其载："以吾一日长乎耳，毋吾以也。"其指年龄稍长之意；而《王珪传》中的"一日之长"，则是一个才能比较的典故，出自刘义庆《世说新语·品藻》门类，其载三国时，吴国名士顾邵与庞士元友善，二人比较才能之高下，士元说："陶冶世俗，与时沉浮，吾不如子。论王霸之余策，览倚仗之要害，吾似有一日之长。"

第四例，《旧唐书·新罗传》载：玄宗二十五年，新罗王兴光卒，诏

---

① 梁书·王暕列传：第十卷 [M]. 北京：中华书局，1973：321.
② 南史·刘歊传：卷四十九 [M]. 北京：中华书局，1975：1225.
③ 新唐书·王珪传：列传第二十三 [M]. 北京：中华书局，1975：3888-3889.

赠太子太保,遣左赞善大夫邢璹摄鸿胪少卿,往新罗吊祭,并册立其子承庆袭父开府仪同三司、新罗王。璹将进发,上制诗序,太子以下及百僚咸赋诗以送之。上谓璹曰:"新罗,号君子之国,颇知书记,有类中华。以卿学术,善於讲论,故选使充此。到彼宜阐扬经典,使知大国儒教之盛。"①"君子之国"词语,出自无名氏《山海经·海外东经》,其载:"君子国,在其北,衣冠带剑,食兽,使二大虎在旁。其人好让不争。有熏花草,朝生夕死。一曰:在肝榆之尸北。"《新罗传》所言的"君子之国"与《山海经》所载的"君子国",虽然含义不尽相同,但其词语的出处来自于此,且有"其人好让不争"的君子之风。

第五例,《宋史·刑法志》(二)载:"初,(文)及甫与恕书,……(又)云:'济之以粉昆,朋类错立……欲以眇躬为甘心快意之地。'……盖俗称驸马都尉为'粉侯',人以王师约故,呼其父克臣为'粉父'。"②文内"粉侯""粉昆""粉父"都是典故。粉昆和粉父的典故来自"粉侯"。"粉侯"典故,出自刘义庆《世说新语·容止》门类。其载:"何平叔美姿仪,面至白。魏明帝疑其傅粉。正夏月,与热汤饼。既啖,大汗出,以朱衣自拭,色转皎然。"后来,何平叔娶公主为妻,被封为列侯。于是,人们称皇帝女婿为"粉侯"。至宋时,又推称至其父为"粉父",称其兄弟为"粉昆"。

第六例,《旧五代史·周·安叔千传》载:"安叔千,沙陀三部落之种也。父怀盛,事唐武皇,以骁勇闻。叔千习骑射,从庄宗定河南,为奉安部将。天成初,王师伐定州,命为先锋都指挥使。王都平,授秦州刺史,连判涿易二郡。清泰初,契丹寇雁门,叔千从晋祖迎战,败之,进位检校太保、振武节度使。晋祖践阼,就加同平章事。天福中,历任邠、

---

① 旧唐书·新罗传:列传第一百四十九 [M].北京:中华书局,1975:5337.
② 宋史·刑法志:第一百五十三刑法二 [M].北京:中华书局,1977:4999.

237

沧、邢、晋四镇节度使。叔千鄙野而无文，当时谓之安没字，言若碑碣之无篆籀，但虚有其表耳。"① "虚有其表"典故，出自唐代郑处诲《明皇杂录》②。《明皇杂录》叙述唐玄宗器重苏颋，想让他做宰相，就召外表高大、胡须多的萧嵩草拟诏书。当玄宗看到诏书上有"国之瑰宝"词语时，说"苏颋是苏瑰之子，朕不欲斥其父名，卿为刊削之"。萧嵩竟然"惭惧流汗，笔不能下者久之"。玄宗以为拖延之久，定是精密思考，近前一看，发现他只改了一字，将"瑰"改为"珍"，非常恼怒，将草诏掷地说："虚有其表耳！"后来就把"虚有其表"形容那些有貌无才之人，《安叔千传》即用此意。

第七例，《晋书》③ 引用刘义庆《世说新语》典故为最多，凡《晋书》所载一些人物事件，有与《世说新语》相同者，无论故事还是词语，大多原样引用。如《晋书·郗超传》载："（桓）温怀不轨，欲立霸王之基，（郗）超为之谋。谢安与王坦之尝诣温论事，温令超帐中卧听之，风动帐开，安笑曰：'郗生可谓入幕之宾矣。'""入幕之宾"的典故引自《世说新语》中《雅量》门类，其载："桓宣武与郗超议芟夷朝臣，条牒既定，其夜同宿。明晨起，呼谢安、王坦之入，掷疏示之。郗犹在帐内，谢都无言，王直掷还，云：多！宣武取笔欲除，郗不觉窃从帐中与宣武言。谢含笑曰：'郗生可谓入幕宾也。'"再如《晋书·王羲之传》载："时太尉郗鉴使门生求女婿于导，导令就东厢遍观子弟。门生归，谓鉴曰：'王氏诸少并佳，然闻信至，咸自矜持，惟一人在东床坦腹食，独若不闻。'鉴曰：'正此佳婿邪！'访之，乃羲之也，遂以女妻之。"王羲之

---

① 薛居正，等. 旧五代史·周·安叔千传：卷一百二十三 [M]. 北京：中华书局，1976.
② 郑处诲. 明皇杂录 [M] //唐五代小说大观：上册. 上海：上海古籍出版社，2000：951-982.
③ 房玄龄. 晋书 [M]. 北京：中华书局，1974.

"东床坦腹"被选为婿的故事,出自《世说新语》中《雅量》门类,其载:"郗太傅在京口,遣门生与王丞相书,求女婿。丞相语郗信:'君往东厢,任意选之。'门生归,白郗曰:'王家诸郎,亦皆可嘉,闻来觅婿,咸自矜持。唯有一郎,在床上坦腹卧,如不闻。'郗公云:'正此好!'访之,乃是逸少(羲之小字),因嫁女与焉。"又如《晋书·陶侃传》载:"(陶)侃性聪敏,……时造船,木屑及竹头悉令举掌之,咸不解所以。后正会,积雪始晴,听事前余雪犹湿,于是以屑布地。及桓温伐蜀,又以侃所贮竹头作丁装船。其综理微密,皆此类也。"陶侃贮存"木屑及竹头"的故事,成为后人比喻办事节俭且有预见性的典故。此典故最初见于《世说新语·政事》门类,其载:"陶公性检厉,勤于事。作荆州时,敕船官悉录锯木屑,不限多少,咸不解此意。后正会,值积雪始晴,听事前除雪后犹湿,于是悉用木屑覆之,都无所妨。官用竹皆令录厚头,积之如山。后桓宣武伐蜀,装船,悉以作钉。"

《晋书》引用《世说新语》中的故事,有极少数是有出入的,如《晋书·王凝之妻谢氏传》载:"叔父安尝问(谢道韫):'《毛诗》何句最佳?'道韫称:'吉甫作颂,穆如清风。仲山甫咏怀,以慰其心。'安谓有'雅人深致'。""雅人深致"成语,出自刘义庆《世说新语·文学》门类,其载:"谢公因子弟集聚,问《毛诗》何句最佳?遏称曰:'昔我往矣,杨柳依依;今我来思,雨雪霏霏。'公曰:'讦谟定命,远猷辰告。'谓此句偏有雅人深致。"《晋书》此处属于化用《世说新语》中的故事,其差别在于问与答之人的身份不同,前者是叔侄关系,后者却是师生关系;而回答的语句也不同。再如《晋书·阮瞻传》载:"(王)戎问曰:'圣人贵名教,老庄明自然,其旨同异?'(阮)瞻曰:'将无同。'戎咨嗟良久,即命辟之,时人谓之'三语掾'。""三语掾"的典故出自《世说新语·文学》门类,其载:"阮宣子有令闻,太尉王夷甫见而问曰:'老庄

239

与圣教同异？'对曰：'将无同。'太尉善其言，辟之为掾。世谓'三语掾'。"此条差别在于问答人的姓名不同。余嘉锡先生辨析说："唐修《晋书》喜用《世说》，此独与《世说》不同，知其必有所考矣。"① 余嘉锡先生一语破的，不仅说出了此条不同的缘由，更说清了《晋书》为什么会大量引用《世说新语》中的典故与词语的原因。

## 第二节 诗词赋引用小说中的典故（举例）

第一例，唐代柳宗元写的《摘樱桃赠元居士》诗："蓬莱羽客如相访，不是偷桃一小儿。""偷桃"典故出自无名氏《汉武故事》，其载："东郡送一短人，长七寸，衣冠具足。上疑其山精，尝令在案上行，召东方朔问。朔至，呼短人曰：'巨灵，汝何忽叛来，阿母还未？'短人不对，因指朔谓上曰：'王母种桃，三千年一作子，此儿不良，已三过偷之矣，遂失王母意，故被谪来此。'上大惊，始知朔非世中人。"② 李商隐在《月夜重寄宋华阳姊妹》诗中也用了此典故："偷桃窃药事难兼，十二城中锁彩蟾。应共三英同夜赏，玉楼仍是水精帘。"

第二例，唐代钱起写的《过瑞龙观道士》诗，有"主人善止客，柯烂忘归年"诗句。"柯烂忘归"是个典故，出自南朝梁任昉《述异记》③ 中的"柯烂忘归"故事。其载："晋朝王质到信安郡石室山伐木，遇见仙

---

① 余嘉锡. 世说新语笺疏 [M]. 北京：中华书局，1983：207.
② 汉武故事 [M] //汉魏六朝笔记小说大观. 上海：上海古籍出版社，1999：163-178.
③ 任昉. 述异记 [M] //传统文化经典文库·六朝小说. 北京：文化艺术出版社，1997：353.

童下棋唱歌，他也坐下来与仙童一道玩，非常高兴。等到仙童催他离去时，王质见斧子的柄把全都烂掉。回去后，已经没有当时的故人了。"后来人们用王质"柯烂忘归"的故事，形容光阴流逝和世事变迁，也形容时日漫长。唐代诗人刘禹锡在《酬乐天扬州初逢席上见赠》诗中也化用了这个典故："怀旧空吟闻笛赋，到乡翻似烂柯人。"

第三例，唐代李贺写的《南园十三首》诗："三十未有二十余，白日长饥小甲蔬。桥头长老相哀念，因遗戎韬一卷书。""一卷书"是个典故，出自无名氏《汉武帝内传》。其载："汉武帝看见王母的小箱中有一卷书，用紫锦之囊盛着。武帝问此书是仙灵妙方吗？没有看到其目录，可否让我瞻仰一下呢？王母出以示之，说：这是五岳真形图。"①

第四例，唐代李商隐在《寓怀》诗中写道："草为回生种，香缘却死生。""香缘却死生"，化用了旧题东方朔《海内十洲记》中"却死香"的记载："聚窟洲在西海中，申未之地……洲上有大山……山多大树，与枫木相类，而花叶香闻数百里，名为反魂树。扣其树，亦能自作声……伐其木根心，于玉釜中煮，取汁，更微火煎，如黑饧状，令可丸之。名曰惊精香，或名之为震灵丸，或名之为反生香，或名之为震檀香，或名之为人鸟精，或名之为却死香。一种六名，斯灵物也。"②

第五例，宋代欧阳修的《千叶红梨花》诗："红梨千叶爱者谁，白发郎官心好奇。徘徊绕树不忍折，一日千匝看无时。""白发郎官"，化用了无名氏《汉武故事》中须鬓皓白的郎官颜驷三世不遇的故事。其载："上尝辇至郎署，见一老翁，须鬓皓白，衣服不整。上问曰：'公何时为郎，何其老也？'对曰：'臣姓颜名驷，江都人也，以文帝时为郎。'上问曰：

---

① 汉武帝内传［M］//汉魏六朝笔记小说大观：上册．上海：上海古籍出版社，1999：137-162．
② 东方朔．海内十洲记［M］//汉魏六朝笔记小说大观：上册．上海：上海古籍出版社，1999：61-72．

'何其老而不遇也？'驷曰：'文帝好文而臣好武；景帝好老而臣尚少；陛下好少而臣已老；是以三世不遇。故老于郎署。'上感其言，擢拜会稽都尉。"

第六例，宋代辛弃疾写的《水龙吟》词："可惜流年，忧愁风雨，树犹如此。倩何人、唤取红巾翠袖，揾英雄泪？""树犹如此"典故出自刘义庆《世说新语·言语》门类。其载："桓公北征金城，见前为琅邪时种柳，皆已十围，慨然曰：'木犹如此，人何以堪！'攀枝执条，泫然流泪。"

第七例，宋代刘筠的《即日》诗："地僻无车辙，心灰欲坐忘。疾雷徒破柱，幽草不迎凉。""疾雷徒破柱"典故，出自刘义庆《世说新语·雅量》门类。其文载："夏侯玄常倚柱作书，一次大雨霹雳，劈折所倚之柱，衣服被烧焦，然而他神色无变，作书亦如故。"后来人们用此典故，比喻做事聚精会神，沉着冷静，不受外界干扰。因而刘筠在诗中化用了此典故。

第八例，宋代辛弃疾在《念奴娇·登建康赏心亭，呈史致道留守》写道："却忆安石风流，东山岁晚，泪落哀筝曲。儿辈功名都付与，长日惟消棋局。宝镜难寻，碧云将暮，谁劝杯中绿？江头风怒，朝来波浪翻屋。""宝镜难寻"是个典故，化用了唐代李濬写的《松窗杂录》中渔人获镜的故事。其载："卫公长庆中在浙右，会有渔人于秦淮垂机网下深处，忽觉力举异于常时。及敛就水次，卒不获一鳞。忽得古铜镜可尺余，光浮于波际。渔人惊取照之，历历尽见五脏六腑，营脉动，竦骇神魄，因腕战而坠。渔人偶话于舍旁，遂乃闻之于公，尽周岁万计穷索水底，终不复得。"[1] 辛弃疾在词中使用此典故，表面上感叹能照人肺腑的宝镜难觅，而实际上是抒发自己报国功名难成的苦闷心情。

---

[1] 李濬．松窗杂录[M]//唐五代笔记小说大观．上海：上海古籍出版社，2000：1209-1231．

第九例，北朝周庾信《哀江南赋》写道："城崩杞妇之哭，竹染湘妃之泪。"其中"竹染湘妃之泪"，化用了西晋张华的《博物志》（卷八）中的一个钟情思念而哀婉动人的故事，其载："尧之二女舜之二妃曰湘夫人。舜崩，二妃啼，以涕染竹，竹尽斑。"①

第十例，唐代骆宾王在《萤火赋》中写道："乃若有来斯通，无往不至。排朱门而独远，升青云而自致。匪偷光于邻壁，宁假辉于阳燧。"独孤弦也很喜欢作赋，其中有一篇题为《凿壁偷光赋》。无论骆宾王的"偷光于邻壁"，还是独孤弦"凿壁偷光"赋的名称，都引用了西汉刘歆撰、东晋葛洪辑《西京杂记》（卷二）②中的一个故事。其载：有位读书人名叫匡衡，字稚圭，勤学但苦于没有蜡烛。邻家有蜡烛而不用功。匡衡遂穿壁引其光，以书映光而读之。匡衡终成为"时人畏服"的大学问家。他穿壁引光的行为，成了后人比喻勤奋好学的典故。"穿壁引光"又作"凿壁偷光"。

## 第三节　文章著述引用小说中的典故（举例）

第一例，唐代王勃在《上绛州高长史书》③中写道："君侯极天分构，振琼树而韬霞，带地疏源，握珠胎而冠月，鳞轩羽殿，瑶台降卿相之荣，鹊印蝉簪，金社发公侯之始。""鹊印"是个典故，出自晋代干宝的《搜

---

① 张华. 博物志 [M] //汉魏六朝笔记小说大观. 上海：上海古籍出版社，1999：179-226.
② 葛洪，辑. 西京杂记：卷二 [M] //汉魏六朝笔记小说大观. 上海：上海古籍出版社，1999：73-118.
③ 王勃. 上绛州高长史书 [M] //董浩，等. 全唐文. 上海：上海古籍出版社，1983.

神记》，其载："常山张颢为梁相。天新雨后，有鸟如山鹊，飞翔入市，忽然坠地，人争取之，化为圆石。颢椎破之，得一金印，文曰：'忠孝侯印'；颢以上闻，藏之秘府。后议郎汝南樊衡夷上言：'尧舜时旧有此官，今天降印，宜可复制。'颢后官至太尉。"① 后人用"鹊印"比喻公侯之位或升迁发迹之事。

第二例，唐代李白的《与韩荆州书》："幸愿开张心颜，不以长揖见拒。必若接之以高宴，纵之以清谈，请日试万言，倚马可待。今天下以君侯为文章之司命，人物之权衡，一经品题，便作佳士。"②"倚马可待"典故，出自刘义庆《世说新语·文学》门类，其载："桓宣武北征，袁虎时从，被责免官。会须露布文，唤袁倚马前令作。手不辍笔，俄得七纸，殊可观。东亭在侧，极叹其才。袁虎云：'当令齿舌间得利。'"后人用袁虎倚马前奉令作文的故事，形容人的文思敏捷。

第三例，宋代司马光在《资治通鉴》③ 第一三六卷内记载："冬，十月，丁巳，以南徐州刺史长沙王晃为中书监。初，太祖临终，以晃属帝，使处于辇下或近藩，勿令远出。且曰：'宋氏若非骨肉相残，它族岂得乘其弊！汝深诫之！'旧制，诸王在都，唯得置捉刀左右四十人。晃好武饰，及罢南徐州，私载数百人仗还建康，为禁司所觉，投之江水。帝大怒，将纠以法。豫章王嶷叩头流涕曰：'萧晃罪诚不足宥，陛下当忆先朝念。'帝亦垂泣，由是终无异意，然亦不被亲宠。""捉刀人"典故，出自刘义庆《世说新语·容止》门类：魏武帝曹操有一次将要会见匈奴使者，自

---

① 干宝. 搜神记［M］//汉魏六朝笔记小说大观. 上海：上海古籍出版社，1999：269-435.
② 李白. 与韩荆州书［M］//阴法鲁. 古文观止译注. 长春：吉林人民出版社，1982：575.
③ 司马光. 资治通鉴［M］. 胡三省，音注，"标点贤治通鉴小组"，校点. 北京：中华书局，1956.

以为形貌丑陋，不能雄服匈奴，于是让大臣崔季珪代自己之位置，而他则"自捉刀立床头"。会谈后，派人问使者："魏王如何？"匈奴使者答曰："魏王雅望非常，然床头捉刀人，此乃英雄也。"后来就用"捉刀""捉刀人"代指替人捉笔作文或代指卫士。司马光在《资治通鉴》中引用此典故，其捉刀人指卫士。

第四例，明代徐渭在《奉师季先生书》中写道："大约谓先儒若文公（朱熹）者，著释速成，兼欲尽窥诸子百氏之奥，是以冰解理顺之妙固多，而生吞活剥之弊亦有。""生吞活剥"典故，出自唐人刘肃小说《大唐新语·谐谑》①，其载：唐代大臣李义府曾作一首五言四句诗："镂月成歌扇，裁云作舞衣。自怜回雪影，好取洛川归。"此诗一时流传甚广。枣强尉张怀庆素来好抄袭名士文章，他看了李诗后，即采用增字之法，作了一首七言诗："生情镂月成歌扇，出意裁云作舞衣。照镜自怜回雪影，时来好取洛川归。"世人对他的这种抄袭行为愤愤不平，讽刺道："活剥王昌龄，生吞郭正一"。此后，"生吞活剥"成了形容或讽喻抄袭和模仿行为之典故。

第五例，清代李光地等奉命分类编排宋代朱熹的《朱子全书·易》载："若在今日，则已不得其法，又不晓其词，而暗中摸索，妄起私意。"② 文中的"暗中摸索"，比喻没有师传独自探索事物的道理。此典故出自唐代刘悚的《隋唐嘉话》③，记载许敬宗"性轻微，见人多忘之，或谓其不聪，曰：'卿自难记。若遇何、刘、沈、谢，暗中搜索着，亦可识。'"这里的"暗中搜索"，显然是指对于名人和他们的作品极易识别

---

① 刘肃. 大唐新语：谐谑［M］//唐五代笔记小说大观. 上海：上海古籍出版社，2000：203-338.
② 朱熹. 朱子全书：易［M］. 上海：上海古籍出版社，合肥：安徽教育出版社，2002.
③ 刘悚. 隋唐嘉话［M］//唐五代笔记小说大观：上册. 上海：上海古籍出版社，2000：87-116.

的意思。李光地根据自己的文意使用了此典故的词语，偷换了原典故的内涵。

第六例，清代吴雷发著的《说诗菅蒯》记载："余凡诸立论，断不肯拾人牙慧。""拾人牙慧"典故，出自刘义庆《世说新语·文学》门类，其载：东晋殷浩喜爱《老子》和《易经》学说，他的外甥康伯也很喜爱谈论老庄，而往往都有自己的见解。殷浩欣赏说："康伯未得我牙后慧"。后人将"未得我牙后慧"简称为"拾人牙慧"。

第七例，清代黄宗羲在《明儒学案·凡例》文内说："学问之道，以各人自用得著者为真，凡倚门傍户，依样葫芦者，非流俗之士，则经生之业也。"① 其中，"依样葫芦"是个典故，出自宋代魏泰的《东轩笔录》（卷一），其载："陶谷自五代至国初，文翰为一时之冠。然其为人，倾险狠媚，自汉初始得用，即致李崧赤族之祸。由是缙绅莫不畏而忌之。太祖虽不喜，然藉其辞华足用，故尚置于翰苑。谷自以久次旧人，意希大用。建隆以后为宰相者，往往不由文翰，而闻望皆出觳下。谷不能平，乃俾其党与，因事荐引，以为久在词禁，宣力实多，亦以微伺上旨。太祖笑曰：'颇闻翰林草制，皆检前人旧本，改换词语，此乃俗所谓依样画葫芦耳。何宣力之有？'谷闻之，乃作诗书于玉堂之壁曰：'官职须由生处有，才能不管用时无。堪笑翰林学士，年年依样画葫芦。'太祖亦薄其怨望，遂决意不用矣。"② 后人用"依样画葫芦"比喻模仿他人之作，毫无创新之意。

第八例，近人况周颐在《蓼园词选序》中写道："弁阳翁《绝妙好词》，泰半同时侪辈之作，往往以词存人。""弁阳翁《绝妙好词》"，指

---

① 黄宗羲. 明儒学案：凡例 [M]. 光芝盈，点校. 北京：中华书局，1985.
② 魏泰. 东轩笔录：卷一 [M]//宋元笔记小说大观：第三册. 上海：上海古籍出版社，2001：2681-2784.

宋人周密编纂的南宋词作选《绝妙好词》。书名"绝妙好词"是个典故，出自刘义庆《世说新语·捷悟》门类，其载："魏武尝过曹娥碑下，杨修从。碑背上题作'黄绢、幼妇、外孙、齑臼'八字，魏武谓修曰：'解不？'答曰：'解'。魏武曰：'卿未可言，待我思之。'行三十里，魏武乃曰：'吾已得。'令修别记所知。修曰：'黄绢，色丝也，于字为绝；幼妇，少女也，于字为妙；外孙，女子也，于字为好；齑臼，受辛也，于字为辞；所谓绝妙好辞也。'魏武亦记之，与修同，乃叹曰：'我才不及卿，乃觉三十里'。"

## 第四节　戏曲引用小说中的典故（举例）

第一例，元代王实甫著的《西厢记》① 第一折张君瑞唱道［仙吕］［点绛唇］（此处是写张君瑞在进京参加科举考试途中想起结拜的兄弟杜君实已是征西的大元帅，而自己满腹文章，还没有功成名就，很感慨）："游艺中原，脚跟无线，如蓬转。望眼连天，日近长安远。""日近长安远"是个典故，出自刘义庆《世说新语·夙惠》门类。其载："晋明帝数岁，坐元帝膝上。有人从长安来，元帝问洛下消息，潸然流涕。明帝问何以致泣，具以东渡意告之。因问明帝：'汝意谓长安何如日远？'答曰：'日远。不闻人从日边来，居然可知。'元帝异之。明日，集群臣宴会，告以此意，更重问之。乃答曰：'日近。'元帝失色，曰：'尔何故异昨日之言耶？'答曰：'举目见日，不见长安。'"后人将"日近长安远"增入

---

① 王实甫. 西厢记［M］//章培恒，安平秋，马樟根. 古代文史名著选译丛书. 成都：巴蜀书社，1994.

了政治或情感色彩，比喻京都遥远而不得至，多含有功名不就之意。

第二例，元代关汉卿著的《望江亭》①（元杂剧《望江亭》剧情大意：杨衙内依靠权势，要娶白士中的妻子谭记儿为妾，为了达到目的，便给白士中捏造罪名，上奏皇帝，欲置白士中于死地。谭记儿巧扮渔妇，设计智取杨衙内的尚方宝剑和金牌；这时正好遇上御史李秉忠察访杨衙内妄奏不实等情况，奏报朝廷，将杨衙内削职为民，白士中冤罪得雪，谭记儿与白士中恩爱偕老。）第四折（正旦），当谭记儿见到巡抚湖南都御史李秉忠将要按实情审理被杨衙内制造的冤案时，唱道："只除非天见怜；奈天、天又远；今日个幸对清官，明镜高悬。似他这强夺人妻，公违律典，既然是体察端的，怎生发遣？""明镜高悬"，此处用富有鉴别力极高的物件——明镜，比喻官吏清正廉洁，执法公正严明。此典故出自西汉刘歆撰、东晋葛洪辑的《西京杂记》（卷三），其载："有方镜，广四尺，高五尺九寸，表里有明。人直来照之，影则倒见；以手扪心而来，则见肠胃五脏，历然无碍。人有疾病在内，则掩心而照之，则知病之所在。又女子有邪心，则胆张心动。秦始皇常以照宫人，胆张心动者则杀之。"其原意指镜子之神妙功用，后人以镜子之功用比喻为官的品行。《望江亭》即用此意。

第三例，元代乔吉在散曲·小令［中吕·山羊皮］《寓兴》（此处是作者借事抒怀，表达内心深处愤世嫉俗的思想情感）写道："鹏抟九万，腰缠十万，扬州鹤背骑来惯。""腰缠十万，扬州鹤背骑来惯"二句之意，来自《殷芸小说》（卷六）"有客相从"条的故事，其载："有客相从，各言所志，或愿为扬州刺史，或愿多资财，或愿骑鹤上升。其一人曰：

---

① 关汉卿. 望江亭［M］//臧晋叔. 元曲选. 北京：中华书局，1958.

'腰缠十万贯,骑鹤上扬州。'欲兼三事。"①

第四例,元代关汉卿杂剧《赵盼儿风月救风尘》②(主叙具有侠义心肠的名妓赵盼儿采用"以其人之道还治其人之身"的机智手法,解救了被嫖客骗走的天真幼稚、温柔貌美的妓女宋引章,惩治了喜新厌旧、贪财好色的恶少周舍)第二折[幺篇]:"那一个不磕可可道横死亡?那一个不实丕丕拔了短筹?则你这亚仙子母老实头。普天下爱女娘的子弟口……那一个不指皇天各般说咒?恰似秋风过耳早休休!""亚仙",指唐代小说中的妓女李亚仙,出自唐代白行简的《李娃传》③。其载:李娃是京城红极一时的名妓,进京赶考的郑生尽其所有与李娃交往,当他的金钱用完时,被老鸨使用计谋赶出妓院,变成了沿街乞讨的乞丐,在他奄奄一息时得到了李娃的拯救,最后科考得中,做了大官,明媒正娶李娃为妻。元杂剧中都称"李娃"为"李亚仙",此处比喻宋引章对嫖客过于诚实友好。

第五例,元代马致远的《叹世》④[双调·蟾宫曲](此曲子表达了作者对功名利禄的厌恶):"咸阳百二山河,两字功名,几阵干戈。项废东吴,刘兴西蜀,梦说南柯。""梦说南柯",是化用了唐传奇李公佐《南柯太守传》⑤的故事。其载:居住广陵郡的淳于棼,家宅南面有一棵老槐树,一天他喝醉了酒,朋友送他回家,躺在厅堂东面廊房下睡着了,梦见

---

① 殷芸. 殷芸小说[M]//汉魏六朝小说大观. 上海: 上海古籍出版社, 1999: 1011-1046.
② 关汉卿. 赵盼儿风月救风尘[M]//章培恒, 安平秋, 马樟根. 古代文史名著选译丛书. 成都: 巴蜀书社, 1991.
③ 白行简. 李娃传[M]//李格非, 吴志达. 唐五代传奇集. 郑州: 中州古籍出版社, 1997.
④ 马致远. 叹世[M]//臧晋叔. 元曲选. 北京: 中华书局, 1979.
⑤ 李公佐. 南柯太守传[M]//李格非, 吴志达. 唐五代传奇集. 郑州: 中州古籍出版社, 1997.

两位紫衣人引领他至"大槐安国",右丞相做媒,聘娶公主为妻,不久做了南柯郡太守,移风易俗,政绩显著,国王赐给他的封地和爵位与丞相一样。转瞬二十年,生有五男二女,五子依托父亲的爵位都得到了官位,两女也都与王族子弟联姻。其荣华富贵,无人能比。后因对外作战失利,加之公主去世,国王对他产生了猜忌,让他回老家看望,又被那两位紫衣人送出槐安国,回到原处。他梦醒后,与朋友一起来到大槐树下,砍掉树根上的疙瘩,顺着蚂蚁穴洞找到了蚂蚁王、后及众多大小蚂蚁,还找到了他做南柯郡太守的任所和侵略者檀萝国的蚂蚁洞穴。淳于棼感叹不已,从梦境荣华富贵犹如浮云的空虚中,领悟人生一世只是转瞬之间,于是绝酒戒色,一心向道,三年后因病去世。此故事影响深远,明汤显祖的《南柯记》(戏剧)和车任远的《南柯梦》(戏剧)皆取材于此。

第六例,明徐渭在杂剧《雌木兰》第二出(剧情叙征东元帅辛平率十万大军征剿黑山草寇之事)[清江引]写道:"黑山小寇真见浅,躲住了成何干。花开蝶满枝,树倒猢狲散。""树倒猢狲散"是个典故,出自宋人庞元英小说《谈薮》①。其载:侍郎曹咏与权奸秦桧是亲戚,因而显赫一时,攀附他的人很多,只有他妻兄历德新不买账。曹咏通过地方官对他百般威胁,而他矢志不渝。后来秦桧死了,曹咏被贬。历德新派人致书,题为"树倒猢狲散赋",用来讽刺他。后人用此典故比喻那些趋炎附势之人,一旦失去靠山,他们犹如鸟兽四散无依的惨象。杂剧《雌木兰》即用此意。

第七例,清代李渔在《慎鸾交》②(此戏曲共三十六出,剧情讲吴中地区有两位妓女选婿从良的故事)第二十一出写道:"留下了伊行笔踪,

---

① 庞元英. 谈薮[M]//上海师范大学古籍整理研究所. 全宋笔记. 郑州:大象出版社,2006.
② 李渔. 慎鸾交[M]//李渔. 李渔全集. 杭州:浙江古籍出版社,1991.

就不怕事成空，准备着乘鸾跨凤。""乘鸾跨凤"是个典故，出自汉代刘向《列仙传》①，其载：春秋时秦穆公小女弄玉喜爱笙箫乐，爱上了善吹箫的萧史。秦穆公即将萧史招为婿。萧史每天教弄玉吹箫。不几年，弄玉吹得箫声绝美，似凤鸣之声，引凤凰来舞。秦穆公给他们建一凤凰台。夫妇双双乘凤凰飞去。后来用"乘鸾跨凤"比喻佳偶良配。用弄玉比喻美女，用萧史比喻情郎，用凤鸣形容乐声优美，用"秦台"或"秦楼"比喻仙女所居之楼阁。

第八例，清代孔尚任的《桃花扇》第二十一出［太平令］："妙部新奇，见惯司空自品题。"②"见惯司空"，是化用了唐孟棨《本事诗·情感》篇中"司空见惯"的故事。其载："刘尚书禹锡罢和州，为主客郎中、集贤殿学士。李司空罢镇在京，慕刘名，尝邀至第中，厚设饮馔。酒酣，命妙妓歌以送之。刘于席上赋诗曰：'鬓鬖梳头宫样妆，春风一曲杜韦娘。司空见惯浑闲事，断尽江南刺史肠。'李因以妓赠之。"③ 刘禹锡诗的后两句，采用对比手法，一则说明司空对于歌舞酒宴奢靡场面习以为常；一则说明此种场面对于一位江南刺史却是难得观赏的事，不能不为之断肠。

## 第五节　后世小说引用前代小说中的典故（举例）

第一例，宋孙光宪的《北梦琐言》卷十七载："邺王罗绍威喜文学，

---

① 刘向．列仙传［M］．王叔岷，校笺．台北：台湾学生书局出版社，1990.
② 孔尚任．桃花扇［M］．北京：人民文学出版社，1998.
③ 孟棨．本事诗：情感［M］//唐五代笔记小说大观：下册．上海：上海古籍出版社，2000：1233-1254.

好儒士,每命幕客作四方书檄,小不称旨,坏裂抵弃,自劈笺起草,下笔成文。又癖于七言诗。江东有罗隐,作钱镠客,绍威申南阮之敬。隐以所著文章诗赋酬寄,绍威大倾慕之,乃目其所为诗集曰《偷江东》。今邺中人士,多有讽诵。"① 此故事用了一个典故"南阮",出自刘义庆《世说新语·任诞》门类,记载阮籍叔侄之故事:"阮仲容、<sup>咸也</sup>步兵(阮籍)居道南,诸阮居道北。北阮皆富,南阮贫。"阮咸和阮籍,既是叔侄,又是久负盛名的名士,均居住道南。后来将他们所居之地称作"南阮",代指叔侄关系。所以孙光宪将此典故用在他的小说里。

第二例,明代施耐庵的《水浒传》第九回写林冲用十五两银子贿赂沧州牢城营内看管人员,免除了一百沙威棒刑罚,"林冲叹口气道:'有钱可以通神,此语不差!'""钱可通神"典故,出自唐张固小说《幽闲鼓吹》②,叙述相国张延赏审判一桩大案,命令下属严加查访。第二天,见案桌上放着一张小帖,上写:"钱三万贯,乞不问此狱。"张延赏大怒,更加催促了结此案。"明日复见帖子,曰:'钱十万贯。'"张延赏说:"钱至十万,可通神矣。无不可回之事。吾惧及祸,不得不止。"后来此故事成了形容钱之威力的典故。

第三例,明代冯梦龙的《喻世明言》卷二十四《杨思温燕山逢故人》,叙述杨思温与韩思厚为异姓兄弟,一次事故,韩思厚与妻子离散,一位将领企图霸占韩妻,韩妻不从,上吊身亡;不久将领的妻子亦病死,韩妻鬼魂做了这位夫人鬼魂的侍女。后来杨思温在寺庙内偶尔遇见了韩妻之鬼魂,但他并不知晓她已死亡,他们寒暄了几句即分开。不久杨思温又遇见了韩思厚,韩思厚得知妻子的下落,想方设法找到一位知情者;知情

---

① 孙光宪. 北梦琐言 [M] //唐五代笔记小说大观. 上海:上海古籍出版社,2000.
② 张固. 幽闲鼓吹 [M] //唐五代笔记小说大观:下册. 上海:上海古籍出版社, 2000:1445-1454.

者如实告诉他其妻已死,并告诉他骨灰的埋葬处。韩思厚为了报答妻子的清白之情,发誓不再续娶。后来韩思厚违背誓言,见异思迁,娶了貌美的刘氏做第二任妻子,他的亡妻一怒之下就将他们拉入水中活活淹死,让他实践了自己的诺言,也报了不忠之仇。这篇小说两次使用"乐昌破镜之忧"的典故。一次是从韩妻之口说出来的,另一次是通过韩思厚之口说出来的。当杨思温偶遇义兄韩思厚,问曰:"嫂嫂安乐?"韩思厚听得此问,两行泪下,说:"自靖康之冬,与汝嫂雇船,将下淮楚。路至盱眙,不幸箭穿篙手,刀中梢公。尔嫂嫂有乐昌破镜之忧。""破镜之忧"典故,出自唐人孟棨《本事诗》,载徐德言之妻乃陈后主妹乐昌公主,才貌绝世。陈朝政局混乱,恐不相保,乃破一镜,各执一半,约定他年正月十五日在市集各以半镜相合。后来夫妻分离,果以合镜得识,然而此时乐昌公主已被权臣杨素纳为宠妾。其夫徐德言就在镜子上题了一首诗:"镜与人俱去,镜归人不归。无复嫦娥彩,空留明月辉。"乐昌公主得诗,泣涕不食。杨素得知,召徐德言,还其妻,令陈氏为诗,曰:"今日何迁次,新官对旧官。笑涕皆不敢,方言做人难。"于是徐陈二人回归江南,至老而终。后来世人用"乐昌分镜"或"破镜之忧"比喻夫妻分散或分离;用"破镜重圆"比喻夫妻离散后重聚。冯梦龙在《喻世明言》中使用"破镜之忧"指夫妻离散。

第四例,明代凌濛初的《二刻拍案惊奇》卷十七《同窗友认假作真 女秀才移花接木》载魏撰之受杜子中之托,以媒妁身份来到闻家作伐,"闻参将自己出来接着。魏撰之述了杜子中之言,闻参将道:'小女娇痴慕学,得承高贤不弃,今幸结此良缘,蒹葭倚玉,惶恐,惶恐。'""蒹葭倚玉"典故,出自刘义庆《世说新语·容止》门类,其载:"魏明帝使后弟毛曾与夏侯玄共坐,时人谓'蒹葭倚玉树'。"

第五例，清代蒲松龄的《聊斋志异·胡四姐》①（写人狐相恋的故事）载：当尚生看到胡三姐带着艳丽绝伦的胡四姐来到时，狂喜让座。"未几，三姐起别，妹欲从行。生曳之不释，顾三姐曰：'卿卿烦一致声。'三姐乃笑曰：'狂郎情急矣！妹子一为少留。'四姐无语，姊遂去。""卿卿"典故，出自刘义庆《世说新语·惑溺》门类，其载："王安丰妇，常卿安丰。安丰曰：'妇人卿婿，于礼为不敬，后勿复尔。'妇曰：'亲卿爱卿，是以卿卿；我不卿卿，谁当卿卿？'遂恒听之。"后来"卿卿"成为男女相爱亲切称呼的典故。

第六例，清代文康的《儿女英雄传》②（全书五十三回，前半部写何玉凤行侠仗义、铲奸除恶的故事，后半部写何玉凤相夫教子的故事）第三十九回写道："老爷觉得只要有了那寿酒、寿文二色，其余也不过未能免俗，聊复尔耳而已。""聊复尔耳"是个典故，出自刘义庆《世说新语·任诞》门类。文载："七月七日，北阮盛晒衣，皆纱罗锦绮。仲容以竿挂大布犊鼻裈于中庭。人或怪之，答曰：'未能免俗，聊复尔耳！'"

第七例，清代西周生的《醒世姻缘传》③（全书一百回，叙述冤仇相报两世姻缘的故事）第一回写道：晁思孝"只是儒素之家，不过舌耕糊口，家道也不甚丰腴"。"舌耕"是个典故，出自十六国时期前秦王嘉撰、梁萧绮录《拾遗记·前汉》卷六。其载：贾逵是汉代著名的经学大师，"门徒来学，不远万里，或襁负子孙，舍于门侧，皆口授经文，赠献者积粟盈仓。或云：'贾逵非力耕所得，诵经口倦，世所谓舌耕

---

① 蒲松龄. 聊斋志异·胡四姐［M］. 北京：中华书局，1962.
② 文康. 儿女英雄传［M］. 松颐，校注. 北京：人民文学出版社，1983.
③ 西周生. 醒世姻缘传［M］. 童万周，校点. 郑州：中州古籍出版社，1982.

也.'"① 后人把靠传授学业谋生者称为"舌耕"。

第八例，清代曹雪芹的《红楼梦》第四十一回，写刘姥姥给荣国府的女眷们讲乡村的故事，"众人听了，哄堂大笑"。"哄堂"，原作"烘堂"，是个典故，出自唐代赵璘的《因话录》卷五。其载："御史台三院，一曰台院，其僚曰侍御史，众呼为端工。……知杂事，谓之杂端。……二曰殿院，其僚曰殿中侍御史，众呼为侍御。……三曰察院，其僚曰监察御史，众呼亦曰侍御。……每公堂食会，杂事不至，则无所检辖，惟相揖而已。杂事至，则尽用宪府之礼，杂端在南榻，主簿在北榻，两院则分坐，虽举匕箸，皆绝谈笑。……若杂端失笑，则三院皆笑，谓之烘堂。"②

第九例，清代刘鹗的《老残游记》第十回写道："黄龙子移了两张小长几，摘下一张琴、一张瑟来。玙姑也移了三张凳子，让子平坐了一张。彼此调了一调弦，同黄龙各坐了一张凳子。弦已调好，玙姑与黄龙商酌了两句，就弹了起来。……四五段以后，吟揉渐少，杂以批拂，苍苍凉凉，磊磊落落，下指甚重，声韵繁兴。六七八段，间以曼衍，越转越清，其调愈逸。子平本会弹十几调琴，所以听得入彀；因为瑟是未曾听过，格外留神。"③ "入彀"是个典故，化用了五代王定保的《唐摭言》卷一《述进士》（上）的故事。其载："盖文皇帝修文偃武，天赞神授，尝私幸端门，

---

① 王嘉. 拾遗记：前汉 [M] 汉魏六朝笔记小说大观. 上海：上海古籍出版社，1999：487-564.
② 赵璘. 因话录 [M] //唐五代笔记小说大观. 上海：上海古籍出版社，2000：829-878.
③ 刘鹗. 老残游记 [M]. 戴鸿森，注. 北京：人民文学出版社，1982.

255

见新进士缀行而出,喜曰:'天下英雄,入吾彀中矣!'"① 此处"入彀"有比喻受笼络、就范之意;而《老残游记》中的"入彀"显然是入神之意。

---

① 王定保. 唐摭言[M]//唐五代笔记小说大观:下册. 上海:上海古籍出版社,2000:1571-1710.

# 参考文献

[1] 丁锡根,编著.中国历代小说序跋集[M].北京:人民文学出版社,1996.

[2] 冯梦龙,编刊.警世通言[M].新注全本.吴书荫,校注.北京:北京十月文艺出版社,1994.

[3] 冯梦龙,编刊.醒世恒言[M].新注全本.张明高,校注.北京:北京十月文艺出版社,1994.

[4] 冯梦龙,编刊.喻世明言[M].新注全本.陈曦钟,校注.北京:北京十月文艺出版社,1994.

[5] 江苏省社会科学院明清小说研究中心,江苏省社会科学院文学研究所,编.中国通俗小说总目提要[M].北京:中国文联出版社,1990.

[6] 李昉,等编.太平广记[M].北京:中华书局,1961.

[7] 李格非,吴志达,主编.唐五代传奇集[M].郑州:中州古籍出版社,1997.

[8] 李时人,编校.全唐五代小说[M].何满子,审定.西安:陕西人民出版社,1998.

[9] 廖仲安，李华，李景华，主编. 唐诗一万首［M］. 北京：燕山出版社，1996.

[10] 凌濛初，著. 初刻拍案惊奇［M］. 东铮，校点. 沈阳：春风文艺出版社，1993.

[11] 凌濛初，著. 二刻拍案惊奇［M］. 东铮，校点. 沈阳：春风文艺出版社，1993.

[12] 鲁迅，著. 中国小说史略［M］. 插图本. 上海：上海古籍出版社，2004.

[13] 陆林，主编. 清代笔记小说类编［M］. 合肥：黄山书社，1994.

[14] 马端临，撰. 文献通考［M］. 北京：中华书局，1986.

[15] 宁稼雨，撰. 中国文言小说总目提要［M］. 济南：齐鲁书社，1996.

[16] 蒲松龄，撰. 聊斋志异［M］. 马冰，点校. 北京：中华书局，2004.

[17] 上海古籍出版社，编. 汉魏六朝笔记小说大观［M］. 上海：上海古籍出版社，1999.

[18] 上海古籍出版社，编. 明代笔记小说大观［M］. 上海：上海古籍出版社，2005.

[19] 上海古籍出版社，编. 宋元笔记小说大观［M］. 上海：上海古籍出版社，2001.

[20] 上海古籍出版社，编. 唐五代笔记小说大观［M］. 上海：上海古籍出版社，2003.

[21] 上海师范大学古籍整理研究所，编. 全宋笔记：前11册［M］. 郑州：大象出版社，2006.

[22] 孙希旦，撰. 礼记集解［M］. 北京：中华书局，1989.

[23] 王汝涛，编校. 全唐小说 [M]. 济南：山东文艺出版社，1993.

[24] 吴组缃，吕乃岩，沈天佑，周先慎，侯忠义选注. 历代小说选：第二册：上下 [M]. 北京：中国青年出版社，1991.

[25] 吴组缃，吕乃岩，沈天佑，周先慎，侯忠义选注. 历代小说选：第一册：上下 [M]. 北京：中国青年出版社，1982.

[26] 永瑢，纪昀，等编纂. 四库全书谱录类饮馔之属 [M]. 文渊阁影印版. 上海：上海古籍出版社，1987.

[27] 游国恩，王起，萧涤非，季镇淮，费振刚主编. 中国文学史 [M]. 北京：人民文学出版社，1963.

[28] 余嘉锡，撰. 世说新语笺疏 [M]. 周祖谟，余淑宜，整理. 北京：中华书局，1983.

[29] 袁行霈，主编. 中国文学史 [M]. 北京：高等教育出版社，1999.

[30] 张兵，主编. 五百种明清小说博览 [M]. 上海：上海辞书出版社，2005.

[31] 张巨才，主编. 宋词一万首 [M]. 北京：燕山出版社，1996.

[32] 章培恒，安平秋，马樟根，主编. 古代文史名著选译丛书 [M]. 成都：巴蜀书社，1990.

[33] 章培恒，骆玉明，主编. 中国文学史新著 [M]. 上海：复旦大学出版社，上海文艺出版总社，2007.

[34] 郑振铎，著. 插图本中国文学史 [M]. 北京：人民文学出版社，1982.

[35] 智春子，著. 古代武侠小说与中国社会 [M]. 北京：中国城市经济出版社，1990.

[36] 上海古籍出版社编. 汉魏六朝笔记小说大观（第1版）[M].

259

上海：上海古籍出版社，1999.

[37] 上海古籍出版社编．唐五代笔记小说大观（第1版）[M]．上海：上海古籍出版社，2000.

[38] 上海古籍出版社编．宋元笔记小说大观（第1版）[M]．上海：上海古籍出版社，2001.

[39] 上海古籍出版社编．明代笔记小说大观（第1版）[M]．上海：上海古籍出版社，2005.

[40] 司马光．资治通鉴 [M]．标点资治通鉴小组，校．北京：中华书局，1956.

[41] 曹亦冰，著．林兰香和醒世姻缘传 [M]．沈阳：辽宁教育出版社，1992.

[42] 曹亦冰，著．侠义公案小说史 [M]．杭州：浙江古籍出版社，1998.

# 后　记

　　这部书是我多年来对古代小说和传统文化研究的心得，能够促使我将心得的结晶凝聚在一起的，是2017年我在古文献研究中心获批立项的《古代小说与传统文化研究》项目，经过几年的辛勤耕耘，至此顺利终结。

　　此书的出版得到了许多人的帮助和支持。首先感谢老领导安平秋教授、杨忠教授对我的指导！其次感谢古文献研究中心主任廖可斌教授在学术研究上对我的支持！再次感谢卢伟教授在百忙之中帮助我修复电脑！感谢顾永新教授在关键时刻帮助我发送书稿的电子版邮件！同时帮我仔细查找各种资料！感谢吴国武教授和陈黎莉老师帮助我审阅、修改《出版合同》等相关事宜！还要感谢我的儿子王庆泓博士不厌其烦地帮助我查寻各种资料！最后要感谢光明日报出版社与我真诚的合作！

曹亦冰

2022 年 8 月 18 日